W0310723

DEIN SCHWEIGEN IST GOLD WERT

Sarah und Samira Massud

shhh

© 2022 – all rights reserved
Ideen haben Rechte! Das Werk ist einschließlich aller seiner Teile urheberrechtlich geschützt.
Jede urheberrechtswidrige Verwertung ist unzulässig.
Alle Rechte sind vorbehalten, insbesondere die Rechte der gesamten Reproduktion/ des Nachdrucks sowie der Verbreitung und Übersetzung.
Kein Teil des Werkes darf in irgendeiner Form (weder durch Fotokopie, digitale Verfahren sowie PC-Dokumentation) ohne schriftliche Genehmigung des Autors bzw. des Verlages reproduziert oder in Datenverarbeitungsanlagen sowie im Internet gespeichert werden.
Text: Sarah und Samira Massud
Lektorat: Siynet Spangenberg
Covergestaltung: Verlagshaus Schlosser
Satz und Layout: Verlagshaus Schlosser
ISBN 978-3-96200-585-6
Druck: Verlagsgruppe Verlagshaus Schlosser
D-85652 Pliening • www.schlosser-verlagshaus.de

Printed in Germany

Liebe Leserinnen und Leser,

Ich bin der Papa von Sarah und Samira.
Das Buch habe ich noch nicht gelesen und bin – wie Sie sicher auch – sehr gespannt, was mich erwartet.
Ich bin sehr stolz, dass meine Töchter mit nur 16 Jahren ein Buch veröffentlicht haben.

Ich erinnere mich an einen besonderen Moment: Ich begleitete meine Frau Lida bei Ihrer Routineuntersuchung in der Schwangerschaft zum Arzt. Als dieser uns sagte, dass zwei Herzen in ihrem Bauch schlagen, konnten wir dies kaum glauben und waren überwältigt und überglücklich.
Dieses wunderschöne Gefühl versteht man erst dann, wenn man selber Kinder oder sogar Zwillinge hat.

Sie haben über Zwillinge vielleicht schon einiges gehört oder gelesen, aber um wirklich zu wissen wie es mit ihnen ist, muss man sie erleben.

Meine zwei Töchter, Sarah und Samira, verbringen sehr viel Zeit miteinander. Sie sind auf ihre eigene Art doch sehr individuell und besonders.
Ich liebe meine Kinder, meine gesamte Familie und vor allem meine beiden Zwillinge.

Ich hoffe, dass Ihnen der Roman gefällt – und wünsche uns allen, zum Abschluss dieses kurzen Vorwortes, Frieden für unseren blauen Planeten.

Papa Massud

shhh

KAPITEL 1

EREN

Wie so oft lauschte ich an diesem frühen Morgen konzentriert und hörte gedämpft die Wortfetzen, die sich meine Eltern immer wieder aufs Neue so hemmungslos an den Kopf warfen.

Mit kleinen lautlosen Schritten näherte ich mich der Treppe und beugte mich am Treppengeländer vor. Dabei versuchte ich, meinen erstickten Atem anzuhalten, um die Aussagen meiner Mutter zu Sätzen mit Sinn vervollständigen zu können. Das fiel mir nicht wirklich schwer. Denn es waren Mal um Mal dieselben Anschuldigungen.

Sie behauptete so einiges und warf meinem Vater vieles vor, wenn der Tag lang war. Etwa, dass er zu faul sei, sich von seinem schmuddeligen Ledersessel zu trennen und in die *richtige* Welt hineinzutreten. Dass er sich einfach nicht zurückhalten könne und nicht wisse, wann seine Worte geeignet waren und wann eben nicht. Nicht zu vergessen, dass er anderen Frauen hinterhergucke und das wenige Geld, das er nach Hause bringe, in einer unanständigen Bar am frühen Abend mit seinen Freunden verspiele.

Ebenso zählte meine Mutter Kleinigkeiten auf, über die sie sich jedes Mal ärgerte– etwa, dass ständig Nachrichten liefen, die ihn doch in die *negative* Welt hineinversetzen würden. Was für eine einseitige und unverständliche Sicht sie doch hatte! Nur weil man die schreckliche Realität, die man nicht sehen wollte, von sich wegschob, hieß es noch lange nicht, dass sie nicht da war oder einfach verschwand. Zudem war sie selbst der negativste Mensch auf Erden.

Daraufhin kam immer gleich dieselbe Rechtfertigung meines Vaters: dass sie nur Müll rede und er keine Ahnung habe, was sie da von sich gebe.

Wie ich es nicht anders erwartet hatte, lief das alles an diesem Morgen so ab wie immer.

Augenblick mal: Heißt es nicht, dass man sich immer wieder um dieselben Sachen streitet, bis man sich dann schließlich trennt und jeder seiner eigenen Wege geht? Wie auch immer, das war der Punkt, indem ich meine Eltern überhaupt nicht verstand.

Jeden Morgen, jeden Tag und jede Nacht war ich dazu verdammt, mir diese zeitaufwendigen und Kopfschmerzen bereitenden Auseinandersetzungen anzuhören. Wenn ich direkt vor ihnen stand, versteckten sie zwar ihren überquellenden Hass. Sie rissen sich dann überraschenderweise zusammen und taten so, als wären sie glücklich miteinander. Aber die flüchtigen Blicke, die sie sich zuwarfen, überzeugten mich geschickt vom Gegenteil.

Tatsache war, dass ich irgendwie trotz allem das Gefühl hatte, dass mein Dad meine Mutter noch liebte. Ja, sogar wirklich von ganzem Herzen. Aber sie hatte in den letzten Jahren nur noch Hass und Wut ihm gegenüber aufgebaut. Sie suchte und fand schließlich auch da Probleme, wo es keine gab.

Ganz ehrlich, mein Vater war ein sehr aufrichtiger Mann, der meine Mom nie hintergangen hätte – aber genau das wollte meine Mom nicht einsehen.

Das Knirschen der Treppe, auf der ich stand, verursachte einen kurzen Schock und ich tastete mich eine Treppenstufe hinunter.

Das brutale Gebrüll meiner Mutter, das wieder seinen Höhepunkt erreichte, ließ mich zusammenzucken. Fassungslos musste ich feststellen, dass es tatsächlich immer meine Mom war, die zu ihrer lauten Stimme zurückgreifen musste. Es war mein Vater, der versuchte, sich mit seiner ruhigen Stimme aus der Situation zu befreien.

Mein Gesicht war wutverzerrt, ich spannte meinen Kiefer an und strich mir entrüstet durch die verschwitzten, dunklen Haarsträhnen, als meine Ohren mir wieder verrieten, was vor mir versteckt werden sollte. Es durchfuhr mich kalt. Ich wusste genau, wie sich das anfühlte.

Sie hatte es wieder getan. Schon wieder. Obwohl sie geschworen hatte, dass es das letzte Mal gewesen sei.

Ha, sie hatte mir doch geschworen, dass es ein unverzeihlicher Ausrutscher gewesen war. Sie würde tiefe Verbitterung empfinden. Bei dem Punkt konnte ich mir nicht sicher sein, ob es der Wahrheit entsprach. Sie habe es bereut, sagte sie, doch sie hatte sich nicht zurückhalten können, ihn skrupellos zu schlagen.

Unwillkürlich zuckten meine Finger und ich strich vorsichtig über die langgezogene Narbe auf meinem rechten Oberarm. Wenn Dad nicht da war, ließ sie ihre aufgestaute Wut eben an mir aus, als wäre das verzeihlich.

Schlagartig sprang ich auf, als ich den dunklen Schatten meines Dads um die Ecke gehen sah.

Als ich abends im Bett lag, wurde mir klar, dass ich nicht mehr der emotionale, zerbrechliche und schwache Heuchler würde sein können. Fluchend fasste ich mir an die Stirn, griff nach meinem Kopfkissen und zog es mir über den Kopf.

Meine Augen hatten Szenen der Unterdrückung in meiner Familie schon oft genug beobachten müssen. Es war schon eine Art Gewohnheit geworden. Die meiste Zeit stand ich kampflos daneben und ließ alles über mich ergehen.

War das die korrekte Weise, in der ich mich als Sohn zu verhalten hatte?

Und wie sah es morgen aus? Morgen musste ich so tun, als wäre alles perfekt. Als wäre ich perfekt.

Kapitel 2

TYLER

Ein letztes Mal strich ich mein geradezu glattes Jackett zurecht und meine zitternden Finger führten mich ungewollt dazu, mir zu versichern, dass meine Krawatte auch wirklich richtig saß.

Angespannt fuhr ich mir durch die zurückgestrichenen dunkelblonden Locken.

Gott, wie ich diesen anständigen Hairstyle verabscheute, aber ich konnte es nicht wagen, das laut auszusprechen. Wie bei fast allem in meinem Leben war ich dazu verdammt, mich damit abzufinden.

Als ich die raue Stimme meines Vaters hörte, die trocken und gepresst klang, wusste ich sofort, dass es an der Zeit war, mich nach unten zu begeben.

Ich lief die Treppenstufen hinunter und mein Blick galt meinen tiefschwarzen Lederschuhen. Als ich die letzte Stufe erreicht hatte, musste ich meine aufkommende Wut hinunterschlucken, da ich meinen Vater an mir herabschauen sah. Er schaute immer auf andere herab, es war nie anders gewesen.

„Was hat dich denn so lange aufgehalten, mein Sohn?", erkundigte er sich, während er mich ganz genau betrachtete. Jede Stelle meines Körpers fixierte er mit seinen stechenden eisblauen Augen.

Ich wich aus mit den Worten „Nicht weiter wichtig."

Ein Stirnrunzeln zeichnete sich deutlich auf seinem Gesicht ab.

„Wer hat dich dazu veranlasst, diese scheußliche Krawatte zu diesem entzückenden Grauton zu tragen?"

Irritiert schaute ich an mir hinunter und ballte die Hände hinter meinem Rücken vorsichtig zu Fäusten.

Mein Vater hatte wirklich nur etwas zu meinem optischen Erscheinungsbild zu sagen, wenn ihm etwas nicht passte. Wenn ihn etwas störte, machte er den Mund auf.

„Vater“, setzte ich ruhig an. „Olivia hat das für mich zusammengestellt.“

„Dann“, unterbrach er mich forsch, „brauchst du umgehend eine neue Designerin.“Daraufhin drehte er mir den Rücken zu, so, als wäre das Thema damit beendet.

Konzentriert ging ich auf den prächtigen Esstisch zu, der schon so reichlich gedeckt war, dass keine Wünsche unerfüllt bleiben würden, und aß still mein Essen, als ich unter meinen Wimpern beobachtete, wie mein Vater seinen Stuhl nach hinten schob und sich zu mir setzte. „Hast du was von Dean gehört?“

Er schaute mich dabei nicht an. Ich schüttelte den Kopf, konnte mich aber in diesem Punkt nicht zurückhalten. „Dann setz deinen Privatdetektiv an, weil dein Sohn sein Leben nach seinen Vorstellungen lebt.“

Mein hasserfüllter Blick ging direkt in seine kalten Augen, während die sarkastischen Worte aus meinen Mund heraussprudelten.

„Ist schon erledigt“, sagte er nur und ich konnte nur fassungslos den Kopf schütteln. Echt schockierend, dass er das sagen konnte und es auch noch wirklich ernst zu meinen schien.

Als ich aufgegessen hatte, konnte ich es nicht erwarten, mich, so schnell es ging, in mein Zimmer zu verkriechen. Dort angekommen, schickte ich die Putzfrau mit einer einfachen Handbewegung raus und ließ mich erst einmal erschöpft auf das Bett fallen.

Dieser ganze Kampf, der damit verbunden war, meinem Vater tagtäglich unter die Augen treten zu müssen, raubte mir den letzten Nerv. Diese Kontrollsucht war doch einfach nicht mehr normal.

Zwar hatte er meine Mutter früh verloren und auch wenn ich etwas Schuld an diesem unglücklichen Vorfall trug, hieß das noch lange nicht, dass wir gezwungen waren, nach seinen bescheuerten Regeln zu leben. Erst war es ja nur das Mitleid, dann das schlechte Gewissen, aber nach 18 Jahren musste doch diese Wunde auch mal langsam verheilen. Er müsste lernen, weiterzuleben, auch ohne sie. Sie hätte niemals gewollt, dass wir auf diese Art und Weise leben.

Doch stattdessen kritisierte er lieber jeden meiner Schritte und versuchte, aus mir etwas zu machen, worauf er stolz sein könnte. Das war doch einfach nur noch lächerlich.

Gedankenverloren ging ich mit schlappen Schritten auf meinen Kleiderschrank zu und öffnete ihn vorsichtig.

Sofort stachen mir die Unmengen an Anzügen, Hemden und Sakkos ins Auge, doch die hinterste Ecke quoll über vor übergroßen Kapuzenpullis und verwaschenen Jogginghosen. Mit einem Ruck drückte ich sie noch mehr in die Ecke. Unter gar keinen Umständen durfte mein Vater erfahren, wie ich wirklich herumlief und wie wenig Wirkung seine Worte auf mich hatten. Für ihn würde ich doch immer nur der Sohn sein, den er in mir sehen wollte.

Kapitel 3

SOHEL

Mit halbgeöffneten Augen lief ich schwankend die Treppen zum Wohnzimmer hinunter.

Letzte Nacht hatte ich kaum ein Auge zubekommen, sodass es mir heute Morgen noch schwerer gefallen war, aus dem Bett zu kommen.

Wie nicht anders zu erwarten, kam mein kleiner Bruder auf mich zugelaufen und zupfte an meiner Jogginghose. Er sprang auf und ab, rüttelte mich am Ärmel und versuchte, mich zu sich hinunterzuziehen.

„Sohel, Sohel. Guck mal!“ Mit glasigen Augen wedelte Soufian mit einem Blatt vor mir, direkt vor meinen Augen.

Etwas genervt hielt ich das Blatt fest und rückte es etwas weiter von mir weg. Mit zusammengekniffenen Augen versuchte ich zu erkennen, was mein siebenjähriger Bruder mir zeigen wollte.

Stirnrunzelnd betrachtete ich die kleinen runden Tabletten, die er auf das Papier gekritzelt hatte.

Je länger ich auf die Skizzen schaute, desto mehr verschwommene Erinnerungen kamen mit einem Mal in mir hoch. Erinnerungen an mein früheres Ich. Etwa daran, wie ich taumelnd den Gehweg entlang lief und die gestohlene, fleckige Sonnenbrille verschoben auf meinem Nasenrücken. Ziellos war ich durch verschmutzte Gassen gegeistert, in denen ich eigentlich nicht hätte sein sollen.

„Soufian?“ Meine Müdigkeit war, von einem auf den anderen Moment, wie weggeblasen. „Was hast du da gezeichnet?“ Ich versuchte, ruhig zu bleiben. Vielleicht verstand ich das auch alles ganz falsch. Ja, ganz bestimmt. Immerhin hatte er faszinierende Fantasien und es konnten genauso gut auch belanglose Kreise oder irgendwelche Süßigkeiten sein, auf die kleine Kinder zurzeit abfahren. Ja, bestimmt war es so. Wie um alle Welt sollte ein kleiner Junge auch nur die leiseste Ahnung von Drogen haben?

„Was das ist?“ Seine grünen Augen flackerten auf. „Ja, was hast du da Schönes gezeichnet?“, fragte ich, zum wiederholten Mal, mit einem aufgesetzten Lächeln.

„Also.“ Er holte tief Luft. „Das habe ich gestern in Mamas Schlafzimmer gesehen und dann dachte ich, wieso male ich das nicht ab. Du, Sohel, sind das Süßigkeiten?“ Mir stockte der Atem. „Das sind Beruhigungstabletten“, erklärte ich und bemühte mich, mir meine aufkommende Panik nicht ansehen zu lassen. Ich hatte großes Glück, als mein kleiner Bruder sich unbeeindruckt wegdrehte.

„Achso. Wo ist Mama eigentlich?“

„Arbeiten“, log ich. Während Soufian weiter beschäftigt war, lenkten mich die Wut auf meine Mutter und das Unverständnis, was ihr Verhalten betraf. Warum hatte sie das, was sie schon so zerstört hatte, in ihren Schubladen liegen? Ich will mir gar nicht vorstellen, was passiert wäre, wenn Soufian die Tabletten probiert hätte. Wenn sie wieder sturzbetrunken von einer ihrer Partys zurückkommen würde, würde ich, das nahm ich mir vor, unbedingt unter vier Augen mit ihr sprechen. So durfte es einfach nicht weitergehen.

„Wo ist eigentlich deine Schwester?“, fragte ich irritiert und schaute mich im Wohnzimmer um.

Soufian spähte zu mir über. „Na ja, sie meinte, dass sie zur Schule muss, aber da heute Sonntag ist, war das bestimmt gelogen. Vielleicht trifft sie sich ja mit Freunden.“ Er drehte sich wieder weg und ich musterte ihn grüblerisch. Während ich versuchte, meine Schwester zu kontaktieren, wanderte mein Blick zum Bild meiner Eltern auf der Kommode, welches einen goldenen Bilderrahmen hatte. Auf diesem Foto sahen sie noch so unfassbar glücklich aus.

Zu der Zeit waren sie noch so unbeschwert gewesen, bis der Lungenkrebs bei meinen Vater diagnostiziert wurde, und ehe ich mich versah, verwandelte meine Mom sich in einen Partyfreak. Sie verspürte das Gefühl, wieder jung zu sein. Sie überkam die Furcht, dem Tod Jahr für Jahr näherzukommen. Aus diesem Grund hatte sie sich von der Verantwortung als Mutter distanziert und verbrachte ihre Zeit nun auf feierlichen Events.

Mittlerweile hatte ich das Gefühl, die Rolle als Vater übernommen zu haben, für Soufian und meine Schwester Sheeba. Ihnen regelmäßige Mahlzeiten zu geben. Das war inzwischen zu einer meiner Verpflichtungen geworden. Ich hatte früh gelernt, wie es ist, auf sich alleine gestellt zu sein.

Kapitel 4

DUNJA

Verstohlen wanderte mein Blick in meinem Zimmer umher. Schon den ganzen Tag hatte ich auf meinem Bett gehockt und mir den Kopf darüber zerbrochen, was ich heute unternehmen sollte.

Worüber ich mich ärgerte, war die Tatsache, dass meine Freunde beschäftigt waren, während ich hier saß und Wurzeln schlug. Nach dem Aufstehen, früh am Morgen, hatte ich eine Textnachricht herumgeschickt, in der es hieß, dass wir gemeinsam etwas unternehmen sollten. Die Antworten fielen wie erwartet aus. Neben Eren gab sich Tyler wenigstens die Mühe, mich darüber zu informieren, dass er heute total beschäftigt war. Selbst Liana musste gestehen, dass sie keine Zeit finden würde, und Sohel rief meine Nachricht nicht einmal auf. Wie auch immer, letztendlich bin ich wieder diejenige, die einsam und tatenlos bleibt. Wie sollte es auch anders sein.

Auf den äußeren Blick wirkte meine Familie makellos und voller Stolz. Unser ererbtes Einfamilienhaus sahen die Menschen gern und es verlieh meinen Eltern ein Gefühl der Unbeschwertheit, das sie jederzeit gerne nach außen trugen.

Ich war Einzelkind und meine Eltern kamen ausnahmslos miteinander zurecht und verstanden sich blind. Wir waren nie an typische Familientraditionen gebunden gewesen, es gab keine sich wiederholenden Auseinandersetzungen, derentwegen man nicht einschlafen konnte. So schien es für die Außenwelt, wenn man einen Blick auf unsere kleine Familie warf. In dem Punkt unterschied ich mich gewaltig von meinen Freunden.

Soweit ich wusste, stecke Eren in einer brenzligen Familienkrise. Tyler und die Nummer, die mit seinem Vater ablief, war längst kein Geheimnis mehr, auch wenn er es geheim halten wollte. Dass er seine geliebten Hoodies gegen ein faltenfreies Jackett tauschen musste, damit dieser ihn liebte und mit ihm zufrieden war, hatte er uns schon mehr als einmal deutlich gemacht.

Liana. Sie schien ein furchtbar guter Mensch zu sein. Fast schon ein wenig zu gut. Je länger ihr wunderhübsches Gesicht vor meinem inneren Auge herumschwirrte, desto mehr rückte der Wunsch näher, es würde einfach in einem glorreichen Nebel verschwinden. Lia war das Ebenbild meiner Mutter. Und wer war meine Mutter? Einfach zu beantworten. Marlee Nejen. Die Frau, die es geschafft hat, mehrere unschuldige Leben mit einem Schlag zu retten. Die Frau, die mit ihrer heldenhaften Rettung von Hunderten von Kindern Geschichte geschrieben hatte. Mit dem Spenden von etlichen Dingen, sei es haufenweise Kleidung, den notwendigsten Haushaltsgeräten oder einer unvorstellbaren Summe Geldes, hatte sie Kindern, die in ärmlichen Verhältnissen wohnten, ein Leben mit höherem Standard ermöglicht. Eine so gute Frau, die engagiert und raffiniert war. Eine Frau, deren Namen jeder einmal gehört haben musste.

So wurde sie beschrieben. Im Fernsehen, in Zeitschriften, in den Nachrichten. Auch wenn diese Rettungstat schon in der Vergangenheit liegt, war meine Mutter immer noch ein bekanntes Gesicht in den Köpfen vieler Menschen.

Doch wenn diese ganze Welt da draußen bloß nur ihr wahres Gesicht kennen würde! All diese Heldentaten, nur um eine weiße Weste zu haben. Diese Frau, die in den Medien so hervorragend dargestellt und in höchsten Tönen gelobt wurde, war in Wirklichkeit ein hinterhältiges Biest. Sie behandelte mich, ihre eigene Tochter, wie das Allerletzte.

Wenn die Kamera in ihrer Nähe war, lächelte sie, strahlte sie, war sie bescheiden – und die Leute liebten das. Sie liebten, wie eine einfache Frau wie sie sich so sehr einsetzte.

Alle dachten an die Kinder, die sie gerettet hatte, und das wurde ihr hoch angerechnet. Doch ging es um ihr eigenes Kind, waren die Türen, die für unsere Familie standen, fest geschlossen und die lauten Stimmen, die nur nach ihrem Namen schrien, verhallten in ihrer Welt. Sobald niemand mehr zusah, wechselte sich ihr aufgesetztes bescheidenes Lächeln zu einem Schmunzeln, gefolgt von einem selbstgefälligen Lächeln.

Oh, sie erinnerte mich stark an Lia. Sie hatte dasselbe Haar, dasselbe zarte Lächeln und dieselben Züge. All diese Schnittpunkte waren zum Verrücktwerden.

Kapitel 5

TYLER

„Hey!“ Ich stürmte die Treppen zu unserem Wohnzimmer hinunter. Denn die Arbeiter in den grauen Overalls hockten noch immer vor unserem spiegelverzierten Aufzug und kramten in ihren Schraubenkoffern herum. Sie machen ihren Job, um ein paar Dollars zu verdienen. Sollten sie machen, wofür sie bezahlt wurden. So lief das doch immer ab. Im Ernst, diese Typen würden Vater sogar die Sahnesoße von den Lederschuhen ablecken, wenn er ihnen ein paar Scheine mehr anbieten würde.

Manchmal kam mir meine ganze Tagesroutine so sinnlos vor. War ich überhaupt zu irgendetwas anderem fähig, als die Vor-und Nachnamen sowie die Biografien irgendwelcher hochgestellten Persönlichkeiten im Schlaf aufzusagen? Obwohl mich das nicht einmal im Geringsten interessierte. Aber Vater sagte, ich müsse selbstverständlich für jeden erdenklichen Moment bestens vorbereitet sein. Da ich gerade von meinem Vater rede: Der kalte Blick, den er mir gerade zuwarf, ließ keinen Fehler unentdeckt bleiben. Zu Hause durfte ich nicht sein, wie ich eigentlich war, wie ich wirklich sein wollte. Verflucht.

Das Leben war verdammt unfair.

Wenn ich so über die Menschen nachdachte, kochte bei einigen meine Wut hoch, denn sie täuschten, ohne mit der Wimper zu zucken, ihr Gegenüber, zogen eine einwandfreie Show durch. Ihre Hirne schienen mir besetzt von kranken Vorstellungen.

Letztendlich war ein solcher Mensch nicht mehr als die Verkörperung von Besessenheit und Gier.

„Hey?!“ Jetzt war es jedoch Vater, der in einem widerwärtigen Ton dieses Wort in mein Gesicht spuckte. Ich musste kräftig schlucken.

Niemals würde es anders sein und wie oft hatte ich schon Worte über mich ergehen lassen müssen wie „Dreh doch den Spieß um,

Tyler“ oder „Wehre dich gegen deinen Vater, Tyler“ oder „Es ist nicht so schwer. Mach doch was aus deinem Leben, Tyler.“

Das könnt ihr gleich vergessen. Denn das wird nicht passieren. Nicht jetzt. Nicht bald und auch nicht irgendwann.

Wo war mein Respekt geblieben? Immerhin stand nicht irgendein Freund vor mir, sondern mein Vater. Verhalte dich angemessen, du verdammter Idiot.

„Entschuldige, Vater. Guten Morgen.“

Mit hochgezogenen Augenbrauen schaute ich zu meinem Vater hoch. Nur nicht zu lange in die Augen, lediglich ein kurzer Blick, aus Respekt. Doch um keine Missstimmung oder Unbehagen aufkommen zu lassen, reichte auch nur dieser kurze Blick. Das wusste ich.

Wenn Vater besonders wütend war, sollte man besonders seinen Blick meiden. Und schon wieder starrte ich auf die cremeweißen Feinsteinfliesen. Und jetzt ist es an der Zeit, meine Geschichte zu erzählen. Die Geschichte eines Jungen, dessen Kindheit sich von der eines gewöhnlichen Kindes unterscheidet.

Wie oft hatte ich schon auf diese Fliesen hinunterblicken müssen? Als kleiner Junge, der nicht verstehen konnte, warum er seine Feuerwehrautos gegen ein Buch austauschen musste oder Bilder von fremden Erwachsenen in die Hand gedrückt bekam. Was sollte er damit? Warum durfte er nicht mit seinen Autos spielen, wie alle anderen Jungen in seiner Gruppe. Warum musste er Bilder von fremden Erwachsenen anschauen, wenn doch die Erwachsenen seiner Familie die einzigen waren, die er sehen wollte?

Auch als Jugendlicher starrte ich auf die Fliesen. Ein Jugendlicher, der damit klarkommen musste, dass es eben die Erwachsenen, die sich seine Eltern nannten, waren, die ihn nicht sehen wollten. Ein Junge, dessen seltsame Kindheit ihm wie eine Last auf den Schultern lag. Der Verachtung und Neid gegenüber den anderen Schülern aufbaute, die ein normales Leben führen konnten. Ein Leben, wonach er sich so sehr sehnte.

In meiner Jugend kränkte es mich zutiefst, als ich mit ansehen musste, wie andere Jungs sich Kapuzenpullis kauften, weite Hosen und weiche Sneakers trugen.

Während ich stattdessen mehrmals am Tag den Kragen meines juckenden Hemdes richten musste.

Dieser Junge fühlte Tag zu Tag, dass er nicht dazugehörte, und er wurde älter. Als ihm ein Bart wuchs und er an Körpergröße, sowie an Gewicht zunahm, war das für seinen Vater der Beweis, dass sein Sohn zu einem erwachsenen Mann wurde. Er hockte abends im Bett unter der Decke. In der einen Hand die Handytaschenlampe und in der anderen die Maschine seines Vaters, die er aus dem Badezimmer stibitzt hatte. So versuchte er, die Kurzhaarschnitte der anderen Jungen in der Klassenstufe nachzumachen.

Wie das Blatt sich wendete. Ihm gefiel die neue Frisur und er konnte sich endlich so fühlen, als würde er zu den anderen Jungen in seiner Klassenstufe gehören. Wie nicht anders zu erwarten war, schickte ihn sein Vater am nächsten Tag zum Friseur. Später am Tag lernte er die verfluchten Namen dieser Wichtigtuer-Menschen.

Abends konnte er sich zurückziehen und er zog erneut die Decke über seinen Kopf und verkroch sich darunter. Er wurde alleingelassen und ihm blieben nur noch die Wut und die Schatten, die sich um ihn herum bildeten. Dabei wusste er ganz tief im Inneren, dass morgen alles wieder zur Normalität zurückkehren musste.

Tage verstrichen und es war dringender denn je, seine innere Frust und seine Unzufriedenheit rauszulassen. Er musste etwas tun, um sich selbst von den Sorgen zu befreien, um Beruhigung zu finden.

Nun kam es dazu, dass er ein Poster in dem leerstehenden Zimmer seines großen Bruders zu sehen bekam. Das zeigte ihm etwas, das ihm bis zu diesem Zeitpunkt fremd gewesen war. Aber er freundete sich schnell mit der Kunst des Boxens an. Es fühlte sich an, als würde ihm alles zu Kopf steigen, denn er konnte die Lügen und Befehle seines Vaters nicht mehr ertragen. Über die Jahre plagte ihn nicht nur die Problematik mit seinem Vater, vielmehr bekam er Neues zu sehen in der Welt, in der er lebte. Etwa die vielen Menschen, die er traf. Sie setzten je nach ihrer Laune verschiedene Gesichter auf – und erwiesen sich später als falsch und nutzlos.

Und wenn er wieder in seinem Zimmer gefangen war, schnürten ihm die vier Wände die Luft ab. Er wusste sich dann nur zu retten, indem er sein Zimmer als persönliche Kampfarena nutzte, um so seinen Frust abzubauen.

Während er eine Hand auf den Mund presste, versuchte er, sein ungleichmäßiges, schnelles Atemtempo unter Kontrolle zubekommen.

Schritte ertönten im Flur. Schweißtropfen hatten sich schon auf seiner Stirn gebildet. Wie sollte er erklären, dass er schweißgebadet in seinem Zimmer stand? Das Licht war ausgeschaltet, denn Dunkelheit beruhigte ihn. So tat er das, was ihm als Erstes in den Sinn kam. Er lief mit eiligen Schritten zu seinem Bett, ließ sich drauffallen und zog die Decke bis zu den Schultern hoch. Er presste sein Gesicht auf sein Kissen und hielt angestrengt den Atem an, bis keine Schritte mehr vernchmbar waren.

Quietschend öffnete sich die Tür seines Zimmers. Es war Vater. Er erkannte es an dem Duft, denn er roch sein Parfüm. *Nicht atmen. Bloß nicht atmen.* Die Schritte näherten sich seinem Bett. Sein Vater stand nun direkt vor ihm. Er durfte sich nicht rühren. Erleichtert stellte er fest, dass er bloß das Fenster hinter seinem Bett öffnete. Dann rümpfte er die Nase und die Tür fiel ins Schloss.

Ihm stockte der Atem und noch immer wagte er es nicht, sich zu rühren. Seine Augen brannten wie die Hölle und er spürte, wie sich Nässe bildete. Kurz danach war das Kissen, in das er sein Gesicht gepresst hatte, feucht. Es war ein Gefühl von Schwäche und Demütigung, das der Junge in diesem Moment verspürte. Er war wütend auf sich selbst, als er auf sein Kissen blickte. So etwas hatte das Poster in dem Zimmer seines Bruders nicht gezeigt.

Denn der Boxer auf dem Poster hatte nicht geweint. Er hatte Stärke und Kampfgeist ausgestrahlt.

Das Weiß der Fliesen blendete jetzt in meinen Augen. Die Jahre sind zwar vergangen, aber das spielte hierbei keine Rolle. Denn immerhin schaute ich gerade schon wieder auf diesen Boden. Es hatte sich nichts verändert.

„Was ist dein Anliegen, Sohn?“

Als müsste ich einen Grund haben, meinem Vater einen guten Morgen zu wünschen. Was für ein Tag. Und er hatte gerade erst begonnen.

„Ich wollte bloß freundlich sein", stieß ich hervor.

„Werde erwachsen, Sohn."

Versteht ihr langsam, was ich an meinem Leben nicht so ganz kapierte? Vater redete Mist. Es war alles sinnlos. Doch am aller Meisten, ist es einfach gestellt.

KAPITEL 6

SOHEL

Am nächsten Morgen war ich früh auf den Beinen. Noch wie im Halbschlaf lief ich die Treppen zur Küche hinab. Schlaftrunken und mit zusammengekniffenen Augen strich ich über das pulvrige, knallpinke Zeug auf dem Toaster. Was war das?

Sekundenspäter begriff ich es. Wie gewohnt griff ich nach einem Papiertuch und wischte damit über die metallartige Oberfläche des Toasters. Das Tuch mit Moms Schminke landete kurzerhand im Abfall. Zwar war es auf einer Art, schon gängig, aber es raubte mir jedes Mal aufs Neue den Nerv, wenn Mom alles links liegen ließ und der Müll sich ansammelte. Es hatte kein Ende.

Nach Dads Tod war sie in ein tiefes Loch gefallen und hatte sich komplett neu erfunden. Ihre einzige Sorge war, nicht dem gleichen Schicksal in die Arme zu laufen wie ihr verstorbener Ehemann.

„Sohel, mein Hübscher. Hat Mimi vom Nagelstudio schon angerufen? Sie wollte mir einen neuen Termin geben, weil ich um 16 Uhr woanders verabredet bin. Du kannst dir nicht vorstellen, wie teuer alles geworden ist, und …“

„Mom“, fiel ich ihr ins Wort, „ich will das nicht hören. Und, nein, die Dame vom Nagelstudio hat nicht angerufen. Aber gestern Abend hat sich jemand gemeldet, der unbedingt mit dir reden wollte. Matthew, schätze ich. Jedenfalls klang er ziemlich wüt…“

„Matt“, unterbrach Mom mich mit einem schrillen Aufschrei. „Matty. Mein Liebling.“

„Wütend“, beendete ich meinen Satz seufzend. Für einen kurzen Augenblick galt mein Blick dem Boden. Ich fühlte mich ein wenig beklommen und ich spürte einen schweren Kloß im Hals. Sie sollte erkennen, dass ihr eigener Sohn sich um 180 Grad gedreht hatte. Dass mein Leben nach so vielen Jahren wieder zur Normalität zurückkehrte.

Meine eigene Mutter schien nicht zu begreifen, dass ihr Sohn sich wiedergefunden hatte und dass es ihm, nach einer schwierigen Zeit, endlich wieder gut ging. Weil sie nie gesehen hatte, dass es mir mal anders ergangen war.

Die Schwierigkeit war, dass sie so sehr mit ihrem eigenen Leben beschäftigt war, dass sie das ihrer drei Kinder kaum mitbekam. Sie war ständig damit beschäftigt, was sie alles nicht hatte. Welche Kosmetikprodukte in ihrer Sammlung fehlten oder welche Markenkleidung, um das Outfit komplett zu machen.

Über alldem merkte sie gar nicht, was sie zu schätzen wissen müsste. Ein Haus. Drei gesunde Kinder.

Ich bemühte mich zutiefst, dass meine kleinen Geschwister nicht Wind von den Komplikationen bekamen.

Immerhin sollten sie eine normale Kindheit haben. Aber die Malerei, die Soufian mir gestern in die Hand gedrückt hatte, ließ mich manchmal daran zweifeln.

Das Toastbrot, welches aus dem Toaster sprang, brachte mich wieder zurück in die Realität.

„Morgen." Mit einem Gähnen kam meine jüngere Schwester in die Küche getrabt. Ihre schwarzen wilden Locken hatte sie zu einem unordentlichen Dutt gebunden. Mir fiel auf, dass ihre grauen Augen, die sie von Mom geerbt hatte, feucht waren und von Tränen glänzten.

„Hey, Sheeba." Ich ließ das Buttermesser auf meinen Teller fallen und fasste meiner Schwester an die Schulter, um sie in meine Richtung zu drehen. Geschickt ignorierte sie meinen Versuch des Augenkontakts und spähte zu dem Küchentresen hinter mir. „Was ist los? Rede mit mir." Ich probierte weiter, ihren umherflackernden Blick aufzufangen, und versuchte, möglichst ruhig zu bleiben.

So wie ich meine Schwester kannte, hätte sie es mir nicht verraten, wenn sie in ihrem Zimmer geweint hatte.

„Es ist, weil ich gegähnt habe." Nervös fuhr sie sich mit dem Arm über die Augen.

„Komm schon, Sheeba."

Noch immer schaute sie mich nicht an und stahl das Toastbrot von meinem Teller. Sie schob meinen Arm gereizt zur Seite und schmierte unbekümmert das Brot fertig.

„Sie lügt." Mein kleiner Bruder tapste in den Raum herein. Als ich in Soufians Gesicht blickte, musste ich mir ein Lachen verkneifen. Er war eine kleine Kopie meiner selbst. Wir hatten nicht nur die tiefschwarze Haarfarbe und den gebräunten Hautteint gemeinsam. Er war mir wie aus dem Gesicht geschnitten. Lange Wimpern, dichte Augenbrauen und das intensive Grün in den Augen.

„Sie lügt?", wiederholte ich die Aussage meines Bruders und er nickte heftig.

„Heute Morgen bin ich in Sheebas Zimmer gegangen und sie hat geweint, aber als sie mich bemerkt hat, hat sie mich direkt rausgeschickt."

Soufian zuckte unbekümmert mit den Schultern und sprang mit einem Satz hoch, um an das Regal mit den Cornflakes zukommen.

Während ich meinem Bruder die Packung reichte, blieb mein Blick an meiner Schwester hängen, die mir immer noch keinen Blickkontakt gewähren wollte. Stumm setzte sie sich an den Küchentisch und biss müde in ihr Brot.

Fassungslos schaute ich ihr dabei zu, wie sie uns einfach völlig zu ignorieren schien.

Mich überkam das Gefühl, dass ihnen Moms Verhalten echt zu schaffen machte, obwohl ich bisher geglaubt hatte, sie würden es nicht bemerken. Mir war unwohl dabei. Meine Geschwister wussten, wie unsere Mutter vor Dads Tod gewesen war, und es lagen Welten zwischen diesem und ihrem jetzigen Verhalten.

„Sheeba will es nicht einsehen." Soufian kippte sich dreimal mehr in die Schüssel, als er letztendlich essen würde.

„Was soll man da noch machen?" Er kicherte ausgiebig und lief zum Kühlschrank.

„Wie meinst du das, Kleiner?", wollte ich wissen und trat näher, um ihn genauer zu betrachten.

Mit meinen Augen folgte ich meinem Bruder und sah dabei zu, wie er die Milchpackung konzentriert über seine Schüssel hielt.

„Egal.“

Nein, es war eben nicht egal, so musste ich weiter nachhaken. „Ich würde trotzdem gerne wissen, wie du das meinst.“

Er schien mich einfach zu ignorieren.

„Ich verstehe nicht, was du meinst, Soufian“, versuchte ich mein Glück weiter und verschränkte die Arme vor der Brust.

Schon wieder kicherte mein kleiner Bruder und hielt den Blick gesenkt.

„Dann bist du echt schwachsinnig. Ich mach nur Witze.“ Er lachte schon wieder und ich verlor allmählich den Glauben daran, noch eine vernünftige Antwort zubekommen.

„Das wollte ich schon immer sagen.“ Soufian legte glucksend die Milch zurück in den Kühlschrank.

„Na ja, sie will nicht verstehen, dass Mom sich so verhält.“

Seine Worte verursachten ein merkwürdiges Gefühl in meinem Magen und ich suchte angestrengt nach den richtigen Worten. „Verhält sie sich komisch?“

Mein Bruder zuckte bloß mit den Schultern. „Denkt Sheeba bestimmt“, erwiderte er unbeeindruckt.

„Hört auf“, warf meine Schwester schroff ein und drehte sich zu uns um. „Alle beide. Redet nicht so, als sei ich nicht da.“

„Dann tue nicht so“, gab ich zurück. Mit finsterem Gesichtsausdruck drehte sie sich von mir weg.

Erschöpft lehnte ich mich gegen den Küchentisch.

Während ich auf mein Toastbrot wartete, betrachtete ich das Lächeln auf dem Gesicht meines kleinen Bruders. Wie sehr ich diesen Ausdruck liebte! Diesen freudigen, herzerwärmenden Anblick versuchte ich, mir fest einzuprägen.

Mein Blick wanderte zu Sheeba, die mittlerweile ebenfalls ein Grinsen auf dem Gesicht hatte. Das brachte mich unweigerlich zum Lächeln.

Wie aus dem Nichts zuckten die Mundwinkel meiner Schwester und das Lächeln verschwand augenblicklich aus ihrem Gesicht und ein trüber Ausdruck machte sich breit. Woher der Wandel? Ich folgte ihrem Blick und blieb bei einer Person hängen. Mom stand am Türrahmen und kramte hektisch in ihrer Tasche. Das Telefon hatte sie unter ihr Ohr geklemmt.

Wieso überraschte mich das nicht? So nahm ich das leicht verbrannte Brot aus dem Toaster und verließ mit hastigen Schritten die Küche.

Genug von dem Ganzen. Ich wusste nicht, ob meine Nerven das mitmachen würden.

Vergebens suchte ich nach meinem Handy. Mit meinen Händen griff ich in die Tasche meiner knielangen schwarzen Shorts. Leer. Außer zerknüllten Kaugummipackungen war nichts vorzufinden. Ich suchte weiter und tastete mein graues TankTop ab. „Verfluchte Schei..."

„Suchst du das hier, Sohel?" Mein kleiner Bruder trat in das abgedunkelte Wohnzimmer. Mit seiner kleinen Hand hielt er mein Telefon fest umklammert. Mit einem kurzen Ausatmen ließ er sich neben mir auf das Sofa fallen. Mit meinen Beinen drückte ich mich ein wenig mehr in die Ecke des Ledersofas. „Woher hast du das, Kleiner?"

„Küche." Er schwang seine Beine vor und zurück und schaute mich seitlich an. Ich lehnte mich an die Rückenlehne.

„Sohel." Soufian schaute mich müde an und legte den Kopf schief. „Kannst du bitte nicht gehen." Er lehnte sich gegen meine Schulter an.

„Gehen?", fragte ich verwirrt und strich über seine kurzen Haare, während ich seine Worte auf mich wirken ließ.

„Ja", erwiderte er knapp.

„Aber wohin?"

„Nirgendwohin."

„Wohin sollte ich denn gehen wollen?"

„Bleib einfach hier. Bei mir." Mein kleiner Bruder seufzte leise. Seine Sorge ließ mein Herz aufblühen.

„Ich bleib bei dir, Kleiner." Mitten in meiner Bewegung stoppte ich. Soufian war eingeschlafen und hatte seine Augen geschlossen. Sein Körper bebte vorsichtig in meinem Schoß. „Für immer." Meine Stimme hatte einen Flüsterton angenommen und ich versuchte die Position meines Bruders für ihn gemütlicher zu gestalten. Die gedämpften Stimmen meiner Mom und meiner Schwester ertönten in der Küche. Den Stimmen und der Lautstärke nach zu urteilen, lief das Gespräch nicht gerade rund.

Nicht immer konnte ich sie vor den schlechten Seiten dieser Welt in Schutz nehmen. Das Einzige, was ich tun konnte, war, zu versuchen, dafür zu sorgen, dass Sheeba diese Seiten nicht wie einen harten Schlag verpasst bekam.

Mit einer Hand angelte ich gezielt nach meinem Handy. Der grelle Bildschirm ließ meine Augen zusammenzucken. Das leuchtende Display war, mit den blinkenden Straßenlaternen, deren Lichter durch die großen Fenster hereinstrahlten, das Einzige, das für Beleuchtung im Wohnzimmer sorgte.

Da waren jede Menge WhatsApp-Nachrichten von unserer Gruppe. Tyler, Lia, Eren und Dunja. Mit meinen Augen überflog ich den Chat mit den sinnlosen Nachrichten. Eren ärgerte sich darüber, dass er den Witz, den Tyler getextet hatte, nicht verstehe. Dunja schrieb, dass er einfach mal sein Gehirn anstrengen solle, wenn er überhaupt eins besitze.

„Hey, atme tief durch, beruhige und besinne dich“, dachte ich.

„Zwar liebten wir alle deine offene und entschlossene Art, aber nicht alle waren so schnell von Begriff.“ Diese Worte würde ich ihr gerne sagen, wenn ich ihr gegenüberstehen würde, aber dafür musste ich erst einmal genug Mut aufbringen.

Natürlich war es Lia, die die Situation im Nachrichtenchat lockerte, mit einer einfachen Nachricht.

Der Rest des Chats war das übliche Gerede. Die Sprachnachrichten, das war auch so eine Sache, die für sich sprach. Dunja verschickte auch mal einige, die ich gelegentlich öfter abspielte.

Meine Gedanken, die konnte niemand verurteilen, außer mir selbst, und das war auch gut so. Ob sie auch mal an mich dachte? Vielleicht jetzt in diesem Augenblick. Sie machte mich fertig. Dass ein einziger Mensch mir so zu schaffen und mich gleichzeitig unglaublich glücklich machen konnte. Ich schaute runter auf mein Handy.

Sohel, lebst du noch?
Warum schreibt er nie?
Der liest doch nicht einmal unsere Nachrichten.

Mein Blick blieb an meinem leuchtenden Display hängen. Ich schrieb nicht oft Textnachrichten, immerhin kannten Dunja, Eren, Ty und Lia die Schwerpunkte meines Lebens. Sie waren und werden niemals diejenigen sein, die meine Gefühle verstehen können. Denn schließlich ist man selbst am Ende der einzige Mensch, der das kann.

Die letzte Nachricht war von Tyler. Voreingenommen drückte ich auf die Sprachmemo. Wie eine Flut überwältigten seine Worte, in voller Lautstärke, meine Ohren. Undeutlich und schnell redete er los. Ich verstand kaum ein Wort. Das, was ich raushören konnte, war das zusammenhangslose Gerede über seinen Vater. Doch das Gebrüll ließ mich mein Handy schleunigst ausmachen. Der kleine Körper in meinen Armen regte sich. Behutsam strich ich über Soufians winzige Hand. Mit meinen Augen suchte ich die nun herrschende Dunkelheit ab, während ich über die Innenfläche seiner Hand strich.

„Schlaf weiter, Soufian", versuchte ich, ihn zu beruhigen. Doch mein kleiner Bruder schüttelte bloß den Kopf und spielte mit meinen Fingern. „Was war das gerade eben?"

„Was meinst du?"

„Du weißt, was ich meine, Sohel."

„Vergiss es einfach."

Eigentlich erwartete ich ein endloses Gefrage, doch mein Bruder nickte bloß. Für eine Weile herrschte Stille. Das Kinderlied, das mein Bruder dann leise vor sich hin summte, war beruhigend, bis eine Tür geöffnet wurde. Die Umrisse meiner Schwester zeichneten sich vor uns ab. Ihren Gesichtsausdruck konnte ich nicht erkennen. Mit schlappen Schritten kam sie auf uns zu.

Geräuschlos ließ sie sich an meiner anderen Seiter nieder und legte ihren Kopf an meine Schulter.

„Ich bin müde", murmelte meine Schwester leise und ich nickte langsam. „Das sind wir alle."

„Kannst du mich in mein Bett tragen?"

„Vergiss es, Sheeba", antwortete ich lachend. Auch sie konnte sich ein Kichern nicht verkneifen.

„Kann ich noch eine Folge Batman schauen?", unterbrach Soufian plötzlich das Gespräch und wirkte mit einem Mal hellwach.

„Geh schon." Ich hob meinen Arm, damit er hindurchschlüpfen konnte. Doch dann stoppte er plötzlich und kurz danach spürte ich wieder seinen warmen Körper. „Ich hab's mir anders überlegt. Diesen Moment sollte ich nicht zerstören."

„Soufian, schau ruhig noch eine Folge", wandte Sheeba ein. Mein Blick folgte meinen Bruder, wie er eifrig den Kopf schüttelte.

„Obwohl Batman cool ist, kann nichts einen Moment mit meinem Bruder und meiner Schwester toppen."

Soufians Worte erwärmten erneut mein Herz. Mit einem Lächeln auf den Lippen lehnte ich meinen Kopf gegen die Sofalehne. Wieder einen Tag überstanden. Ohne sie. Morgen war ein neuer Tag. Neues Glück.

Ein Türknallen ließ mich zusammenzucken. Dann war das Haus totenstill.

„Mom", sagte Sheeba bloß und ich schluckte. Für einen kurzen Moment schloss ich die Augen, strich mir über die kurzen Haare und atmete tief ein.

Wir hatten es bis jetzt geschafft, wir würden es auch weiterhin schaffen. Ich hieß doch nicht umsonst Sohel Kader.

Kapitel 7

SOHEL

Ich blinzelte den erwachenden Sonnenstrahlen entgegen und kniff die Augen fester zusammen. Stöhnend drehte ich mich auf die andere Seite und griff nach dem Zipfel der Decke, um sie mir über die Augen zu ziehen. Mit der anderen Hand tastete ich nach meinem Handy und schwang es ein paar Mal in der Luft herum, ehe ich es kraftlos umklammerte.

Das grelle Bildschirmlicht ließ mich, für einen kurzen Augenblick, zusammenzucken, sodass mein Versuch, auf die Uhrzeit zu schauen, scheiterte. Mit einem Ruck und ein wenig Bemühen zog ich schließlich die Decke von mir und erhob mich.

Ich setzte mich auf und verweilte ein wenig in dieser Position.

Schließlich löste ich mich vom Bett und machte einige langsame Schritte Richtung Bad. Schlaftrunken griff ich nach dem Türgriff und seufzte hörbar auf, als ich feststellte, dass das Bad besetzt war.

Die Warterei fühlte sich wie eine halbe Ewigkeit an, doch dann öffnete sich die Tür endlich und meine Mom spazierte heraus.

Mit Erstaunen stellte ich fest, dass sie sich, selbst für ihre Verhältnisse, ziemlich herausgeputzt hatte. Schon an diesem frühen Morgen hatte sie sich in ein hautenges Kleid gedrängt und hatte eine dicke Schicht Make-up aufgetragen.

„Wohin geht's?“ Meine Stimme war rau und ich räusperte mich schwach.

„Ein Meeting“, erwiderte sie zögernd und schaute dabei zur Seite. Dann drängte sie sich grob an mir vorbei und als ich dachte, sie wollte sich schon aus dem Staub machen, drehte sie sich doch noch mal zu mir um.

„Denk daran, später zu dem Auftritt des Kleinen zu gehen.“

„Ich soll was?“, entgegnete ich verdutzt und lehnte mich gegen den Türrahmen.

„Na, zu Soufians Vorführung in der Schule“, erwiderte sie schroff und wandte sich mit diesen Worten von mir ab.

„Moment, wann ist das?“, rief ich ihr hinterher und stolperte einige Schritte vorwärts.

„In ’ner Stunde sollte das sein“, hörte ich noch die gedämpfte Stimme meiner Mutter. Ach, das hätte ich fast vergessen.

Mein kleiner Bruder redete mich schon seit Tagen damit voll, dass seine Klasse heute ein Theaterstück in seiner Schule vortragen würde.

Und wie sehr er sich darauf freue. Natürlich war vereinbart, dass Mom dort hingehen sollte, aber wie schon zu erwarten gewesen war, hatte sie andere Pläne. Ich konnte Soufian doch nicht hängen lassen. Wenn ich nur an sein freudiges Gesicht dachte, als er mir so begeistert davon erzählt hatte, kam das gar nicht in Frage. Grübelnd betrat ich das Badezimmer und ging Richtung Waschbecken. Dann spritzte ich mir kaltes Wasser ins Gesicht und schaute nach vorn´ in den Spiegel.

Eilig strich ich mir übers dunkle Haar und rieb mir die halbgeöffneten Augen. Ein letztes Mal strich ich mir übers Kinn und verließ das Zimmer so schnell, wie ich es betreten hatte. Ich hatte nicht mehr viel Zeit, sofern ich auf Moms Worte vertrauen konnte und seine Vorstellung tatsächlich in einer Stunde beginnen würde. In meinem Zimmer angekommen, wechselte ich meine Jogginghose gegen eine hellblaue Jeans und warf mir, in der Eile, ein weißes Shirt über. Dann zog ich, ohne große Umschweife, eine weite Kapuzenstrickjacke aus meinem Kleiderschrank und schlüpfte hinein. Mit der Kapuze über dem Kopf lief ich orientierungslos aus dem Zimmer und sprintete die Treppen hinunter.

Im Wohnzimmer war Ruhe eingekehrt, da meine Mutter schon das Haus verlassen hatte. Im Vorbeigehen räumte ich noch schnell die auf dem Fußboden herumliegende Kleidung auf und warf sie in den Wäschekorb.

Ein Blick auf die Uhr verriet mir, dass ich relativ spät dran war.

Fluchend holte ich meine weißen Sneakers aus dem Schrank und griff nach dem Autoschlüssel.

Als ich dann endlich alles beisammen hatte, schloss ich die Haustür hinter mir und lief, mit großen Schritten, zu meinem in der Einfahrt parkenden Auto. Mehrmals betätigte ich den Knopf des Autoschlüssels und atmete erleichtert auf, als das Auto blinkte.

Sofort riss ich die Fahrertür auf und startete den Motor.

Es dauerte nicht lange und ich raste über die Straßen.

Ich versuchte, ruhig zu werden und die Hektik abzuschütteln.

Ich konnte es ohnehin nicht mehr ändern. Wenn ich zu spät dran war, dann war das ebenso.

Das ständige Rot der Ampeln machte mir jedoch einen Strich durch die Rechnung und ließ fast meinen Geduldsfaden reißen. Die Fahrt zog sich immer mehr in die Länge, obwohl es nicht einmal weit war bis zu meinem Ziel.

Mein Blick verfestigte sich schließlich an einem riesigen Gebäude und ich schnappte erleichtert nach Luft. Hier war die Schule meines kleinen Bruders.

Nur ein einziges Mal hatte ich ihn dort abgeholt. Damals ging er in die zweite Klasse und er freute sich unfassbar, als er mich vor seinem Klassenzimmer stehen sah. Natürlich verschwieg ich ihm, dass ich ewig gebraucht hatte, um sein Klassenzimmer zu finden und dass ich mich hatte völlig durchfragen müssen, um endlich erfolgreich zu sein.

Er prahlte damit, dass ich sein großer Bruder war, und das ständige Betteln darum, dass ich ihn jeden Tag abholen solle, hielt circa zwei Wochen an.

Dann gab er wohl auf. Schließlich war ich nie auf diesen Wunsch eingegangen. Jetzt war ich also wieder hier.

Mit quietschenden Reifen hielt ich schließlich an und sobald ich das Auto zum Stehen gebracht hatte, eilte ich hinaus. Ich joggte zum Schuleingang und grüßte höflich einen Lehrer, der das Gelände gerade verließ.

Die Leere verstärkte mein Unbehagen, sodass ich meine Schrittgeschwindigkeit erhöhte. Noch ein letztes Mal spähte ich auf die Uhr, ehe ich die schwere Tür zur Schule aufmachte und hinter mir ins Schloss fallen ließ. Es war unheimlich still hier. Der Geruch von Mensaessen hing in der Luft. Meine wenigen Gedankenfetzen fügten sich wieder zusammen, als ich meine Umgebung betrachtete. Genug Zeit dafür hatte ich aber nicht, ich musste mir erst einmal erschließen, wo diese Veranstaltung denn überhaupt stattfinden sollte. Am schlüssigsten erschien mir, dass sie eine Pausenhalle hatten. Ich konnte mich noch verschwommen daran erinnern, dass es in meiner Grundschule eine Aula gegeben hatte.

Als ich schließlich quer durch die Gänge marschierte, schnellte mein Blick immer wieder zu einer bestimmten Tür zurück. Sie stach unter den anderen heraus, da sie deutlich breiter war und somit viel Platz beanspruchte. Zudem drangen verschiedene Stimmen heraus, bis zu mir hin. Kurzerhand rappelte ich mich dann doch auf und überwand meine Unsicherheit, indem ich fest an die Tür klopfte.

Wenige Sekunden später drückte ich den Türgriff langsam hinunter und blickte in den überfüllten Raum. Dass ich tatsächlich richtig war, bemerkte ich, als mein Blick auf das spielende Geschehen auf der Bühne fiel. Eine junge Dame stellte sich mir gegenüber hin und bedeutete mir mit einer Handbewegung, mich schnell zu setzen, um die Aufführung nicht zu stören. Das Problem hierbei war jedoch, dass alles, bis auf den letzten Platz, besetzt war.

Mit einem schwachen Lächeln wandte ich mich von ihr ab und stellte mich an die Seite. Mit finsterer Miene lehnte ich mich gegen die Wand und blickte nach vorne. Soufian hatte seine Rolle angenommen und machte einen sehr aktiven und spielfreudigen Eindruck.

Er trug einen schwarzen Umhang, der ihm viel zu lang zu sein schien, und hatte sich einen seltsamen Hut auf den Kopf gesetzt, der ihm immer wieder bis zu den Augen runterrutschte. Aus seinem Mund kam eine auswendig gelernte Rede, die mir, beim genaueren Zuhören, ziemlich bekannt vorkam. Mir schien es so, als hätte er sie zu Hause des Öfteren aufgesagt. Vermutlich hatte ich die Worte unbewusst aufgenommen.

Bei seinem Abgang erntete er lautes Gelächter des Publikums und einen großen Applaus.

Soufian, der kleine Schauspieler.

Mühevoll verkniff ich ein lautes Lachen. Seine Schauspielkunst amüsierte mich jedoch sehr. Ich hatte zwar keinen blassen Schimmer, worum es bei der Aufführung ging, aber meinem kleinen Bruder zuzuschauen, wie er die Bühne zu seiner machte und wie er hantierte, war einzig und allein Goldwert. Wenige Minuten verstrichen und ich musste mit Entsetzen feststellen, dass Soufian seinen Hals reckte und seine Augen eine ihm bekannte Person suchten.

Beklommen versuchte ich, ihn auf mich aufmerksam zu machen.

Verzweifelt suchte ich seinen Blick und machte einige Schritte nach vorne. Dieser Versuch dauerte nur ein Weilchen, denn als mein kleiner Bruder mich entdeckte, schnappte er hörbar nach Luft und auch von der Ferne konnte ich beobachten, wie Soufian mich mit seinen großen Augen anstarrte und froh vor sich hin hüpfte.

Die Besorgnis von vorhin war sofort von seiner Stirn gewischt.

Die Aufführung dauerte noch eine gute halbe Stunde an, ehe die Darsteller an den Rand der Bühne traten und eine tiefe lange Verbeugung machten. Dem Applaus schloss ich mich natürlich an.

Als ich dann beilegend ein lautes Pfeifen von mir gab, schoss der Kopf meines Bruders in meine Richtung, und mit einem selbstgefälligen Lächeln breitete ich meine Arme aus.

Sofort kam er auf mich zugelaufen und ich schloss ihn augenblicklich in meine Arme. Sein kleiner Körper bebte, vermutlich noch vor Aufregung, und seine Körperwärme umhüllte mich sofort. Diese Liebe zu ihm war einfach alles für mich.

„Sohel!“ Er löste sich ein wenig aus meiner festen Umarmung und betrachtete mich lächelnd.

„Ich habe das gut gemacht, oder?“

„Du warst unglaublich“, entgegnete ich aufrichtig und strich ihm übers weiche Gesicht.

„Mag sein. Aber als der Vorhang plötzlich gefallen ist, war das echt peinlich. Das war nicht so geplant. War das sehr schlimm?“

Ratlos ließ ich die Worte über mich ergehen. Über was für einen Vorfall sprach er? Zu dem Zeitpunkt war ich wohl einfach noch nicht anwesend gewesen.

„Der Vorhang? Also bitte. Weißt du, ich dachte, das war eingeplant“ log ich unbeeindruckt. Seine grünen Augen begangen zu strahlen und er streckte den Daumen in die Luft.

„Das ist gut. Aber wie ist das passiert? Vielleicht war das ja Paula.“

Er grübelte und schaute mich an, als wüsste ich, wer das war.

Ich zuckte nur mit den Schultern und er fuhr unbeirrt fort.

„Ja, bestimmt. Sie stand direkt daneben. Richtig fies. Bestimmt war das ihre Strategie, weil sie nicht die Hauptrolle bekommen hat. Deswegen wollte sie uns manipulieren.“ Er war sich seiner Theorie plötzlich sehr sicher und ich verkniff es mir, laut loszuprusten.

„Verrückt“, murmelte ich leise vor mir hin und schaute mich verstohlen um, ehe ich mich dann erhob.

„Komm, Kleiner. Wir gehen nach Hause. Und weil du so gut warst, hole ich dir eine kleine Belohnung, später.“

Verblüfft schaute er zu mir hoch. „Ja? Aber wir gehen jetzt schon?“

„Ja“, entgegnete ich schleierhaft. „Wir sind hier doch soweit fertig.“

„Das stimmt schon.“ Er gähnte und blickte nochmal durch den Raum.

„Aber warte, ich muss kurz noch Tschüss sagen.“

Schon ließ er mich los und rannte zu seinen Freunden, die ihn begeistert empfingen. Nun war die Vorführung wieder das große, umstrittene Thema. Ich schnaubte laut auf und rieb mir schlaff die Schläfe.

Mit der Zeit wurde es immer leerer um uns herum und immer mehr Elternteile nahmen ihre Kinder wieder mit nach Hause.

So langsam verlor auch ich die Geduld, sodass ich schließlich auf meinen Bruder und die Kids, die einen Kreis gebildet hatten, zusteuerte.

Ich räusperte mich verlegen und schaute Soufian mahnend an. „Wir müssen jetzt los."

„Aber Sohel." Trotzig verschränkte er die Arme vor der Brust. „Wir reden doch gerade."

„Das ist auch schön so." Grimmig fasste ich mir an die Stirn, „Aber wir sollten jetzt wirklich wieder zurück."

Er rührte sich keinen Schritt und mit Erschrecken musste ich feststellen, dass er mich einfach ignorierte und weiter mit seinen Freunden plauderte. Als wäre ich gar nicht da. Überrascht zog ich die Augenbrauen hoch und hob meine Stimme.

„Soufian."

„Lass ihn doch", fuhr mich dann eines der Kids genervt an und verdrehte theatralisch die Augen. Unbeeindruckt schenkte ich dieser unvernünftigen und unangebrachten Aussage keine Beachtung, sondern hatte nur Augen für meinen kleinen Bruder.

Gewöhnlich wusste er, wann er es übertrieb. Diese trotzige Art passte nicht zu ihm. So war er einfach nicht.

„Spiel diese ganze Sache nicht so auf." Ich wusste ganz genau, dass er mich hörte.

Entschlossen wandte ich den Kindern den Rücken zu und marschierte quer durchs Zimmer zum Ausgang.

Wie nicht anders zu erwarten, bekam ich gerade noch Soufians gedämpfte Stimme im Hintergrund mit, mit der er sich von seinen Freunden verabschiedete, um mir hinterherzulaufen.

Ich machte auf dem Absatz kehrt und betrachtete ihn mit einem scharfen Blick, ehe ich mich wieder umdrehte und schlichtweg weiterlief. Verzweifelt versuchte er, mit mir Schritt zu halten.

Wütend riss er die Arme hoch. „Du bist immer so streng mit mir."

„Wir müssen das jetzt nicht machen, Kleiner. Du weißt ganz genau, dass mir diese Art nicht gefällt."

„Aber, du verstehst es nicht."

„Was, bitte, verstehe ich nicht?" Seufzend blieb ich, mitten im Gang stehen.

„Wieso übertreibst du denn so, Sohel? Ich hab doch gar nichts Schlimmes gemacht."

„Schau mal", entgegnete ich müde, „du kannst immer mit mir reden, aber du solltest mich nicht ignorieren." Ich schauderte, bevor ich fortfuhr.

Es sollte nicht so hart rüberkommen, aber es waren die knallharten Tatsachen. „Du sollst dich nicht so verstellen, wenn du mit deinen Freunden bist."

„Was?" Empört atmete er aus. „Ist das dein Ernst?"

Natürlich verstand er es nicht. Er war noch jung und konnte es nicht sehen. Aber ich war ungern unehrlich zu ihm und es fiel mir immer öfter auf.

„Die sollen dich so mögen und akzeptieren, wie du bist, Soufian."

„Ich will das nicht hören", schoss er zurück und drehte sich weg von mir. Gerade als ich über meinen nächsten Schritt nachgrübelte, beobachtete ich eine gewisse Szene, die mich innerlich zerstörte.

Es war, als würde mir ein Schlag in den Magen versetzt, und ich war so schockiert, dass mich das vermutlich nie völlig verlassen wird.

In dem Moment, in dem Soufian sich wegdrehte, musste ich diese Szene beobachten. Ein Junge, gut einen Kopf größer als Soufian, steuerte auf ihn zu und musterte Soufian mit einem abartigen, abstoßenden Blick. Verblüfft blieb mein Bruder stehen und starrte ihn still an. Der Junge hatte bedrohliche Gesichtszüge und einen herablassenden Blick, der selbst mich kurz zum Schaudern brachte.

„Was hast du da an?", warf er ein und betrachtete dabei Soufian.

Dieser hatte das Theaterkostüm abgelegt und trug wieder die gewöhnliche Kleidung, die ich von ihm kannte.

„Was ist denn damit?", kam es fast schüchtern zurück.

Verdutzt schaute er an sich hinunter.

„So wie es aussieht, hast du wohl nur diese eine Jeans und nur dieses hässliche T-Shirt."

Ich war wie gelähmt von der Aussage dieses Jungen gegenüber meinem kleinen Bruder. Was fiel ihm ein, so über ihn zu sprechen.

„Aber ... das ist doch ganz normal", entgegnete Soufian zitternd.

Er hatte den Saum seines T-Shirts gegriffen und machte einige Schritte nach hinten.

„Das ist doch ganz normal", äffte der Junge ihm nach und gab ein höhnisches Lachen von sich.

„Kannst du dir nichts Besseres leisten?", redete er auf ihn ein und machte einige Schritte auf ihn zu. Das war auf jeden Fall zu viel für mich und von jetzt auf gleich hatte ich mich aus meiner Schockstarre gelöst und lief die wenigen Meter zu dem Jungen, der plötzlich nicht mehr so stark und sicher wirkte. Sein Blick hatte etwas Ängstliches angenommen und als ich meinen Mund öffnete, machte er auf dem Absatz kehrt und sprintete davon.

Für wenige Sekunden spielte ich mit den Gedanken, ihm hinterherzulaufen und ihn sowas von zurechtzuweisen, aber trotz allem war er ein kleiner Junge, dem ich deutlich überlegen war.

Ich wandte mich zu meinem kleinen Bruder, der am ganzen Körper bebte. Sofort nahm ich ihn in den Arm und drückte ihn an mich.

Er hatte das nicht verdient. Keiner hatte so etwas verdient. Soufian konnte nichts für seine Lebensumstände. Ich versuchte schon, ihm alles zu ermöglichen, aber er war nicht mein Sohn.

Diese Aufgabe, sich um seinen Sohn zu sorgen und zu kümmern, hatte unsere Mutter längst von sich geschoben. Sie hatte die Chance längst verspielt. Ich versuchte stets, mein Bestes zu geben, aber vor solchen Situationen konnte nicht einmal ich, der große Bruder, ihn bewahren. Ich fühlte mich dennoch verantwortlich dafür.

Auf der Autofahrt verlor er kein einziges Wort. Ich schaute immer wieder kurz zu ihm, aber er hatte ein undurchdringliches Gesicht aufgesetzt und die Lippen fest aufeinandergepresst. Fast so, als würde er sich für die erlebte Szene schämen. Auch wenn er nicht mit mir sprach, redete ich mit ihm.

Ich erklärte ihm, dass es solche Menschen gebe, die einen nur unten sehen und die Schwachstellen anderer ausnutzen wollten.

Dass es diese Art von Menschen gebe, die sehen würden, dass einem etwas fehle und die darauf anspielten und darauf herumhackten, damit es einem schlecht und ihnen selbst besser gehe.

Ich erklärte Soufian auch, dass nicht alle so seien, es solche Menschen aber durchaus gebe und man sich das Gesagte nicht zu sehr zu Herzen nehmen dürfe. Solche Menschen seien das nicht wert.

Während ich versuchte, ihm all das beizubringen, tat es mir im Herzen weh. Ich hatte nicht gewollt, dass er diese schon so früh würde erfahren müssen.

Dieses Gespräch hätten wir später einmal führen sollen, doch nicht schon jetzt. Aber so war es eben. Ich hatte keine Ahnung, ob er mir zuhörte, ich konnte es nur hoffen. Das Wichtigste war jetzt, dass er das alles nicht speicherte. Ich wollte, dass er das so schnell wie möglich wieder aus dem Kopf bekommen würde.

Er war ein unglaublich schlauer Junge und ich wusste, dass er sich das Ganze sehr zu Herzen nehmen würde.

Na ja, das haben wir beide so ein bisschen gemeinsam.

Immer öfter fiel mir auf, dass er die kleine Version von mir selbst war, und deswegen war es mir extrem wichtig, dass ich ihm viel mit auf den Weg geben konnte. Viele seiner Charakterzüge und Verhaltensweisen hatte ich früher auch bei mir festgestellt.

Er sollte wissen, dass ich immer da sein würde, um ihn anzuhören. Jederzeit. Es sollte nichts geben, von dem er das Gefühl haben musste, es sei zu unangenehm, um es mir zu erzählen.

Kapitel 8

EREN

Mein Wecker klingelte und ließ einen unhörbaren Seufzer aus.

Hastig drehte ich mich auf die andere Bettseite und warf das Kopfkissen auf meinen Hinterkopf. Ich war ein Langschläfer und meine Freundin hatte mich auf die Idee gebracht, mir für jeden Morgen einen Wecker auf elf Uhr zu stellen.

Sie erhoffte sich, dass ich so früher in den Tag starten konnte. So ganz ehrlich zog ich diese Taktik nicht durch.

Wie oft hatte ich den Wecker schon ausgeschaltet.

Gerade als ich das schon wieder tun wollte, fiel mein Blick auf mein Handydisplay. Ein verpasster Anruf von Tyler.

Ich gab mir einen Ruck und setzte mich auf meinem Bett auf.

Dann strich ich mir kurz über das Gesicht und nahm mein Handy in die Hand, um meinen Freund zurückzurufen.

„Hey, Ty."

„Guten, Morgen", kam seine wache Stimme aus dem Lautsprecher.

„Ich hab dich vor einer Stunde angerufen und dabei völlig vergessen, dass du noch schläfst."

„Ja." Ich musste lachen und strich mir kurz über die verschlafenen Augen. Ich warf einen Blick auf den schmalen Spiegel, der an der Wand gegenüber von meinem Bett hing, und rieb mir über das Kinn.

„Sag mal, funktioniert Lias Idee mit dem Wecker?"

„Mehr oder weniger." Ich musste unweigerlich lächeln.

„Heute Morgen, ich sag's dir, Ty, da hätte ich hundertprozentig den Wecker wieder ausgeschaltet, um weiterzupennen. Aber weil ich gesehen habe, dass du angerufen hast, habe ich mich doch umentschieden."

„Gern geschehen." Ich hörte Tylers tiefes Lachen.

„Ich wünschte, ich wäre so ein Frühaufsteher wie du."

„Frühaufsteher?" Tyler lachte. „Okay, hast recht. Ich gebe es zu. Im Vergleich zu dir, bin ich auf jeden Fall ein Frühaufsteher."

„Hm." Ich streckte mich und erhob mich von meinem Bett.

Dann stellte ich Tyler auf laut und lief zum Bad, um mein Gesicht zu waschen.

„Was geht bei dir ab? Was hast du heute schon gemacht?"

„Ich?" Tyler seufzte leise. „Bei mir im Haus gibt es wieder Reparaturen. Deswegen habe ich mich in meinem Zimmer verkrochen. Vorhin habe ich kurz mit meinem Bruder telefoniert und jetzt würde ich am liebsten einfach rausgehen. Ich hatte einen schlechten Morgen mit meinem Vater."

„Ach, Ty." Wie sehr es schmerzte, die Trauer in seiner Stimme zu hören. „Kann ich irgendwas tun?"

„Ob du etwas tun kannst?" Tyler lachte kurz auf. „Bring mich weg von hier."

„Weg von deinem Haus?"

„Vergiss es, Eren. War nur ein Witz, ich komm schon klar."

Mein Blick fiel durch die Vorhänge des Badezimmerfensters und ich schaute auf unsere Einfahrt.

„Nein, Ty. Hör zu, ich hab eine Idee. Komm doch einfach rüber zu mir, ich gebe auch den anderen Bescheid."

„Zu dir?"

„Ja, klar, warum nicht? Meine Eltern sind nicht da und sie haben das Auto dagelassen."

Ich ging die wenigen Schritte zum Fenster und warf einen prüfenden Blick nach draußen. Das Auto stand noch an derselben Stelle. „Mein Vater ist bei seinen Freunden und meine Mutter an ihrem Arbeitsplatz, der nicht weit weg ist. Sie geht dort immer zu Fuß hin, weil sie Angst hat, die Benzinkosten nicht zahlen zu können."

„Ah, jetzt verstehe ich." Tyler lachte auf. „In vier Wochen ist deine Führerscheinprüfung und du willst üben."

„Üben, ja. Das trifft es gut." Ich lächelte breit. „So, ich geb den anderen Bescheid und du kommst rüber."

„So machen wir das, Mann."

Nachdem ich aufgelegt hatte, zog ich mir eine frische Jeans und einen Pullover an. Dann nahm ich eine kurze Sprachmemo auf, in der ich meinen Freunden von unserem Plan erzählte.

Es waren nur wenige Minuten vergangen, als es an der Tür klingelte. Ich lief die Treppen hinunter in den Flur. Da sah ich auch schon Tyler, der mit einem breiten Grinsen vor der Tür stand.

Sofort öffnete ich meinem Freund die Haustür.

In dem Augenblick drehte er sich zu dem schwarzen Wagen hinter sich um und hob die Hand. Durch die Fenster konnte ich seinen Fahrer entdecken und ich schluckte tief.

„Du bist der Beste, Eren. Ich liebe deine abgefahrenen Ideen."

Tyler zog, vorbildlich, wie er war, seine Schuhe aus und stellte sie sorgfältig nebeneinander draußen vor die Haustür.

„Alles gut, Ty. Du kennst meine Mutter, ihr ist völlig egal, ob du das Haus mit oder ohne Schuhe betrittst."

„Schon gut." Tyler kam herein. „Gewohnheitssache."

Kurz danach kamen auch Lia und Dunja an und gemeinsam warteten wir noch auf Sohel, der sich ziemlich viel Zeit ließ, doch schließlich auch kam. Ich brachte die vier in meine Küche und hielt Ausschau nach einer Packung Brot. Als ich endlich eine fand, drehte ich mich zu meinen Freunden um.

„Möchtet ihr?"

„Ich hab keinen Hunger, danke." Sohel nickte mir lächelnd zu.

„Nein, danke." Lia lehnte dankend ab. „Ich hab schon gefrühstückt."

„Ich auch." Dunja warf einen Blick auf das Brot in meiner Hand, das in Plastik verpackt war.

„Ich nehm was." Tyler beugte sich ein Stück nach vorne.

„Zwar hab ich schon gefrühstückt, aber ich kann immer."

Dankend nahm er das Brot entgegen, das ich ihm reichte, und biss rein.

„Ich hab auch..." Ich öffnete den Kühlschrank und verfluchte mich kurz danach innerlich. Der Kühlschrank war wie meistens fast komplett leer und ich hasste mich selbst dafür, es immer wieder zu vergessen, wenn ich mit meinen Freunden zusammen war. „Butter hab ich hier." Ich nahm die leichte Butterverpackung in die Hand. „Und Ketchup auch."

„Schon gut." Tyler nickte mir aufmunternd zu und hob das leichte Brot in der Hand. „Ich esse es sowieso am liebsten so."

„Okay." Kurzerhand entschied ich mich für die Butter und schmierte sie mit dem Messer auf das trockene Brot in meiner Hand. Bevor ich die Butter wieder zurück in den Kühlschrank legte, schaute ich in die Runde.

„Ihr wollt sicher nichts?"

„Alles gut, nein." Sohel lehnte sich an den Küchentisch und auch Dun und Lia verneinten.

„Ich finde, es schmeckt gut." Tyler lächelte mich an und ich konnte mir nur wünschen, dass er in dem Moment verstand, was für ein guter Freund er für mich war. Tylers Familie war schon immer viel wohlhabender gewesen als meine. Er hatte schon immer mehr gehabt als ich. Und trotz der großen, auch finanziellen, Unterschiede hatte er mir nie etwas unter die Nase gehalten. Klar, manchmal rutschte ihm das eine oder andere heraus. Aber geprahlt hatte er nie vor mir. Das war eines der Dinge, die ihn ausmachten. Seine Bodenständigkeit, die er nie verloren hatte.

Auch ich aß mein Brot und aus irgendeinem Grund schmeckte es mir dieses Mal ein bisschen besser.

„Eren, ist das wirklich eine gute Idee?" Lia betrachtete mich unsicher. „Dass du das Auto deiner Eltern fährst, obwohl du nicht einmal einen Führerschein besitzt?"

„Ach, das", winkte Tyler ab und antwortete an meiner Stelle: „Das ist doch nichts. Lia, du machst dir wieder viel zu sehr einen Kopf über Kleinigkeiten."

„Kleinigkeiten?" Lia schnaubte auf. „Das ist doch keine Kleinigkeit. Ein Autounfall kann so schnell passieren. Vorallem dann, wenn man sich nicht wirklich auskennt."

„Er kennt sich aus." Ty warf seinen Arm um meine Schulter. „Wie oft bist du schon gefahren?" Er schaute mich herausfordernd an.

„Ein-, nein, zweimal.“

„Zweimal“, wiederholte Tyler meine Worte stolz und nickte dabei heftig mit dem Kopf.

„Zweimal? Im Ernst?“ Sohel schüttelte leicht den Kopf.

„Er ist nicht völlig unerfahren, man muss es immer von der richtigen Seite sehen.“

„Der richtigen Seite? Tyler, was redest du überhaupt?“ Sohel grinste schief.

„Das macht es doch irgendwie noch aufregender, findet ihr nicht?“ Dunja spielte mit einem Glas in ihrer Hand.

„Was meinst du?“ Tyler legte die Stirn in Falten.

„Naja, dass er so unerfahren ist.“

„Es macht es aufregender, dass er unerfahren ist, was das Autofahren betrifft?“, wiederholte Tyler ihre Worte mit hochgezogenen Augenbrauen.

„Ja, verstehst du denn nicht? Somit ist es gefährlicher und wenn etwas gefährlich ist, ist es umso aufregender.“

„Wenn du meinst.“ Tyler wandte sich von ihr ab, schaute mich an und gab mir dann einen kräftigen Klaps auf den Rücken, „Unser Eren hier, der schafft das. Zur Not helfen wir ihm einfach.“

„Du hast einen Führerschein, Tyler?“ Sohel schaute ihn überrascht an.

„N...Nein“, brachte Tyler zögernd hervor, „aber man braucht nicht dringend einen Führerschein, um sich damit auszukennen, wie man Auto fährt.“

„Warum bist du dir da so sicher?“ Sohel betrachtete ihn ganz genau.

„Na, weil ich meinem Fahrer jedes Mal zusehe, da lernt man irgendwie auch, wie die Dinge so laufen.“

„Aha.“

„Okay, okay“, kam ich Tyler zuvor, „wir sollten jetzt anfangen, bevor meine Eltern nach Hause kommen.“

Ich sah Lias besorgten Gesichtsausdruck. „Lia.“ Ich nahm ihr Gesicht in meine Hände. „Mach dir nicht so viele Gedanken. Ich werde auch ganz vorsichtig sein.“

„Ja, ja, du hast ihn gehört." Tyler zog mich aus der Küche und drehte sich nochmal zu Lia um. „Wir passen auf deinen Jungen auf." Er kniff mir ins Gesicht.

„Lass das." Lachend stolperte ich nach hinten. „Allzu schwer kann es gar nicht werden."

„Gott bewahre." Sohel trat ebenfalls aus der Küche und Dunja folgte ihm. Man sah die Spannung und Aufregung in ihren Augen.

Nachdem wir uns unsere dicken Winterjacken übergezogen hatten, liefen wir nach draußen. Vorher hatte ich natürlich an den Autoschlüssel gedacht und ihn aus der kleinen orange-grauen Kommode genommen.

„Auf geht's." Tyler verzog das Gesicht zu einem breiten Grinsen. Scheinbar konnte er es kaum erwarten und zog mich mit sich nach draußen. Die Winterbrise kam uns vernehmlich entgegen und der kalte Wind schlug mir um die Ohren.

Lia ließ sich sofort auf den Beifahrersitz fallen und legte den Gurt an. Langsam atmete ich aus, als ich mich auf dem Fahrersitz niederließ. Die letzten zwei Male, in denen ich, in den Probestunden, gefahren war, hatte ich viel Hilfe benötigt.

Tyler ließ sich hinter mich fallen. Ganz rechts saß Sohel und inmitten von Sohel und Ty hatte Dunja Platz genommen.

„Okay, es kann losgehen." Ich griff nach dem Schlüssel in meiner Hosentasche.

„Bevor du das tust", brach es aus Sohel heraus, „solltest du den Rückspiegel richtig einstellen."

„Wie bitte soll ich ihn einstellen?"

Sohel beugte sich nach vorne und verschob den Rückspiegel um wenige Zentimeter. „Jetzt hast du einen guten Überblick nach hinten."

„Okay." Ich versuchte, mir diesen Vorgang zu merken. „Kann es jetzt losgehen?"

„Ja, worauf wartest du?" Tyler klopfte hinter mir auf meinen Sitz und ich zuckte unweigerlich zusammen.

„Nein, noch nicht. Ist dein Sitz richtig eingestellt?" Sohel beugte sich erneut nach vorne.

„Ich denk schon, ja."
„Bist du dir sicher?"
„Ja, denk schon, worauf soll ich denn achten?"
„Naja, darauf, dass du einen guten Blick auf die Straße hast, und selbstverständlich darauf, dass du die Pedale erreichen kannst."
„Ja, klappt", stellte ich augenblicklich fest.
„Fang jetzt an, verdammt." Tyler klopfte erneut auf meinen Sitz.
Wie aufgefordert, nahm ich den Schlüssel und steckte ihn in das Zündschloss, dann atmete ich tief durch und drehte ihn, um den Motor zu starten.
„Drück die Kupplung durch. Die Kupplung, das Pedal ganz links. Und jetzt halte die Kupplung komplett durchgedrückt. Jetzt lasse die Kupplung kommen, bis das Auto sich in Bewegung setzt." Er legte eine kurze Pause ein, ehe er unbeirrt fortfuhr. „Ja, genau, und jetzt gib ein wenig Gas, nur ein wenig. Leg den ersten Gang ein und nimm deinen Fuß vorsichtig von der Kupplung. Der erste Gang ist nur zum Anfahren, deswegen schalte in den zweiten Gang, jetzt kannst du fahren."
Ich tat genau das, was Sohel mir sagte, und das Gefühl war einfach überwältigend. Die Straßen, über die das Auto rauschte, waren leer und ich konnte frei fahren. Eine Mischung aus Konzentration und Aufregung dominierte mich und ich brach ein nervöses Lachen raus.
Tyler, der hinter mir saß, brach in ein ohrenbetäubendes Gelächter aus und warf seine Arme von hinten um meinen Hals.
„Pass auf", mahnte Sohel ihn, „er fährt gerade."
„Ich seh's, ja, ich sehe das", gab Tyler trotzig zurück. „Trotzdem darf ich mich wohl für meinen Freund freuen."
„Sicher, aber nimm das Autofahren nicht auf die leichte Schulter."
„Ich stimme Sohel zu." Lia drehte sich zu mir. „Sei nicht zu leichtsinnig."
„Pff, leichtsinnig? Das ist gut."
„Ich meine es ernst, Tyler."

„Lia, du“, er suchte nach den richtigen Worten, „du bist manchmal einfach zu verklemmt. Warum muss das Leben immer so ernst sein und nach allen Regeln verlaufen?“

„Ich sag doch einfach nur, dass ihr nicht lebensmüde sein sollt, denn wenn man nichts und niemanden ernst nimmt, dann kann das Leben schnell vorbei sein.“

„Bitte“, unterbrach ich Lia, „streitet euch nicht, sonst passe ich nicht auf. Ihr wisst, wie ungern ich mich aus Diskussionen raushalte.“

„Tut mir leid“, seufzte Lia, „aber manchmal halte ich Tylers naives Verhalten einfach nicht aus.“

„Jetzt bin ich auch noch naiv, was kommt noch hinzu?“

„Du kannst einen Gang höherschalten“, kam Sohel der Diskussion in den Weg.

„Redest du mit mir?“

„Ja, Eren, denk kurz darüber nach.“

„Hab schon verstanden, Sohel. Okay, ich schalte einen höher.“

„Ja, richtig so, du bist kein schlechter Autofahrer.“

Ich lächelte verschmitzt.

„Lässt du mich hier raus?“

„Was?“

„Hier vorne ist ein Supermarkt und ich hab meinem kleinen Bruder etwas versprochen.“

„Okay, sollen wir warten?“ Ich brachte den Wagen zum Stehen und Sohel stieg aus.

„Ne, wartet nicht auf mich. Ich wohne nicht weit von hier, danach geh ich nach Hause.“

„Sicher?“

„Ja, viel Spaß euch noch und fahrt vorsichtig.“

„Danke, Mann. Dir auch. Grüß deine Geschwister von uns.“

„Mach ich.“ Sohel schloss die Tür und hob seine Hand zum Abschied. Dann verschwand er in dem Supermarkt.

„Was meint ihr wohl, hat er seinem Bruder versprochen?“ Lia drehte sich zu uns um.

Wir zuckten alle bloß mit den Schultern.

„Irgendwie aufregend.“ Dunja beugte sich nach vorne und stütze ihre Arme am Beifahrersitz ab.

„Was meinst du wieder?“, antwortete Tyler, während ich damit beschäftigt war, den Wagen wieder zum Fahren zu bringen.

„Naja, der Kluge ist weg, der sich mit dem Autofahren auskennt. Zu viel Wissen kann eine Art von Verderben sein, versteht ihr?“

„Nein, irgendwie nicht. Worauf willst du hinaus, Dunja?“

„Auf gar nichts eigentlich. Ich finde nur, dass das Ganze ein wenig mehr Pep bekommen hat.“

Tyler ging nicht auf sie ein, sondern klopfte von hinten auf meinen Sitz. „Wie läuft's da vorne?“

„Ich komme klar.“

„Sehr gut, fahr weiter so vorsichtig.“ Lia schaute konzentriert auf die Straße und dann wieder zu mir.

„Ich finde, du solltest ein wenig mehr beschleunigen.“ Dunja klang gelangweilt. „Schalte einen Gang höher.“

„Einen kann ich noch.“ Ich schaltete einen Gang höher und gab mehr Gas.

„Das Auto hat sechs Gänge. Trau dir mehr zu.“

„Dun.“ Lia drehte sich zu ihr. „Ich denke, das reicht.“ Ohne wirklich auf Lia zu hören, gab ich mehr Gas und das Auto raste immer schneller über die Straßen.

Tyler jaulte auf, aber als ich spürte, dass ich nicht mehr die völlige Kontrolle über den Wagen hatte, wurde ich langsamer. Lia atmete tief durch. „Du hast mir so einen Schrecken eingejagt, mach das nie wieder.“

„Du bist echt verrückt, Mann.“ Tyler lachte laut auf.

Ich fuhr weiter, aber diesmal hielt ich mich im Zaum.

„Kann ich auch mal fahren?“, ertönte es plötzlich von der hinteren Bank.

„Du willst fahren?“, fragte Tyler Dunja zögernd.

Ihr Schweigen war Antwort genug. „Bist du dir sicher?“, fragte ich von vorne. „Ich meine, ich bin schon einige Male gefahren, aber du hast doch keine Erfahrung.“

„Ja, lieber ein anderes Mal“, stimmte Tyler mir zu.

„Ich bin kein kleines Kind, mir könnt ihr nichts vorspielen“, unterbrach Dunja ihn unhöflich. „Ja, ich bin mir sicher.“

„Das ist wirklich keine gute Idee“, mischte Lia sich ein, „der Wagen gehört Erens Eltern und wenn etwas passiert, trägst du die Verantwortung. Du bist dir dessen bewusst, hoffe ich mal.“

„Ja, das weiß ich.“ Dunja beugte sich nach vorne. „Da vorne, da kannst du anhalten, dann können wir wechseln.“

Ich hielt inne und ließ mir ihren Vorschlag durch den Kopf gehen. „Ich weiß nicht, ob ich einverstanden bin.“

„Hier vorne, bieg hier ein“, befahl Dunja.

„Egal.“ Tyler machte eine wegwerfende Handbewegung. „Lass sie kurz fahren, danach ist sie sicherlich still.“

Noch immer mit vielen Bedenken drehte ich das Lenkrad, das ich fest umklammert hatte, nach links und stoppte den Wagen.

Dunja öffnete die Tür und machte eine Kurve um den Wagen. Währenddessen wechselten Lia und ich einen kurzen Blick. Noch immer unentschlossen, öffnete ich die Fahrertür und stieg aus dem Auto meiner Eltern.

„Komm, setz dich neben mich“, schlug Tyler vor und rückte ein Stück zur Seite.

Mir gefiel der Gedanke nicht, dass das Auto meiner Eltern in den Händen anderer war.

Lia erklärte Dunja, wie sie den Wagen zum Fahren bringen konnte, doch Dunja hörte gar nicht auf sie und Sekunden später fuhr sie auch schon auf der Landstraße.

„Du kannst Autofahren, warum hast du uns nichts davon erzählt?“ Ich war ein wenig verwirrt, als ich sah, wie problemlos Dunja den Wagen fuhr.

„Ich bin einfach eine gute Schülerin.“

„Schülerin?“

„Vorhin habe ich gut aufgepasst bei Sohels Erklärung.“

Lia drehte sich einige Mal nach hinten um. „Dun, du solltest in die andere Richtung fahren, damit wir langsam wieder zurück sind, bevor Erens Eltern das Fehlen des Wagens auffällt.“

Ganz plötzlich drehte Dunja das Lenkrad nach links und wir

wurden alle mitgerissen. Mitten auf der Landstraße, die nicht sonderlich breit war, legte sie eine ordentlich scharfe Kurve hin, was nicht wenige Gefahren in sich barg.

„Bist du völlig irre?“, beeilte Tyler sich zu sagen und rappelte sich auf der Sitzbank auf, „Du kannst doch nicht solche Aktionen ausführen mitten auf der Landstraße. Weißt du, wie knapp du die Leitplanke verfehlt hast? Bist du noch bei Sinnen?“

Auch ich versuchte, Dunja zu verstehen. Sie äußerte sich nicht zu Tylers Wutausbruch, sondern fuhr geradewegs weiter.

„Sag doch was.“ Ich setzte mich aufrecht hin.

„Lia wollte, dass ich umdrehe. Bitteschön.“

Tyler schnaubte laut auf. „Aber das war gerade völlig irrsinnig und unüberlegt.“

Anstatt Tyler eine Antwort zu geben, beschleunigte sie den Wagen immer weiter. Mein Blick verharrte auf den Tachometer des Autos. Lia presste sich fest auf den Sitz und stieß einen spitzen Schrei aus. Das Geräusch der Reifen auf der scharfen Straße wurde lauter und war fast ohrenbetäubend. Ich spürte einen großen Druck, der in dem Moment auf mir haftete und ich konnte die Worte, die aus meinem Mund kamen, nicht mehr kontrollieren.

Ich versuchte, Lia zu beruhigen, weil ich spürte, wie aufgebracht sie war. „Wer hatte diese Idee?“, jammerte Lia und ich konnte nur fluchen.

Tyler schrie Dunja an und versuchte, sie zu klarem Bewusstsein zu bringen. Er brüllte ihr, aus voller Kehle, vieles zu. Als mein Blick auf Dunja fiel, war ich entsetzt. Denn ihr Gesichtsausdruck war stur und es kam mir so vor, als würde sie den Ernst dieser Lage nicht verstehen können.

Tyler beugte sich nach vorne und rüttelte Dunja fest und aggressiv an den Schultern und tatsächlich wurde der Wagen nach einiger Zeit langsamer. Ein Blick auf den Tachometer verriet, dass wir wieder mit normaler Geschwindigkeit fuhren.

Ich verstand nicht, was in sie gefahren war. Aber ich war mir ganz sicher, dass ich den Platz wieder mit ihr gewechselt hätte, wenn wir nicht schon wieder vor meiner Haustür angekommen wären.

Als wir ausstiegen, war der Abschied kurz und Dunja verschwand nach Hause. Sie entschuldigte ihr Verhalten damit, dass sie die Kontrolle über den Wagen verloren hatte. Auch Lia lief nach Hause und nur noch Tyler stand da. Er ließ sich neben dem Auto an der Einfahrt auf den Boden fallen. Mehrmals strich er sich über die verschwitzten Haare.

„Verrückt."

„Ja, ziemlich." Ich ließ mich neben ihm nieder.

„Ich verstehe es nicht."

„Geht mir genauso, vielleicht sollten wir das Ganze schnell wieder vergessen." Ich musste tief schlucken.

„Ja vielleicht."

„Vorhin in der Küche", ich senkte den Blick, „du warst der Einzige, der gegessen hat. Danke dir."

„Bedank dich nicht, Eren." Tyler stand auf und schüttelte den Staub von seiner Hose. „Merk dir eins: Du bist nicht weniger wert, nur weil du weniger hast."

Kapitel 9

TYLER

Ich war zu Hause angekommen und lief mit eiligen Schritten in mein Zimmer. Mit hastigen Bewegungen zog ich mir das graue Shirt über den Kopf, griff nach dem einsatzbereiten karierten Karohemd und zog es mir über. Ich musste mich beeilen. Er würde gleich da sein. Nur noch die Krawatte auf der Bettkante ...

Anständig sein und auch auszusehen hat oberste Priorität, Sohn. Das Gerede meines Vaters. Niemand würde mich schief ansehen, wenn ich mit einem gewöhnlichen T-Shirt über die Straße laufen würde. Aber natürlich, er hatte mich anderes gelehrt. Die Tür öffnete sich und ich nahm vorsichtig die Fingerspitzen von meinem Hemdkragen und schaute geradewegs in die Augen meines Vaters. Ich richtete mich auf und stellte mich schulterbreit hin. Der Blick genügte, so schaute ich auf den schlichten scharlachroten Smoking meines Vaters.

„Sohn." Er nickte. Lächerlich. Nichts Wahres in unserer Vater-Sohn Beziehung. Nichts war echt. Abgesehen von dem bescheuerten Verlangen meines Vaters, seinen zweiten Sohn „richtig" zu erziehen. Ha, wenn er nur wüsste, was ich wirklich empfinden würde. Obwohl, nein, meine Gefühle würden ihm nichts ausmachen.

Ich schluckte den ganzen Hass und die Wut runter. Zuckte mit den Mundwinkeln, formte sie zu einem Lächeln. Verflucht, diese Schauspielerei!

Vaters Augenbrauen zogen sich zusammen. „Schau nicht so idiotisch."

„Puh. Vergiss es, Tyler. Bleib bei Verstand", sagte ich zu mir selbst.

„Der Aufzug ist wieder verwendbar."

Es war schwer zu glauben, dass diese knappe Aussage das Einzige war, das Vater mir zu sagen hatte.

„Okay."

Hatte er noch etwas mit mir zu bereden, oder war's das? Meine Hoffnung verflog, als mir einfiel, warum Vater noch nicht den Raum verlassen hatte.

„Dankeschön."

Schon drehte er mir seinen Rücken zu und verließ den Raum. Wie angewurzelt blieb ich noch einige Sekunden auf der Stelle stehen. Gleich. Gleich. Die Schritte entfernten sich und wurden leiser. Mit einem lauten Seufzer warf ich mich auf mein Bett. Diese Gespräche machten mich nervös, unsicher und einfach nur wütend. Ich fragte mich eins, hat ein Vater sich so zu benehmen? Langsam war ich mir einfach nicht mehr sicher.

Mit einem Schwung drehte ich mich auf den Rücken und knöpfte eifrig die Knöpfe meines Hemdes auf. Dann drehte ich mich auf den Bauch und griff nach meinem Handy. Ich konnte von Glück sprechen, dass Vater nicht auf die irrsinnige Idee gekommen war, mein Handy zu überprüfen, denn das hätte mein Ende bedeutet.

Eren hatte mir mehrere Nachrichten hinterlassen.

Nimm an, Ty.
Ey, Tyler. Hör auf, immer auf lautlos zustellen.
Nimm an, nimm an, nimm an, nimm an.
Tyleeer. Ruf an. Oder nimm endlich an.

So drückte ich auf das kleine Symbol des Telefons und hielt mir das Handy an das Ohr. Schon nach dem ersten Klingeln nahm er den Hörer ab. „Eren, was geht?" Konzentriert versuchte ich, meine Lautstärke unter Kontrolle zubekommen.

„Tyler, Mann. Warum hast du nicht angenommen? Lia und ich warten seit mindestens zwei Stunden. Ty, alles gut bei dir?"

„Lia ist auch da?", umging ich die Frage. Wenn ich alleine war, konnte ich so viele Tränen vergießen, wie ich nur wollte, aber nicht vor meinen Freunden. Das wäre einfach heuchlerisch. Mir gefiel der Gedanke nicht, dass sie diese Seite kennen.

„Hey, na?“, ertönte Lias freundliche Stimme.

„Was geht?“, sagte ich seufzend und presste mir das Handy noch fester gegen mein Ohr.

„Was war los, Leute?“, fragte ich und fügte hinzu: „War beschäftigt.“ Damit bereitete ich mich auf die nächste Frage vor.

Eren seufzte kurz. „Was war es nochmal, das wir dir sagen wollten?“ Er lachte kurz. „Wirklich jetzt. Ich weiß gerade wirklich nicht, was wir dir...“

„Wegen deinem Geburtstag morgen“, unterbrach Lia ihn ruhig. Die nächsten freudigen Worte, die aus Erens Mund kamen, bekam ich nur mit halbem Ohr mit. Morgen war mein Geburtstag. Aber was war ein Geburtstag, wenn man so lebte wie ich? Der Tag verlief nicht anders als sonst auch.

Warum sollte es dieses Mal anders sein? Ein kurzes *Glückwunsch* meines Vaters und schon wendete sich der Tag wieder dem Alltäglichen zu.

Meine Freunde waren die Einzigen, die mir Halt gaben.

„Auf jeden Fall haben wir uns für einen kleinen Ausflug entschieden“, ergriff Liana wieder das Wort.

„Ausflug?“, fragte ich unsicher.

„Ja“, sagte sie langsam, „die anderen habe ich schon informiert.“

„Ty, du musst kommen“, schritt Eren beleidigt ein. „Du kommst“, sagte er kurz darauf bestimmend. Fast musste ich lachen.

„Aber ihr macht diesen Ausflug doch nicht für mich?“ Ich war völlig unkonzentriert und nicht richtig bei der Sache.

„Was denkst du eigentlich? Klar“, rief Eren in das Telefon rein.

„Aber sicher“, antwortete Lia. „Keine Sorge, du brauchst dich auf keinen Fall unwohl zu fühlen. Einmal in deinem Leben solltest du deinen Geburtstag richtig feiern können.“

Ich nickte langsam. Sie hatte schon recht.

„Wohin geht der Ausflug eigentlich?“ Ich drehte mich wieder auf den Rücken. „Vergesst nicht. Es ist krank kalt da draußen.“

„Ja“, sagte Lia, „und deswegen haben wir uns eine Hütte gemietet.“

Das hörte sich gut an. Vor einem heißen Kamin in dieser Kälte den Tag zu verbringen, stellte ich mir ziemlich entspannt vor. Außerdem war Freizeit von meinem mich plagenden Alltag zu nehmen, das, was ich unbedingt gebrauchen konnte.

„Bin dabei."

So klärten wir die Uhrzeit für morgen ab, planten einige Dinge und schließlich warf ich das Handy zur Seite. Dass meine Freunde sich so viele Gedanken gemacht hatten, hätte ich nicht erwartet. Aber beschweren konnte ich mich da nicht.

So sprang ich auf die Beine und ging auf meinen Kleiderschrank zu. Eigentlich sollte ich Vater erst einmal um Erlaubnis bitten. Zugegeben, ich war mir nicht ganz sicher, ob er mir meinen Wunsch gewähren würde. Ehrlich gesagt, war ich mir sogar ziemlich unsicher. Das Einzige, worum ich mich erst einmal kümmern wollte, war mein Gepäck. Als Nächstes griff ich nach der großen Sporttasche und öffnete beschwingt den Schrank.

Eine Sekunde dachte ich nach. Eine Sekunde hielt ich mich für total verrückt und in der nächsten Sekunde griff ich nach dem ersten Hemd.

Ich atmete tief durch, warf es zur Seite und griff nach dem dunkelblauen Hoodie. Ich zog ihn heraus und quetschte ihn in meine Sporttasche. So lief es weiter. Mit dem khakigrünen, schwarzen, grauen und dunkelroten Hoodie. Vater konnte mir nichts anhaben. Das hoffte ich zumindest.

Einige tiefsitzende bequeme Jeanshosen landeten ebenfalls in der Tasche, so wie einige Jogginghosen, die unter gar keinen Umständen fehlen durften. Den Rest des Abends warf ich jede Menge Dinge, die ich für nützlich hielt, in die Tasche, bis sie randvoll war. Letztendlich noch meine Zahnbürste. Und fertig! Ich verschloss die Tasche. Jetzt kam der schwierigste Teil. Vater.

Doch davor hatte ich noch eine Sache zu erledigen. Ich zog mein Handy heraus und suchte eine ganz bestimmte Nummer. Mit einem Lächeln auf den Lippen schickte ich die Nachricht ab und steckte mein Handy wieder zurück in meine Hosentasche.

Jetzt blieb nur noch eines offen. So lief ich die Treppen hinunter und machte mich auf ein anstrengendes Gespräch gefasst. Ich wünschte mir selbst Glück. Immerhin war es schon Mitternacht.

Happy Birthday, Tyler.

Kapitel 10

EREN

„Erledigt“, freute Lia sich, nachdem ich aufgelegt hatte.

„Endlich!“ Mit einem Wurf landete mein Handy auf der dünnen Decke. Lias Blick verharrte für einen kurzen Moment auf der Stelle des Auftreffens und sie wälzte sich ein wenig im Bett herum, bis sie letztendlich aufstand und ihr Kleid richtete. Das konnte ich ihr nicht übel nehmen, immerhin war die durchgelegene und viel zu weiche Matratze wirklich nicht das Beste.

„Morgen geht es also los.“ Lia lehnte sich gegen meinen Kleiderschrank.

„Ab in die Kälte“, murmelte ich und kassierte einen skeptischen Blick meiner Freundin.

„Okay“, gab ich nach, „wird sicher ganz…“, ich suchte nach passenden Worten, „… nett. Wann waren wir alle das letzte Mal zu fünft unterwegs …?“

„Als wir alle mal Zeit gefunden hatten“, beendete Lia den Satz lachend. „Aber zu meiner Verteidigung: Ich habe immer Zeit.“

„Babe, du gehst auch immer nur mit, wenn auch ich dabei bin“, wandte ich ein und schaute meine Freundin mit hochgezogenen Augenbrauen an. Sie verdrehte die Augen, bückte sich nach einem Pullover, zerknüllte ihn und warf ihn, mit gespielter Wut, in meine Richtung.

„Ha“, erwiderte ich, als der Pullover einige Meter vor dem Bett landete.

„Tyler würde sicher gerne bei jedem Treffen zusagen“, lenkte Lia wieder auf das Thema zurück, „wenn das Freizeit von seinem Vater bedeutete.“

Ich nickte. „Zu Sohel muss ich gar nicht viel sagen.“

Lia lachte laut auf. „Ja, da muss ich dir recht geben. Hm, Dun hat auch fast kein Treffen ausgeschlagen“, zählte Liana auf.

„Dunja hat auch ein Leben, wie es sich jeder wünscht. Allein schon ihre Mutter. Diese Frau ist so begehrt. Glaubst du, irgendwas fehlt dieser verwöhnten reichen Frau."

„Eren!", rief Lia laut und seufzte hörbar auf. „Wie redest du denn, bitte? Was soll das jetzt? Kannst du dich zusammenreißen?"

Ich nickte bloß und das Thema war somit für mich beendet. Nachdem die Sonne untergegangen war, stand Lia auf, um sich auf den Rückweg zu begehen.

„Schlaf doch hier", quengelte ich und griff vorsichtig nach ihrem Arm.

„Eren", seufzte sie, „ich muss noch meine Tasche packen und außerdem ... " Sie wandte ihren Blick ab. Die nächsten Worte, die aus ihrem Mund kamen, drängte sie nur so heraus. „Entschuldige, aber du weißt doch, dass ich auf deinem Bett nicht so gut schlafen kann."

Ich ließ augenblicklich ihren Arm los, ehe ich die Lippen aufeinanderpresste. Beklommen schaute ich mich in meinem kleinen engen Zimmer um. Wenigstens hatte sie versucht, es nett auszudrücken. Ich wusste doch, wie selten sie, aus eben diesem Grund, bei mir schlafen wollte. Und wie selten sie das zugeben konnte.

Ich konnte ihr das nicht einmal übel nehmen, immerhin wartete ein prächtiges Doppelbett in ihrem ausnahmslos märchenhaften Zimmer auf sie.

„Nein, so meine ich das nicht." Sie nahm mein Gesicht in ihre warmen Hände, „I... ich will einfach nur..." Sie suchte nach den richtigen Worten und wandte verzweifelt ihren Blick ab, „Ich glaub, ich fahre jetzt einfach nach Hause, okay? Ich lieb dich." Sie gab mir einen kurzen Kuss und verließ dann mein Zimmer.

„Ich dich auch", flüsterte ich noch, als sie die Tür hinter sich geschlossen hatte. Als ich hörte, wie die Haustür ins Schloss fiel, stand ich auf und stellte mich an das Fenster. Dort stützte ich meinen Ellbogen an der Fensterbank ab und blickte durch das verdreckte Glasfenster. Ich blieb solange in dieser Position stehen, bis das Mädchen in dem langen grauen Mantel aus meinem Blickwinkel verschwunden war.

Nachdem ich meine Tasche für den Ausflug gepackt hatte, verließ ich mein Zimmer und ging durch den abgedunkelten Flur hinein in das kleine Wohnzimmer.

„Mom, Dad?" Meine Stimme hallte durch den Flur.

„Eren?", hörte ich meine Mutter fragen.

Was für ein Mist. Mit einer Hand strich ich mir über meinen Nacken. Meine Fingerspitzen stießen an die unebene Stelle auf meiner Haut. Ich bekam die Narben zu spüren, die sich schon tief in meine Haut eingegraben hatten. Sie fühlten sich rau an und kitzelten gemeingefährlich auf meiner Haut. „Ich ..." Angespannt kniff ich meine Augen zusammen, als ich das Wort ergriff. „Ich werde wegfahren."

„Du wirst was?", entgegnete meine Mutter sofort, während sich ihre Stimme mir näherte. Ein Unbehagen machte sich in mir breit. Mein ganzer Körper verspannte sich, als meine Mutter schließlich vor mir zum Stehen kam.

Ihr Blick wanderte über meinen Körper. „Etwa mit deiner Freundin?" Ihre Stimme hatte etwas von Verachtung angenommen und sie hatte einen skeptischen Blick aufgesetzt. „Sie gefällt mir nicht. Du solltest sie nicht weiter treffen, mein Sohn."

„Sag so was doch nicht." Irritiert blickte ich sie an. Ihre Abneigung gegenüber Lia war völlig unbegründet.

Das Rauschen der Autos tönte durch die kaum schalldichten Fenster. Ich suchte nach den passenden Worten. „Ich fahr weg. Mit Lia, Dunja, Ty und Sohel."

Entsetzen machte sich in ihrem Gesicht breit. Aus dem Augenwinkel konnte ich beobachten, wie ihre Finger sich langsam bewegten. Achtsam verfolgte ich die Bewegung ihrer Hand. Ich konnte nicht erklären, warum, aber ich brachte nicht die Kraft auf, mich vom Fleck zu bewegen. Mein Körper war wie erstarrt und ich konnte nicht dagegen ankämpfen, auch wenn das Verlangen danach groß war. Es dauerte nicht lange und schon spürte ich, wie das unerträgliche, scharfe Brennen sich einen Weg durch meinen Körper suchte. Wie mir jegliche Luft zum Schreien wegblieb. Wie sich die Härchen auf meiner Haut aufstellten und meine Beine zu zittern begannen. Gedemütigt und verletzt stand ich da. Mühsam versuchte ich, nicht nachzugeben und mich stabil auf den Beinen zu halten. Mit dem Gefühl der tiefen Scham in mir, dass ich keinen Gegenwind leisten konnte.

„Werde endlich vernünftig. Es wird langsam Zeit…" Unter den Wimpern beobachtete ich, wie sie die Finger zusammenkrümmte und mit einem Ruck die Hand zurückzog, ehe sie mir den Rücken zuwandte.

Ich setzte zum Sprechen an, doch meine Stimme klang gebrochen. „Warum tust du das?", hauchte ich und als ich spürte, wie sich Tränen in meinen Augen bildeten, versuchte ich, mich mit aller Kraft zusammenzureißen.

Meine Mutter machte nicht kehrt, sondern setzte zum Gehen an. Natürlich tat sie das.

Auf dem Weg zu meinem Zimmer hatte mich die Wut eingeholt und ich ließ mich von ihr bestimmen. Wieso ließ ich zu, dass sie mich so kleinmachte? Ich wurde in eine Ecke gedrängt, obwohl der Platz, auf dem ich spielen könnte, doch so viel größer war.

„Ich werde dort hingehen. Ich bin ein freier Mann", brüllte ich ihr hinterher. Meine Kehle brannte, als ich ihr die Worte hinterher donnerte.

Sie lachte trocken auf und setzte denselben Ton auf. „Eine Schande bist du. Nichts weiter."

Kapitel 11

DUNJA

Fröstelnd trat ich von einem Fuß auf den anderen, während ich nach meinen Freunden Ausschau hielt.

Vereinbart war, dass wir uns um 14 Uhr an der Bushaltestelle treffen würden. Von dort aus würden wir dann gemeinsam direkt zum Bahnhof fahren und anschließend den Zug nehmen, der uns in die Hütte bringen sollte. Eren und Lia hatten eine Blockhütte in Bispingen im Landkreis Niedersachsen gebucht.

Wenn ich ganz ehrlich war, hielt ich nicht viel von dieser Idee zu Tylers Geburtstag. Würde ihn das wirklich glücklich machen?

Und ich? Wenn ich jetzt so darüber nachdachte, wurde mir klar, dass nichts und niemand wirklich wahre Glücksgefühle in mir wecken konnte und ich durch den Tag ging, indem ich mich zwang, ein Lächeln aufzusetzen, damit ich der ewigen Fragerei nach meinem Wohlbefinden ein Ende setzen konnte.

Gelegentlich führten mich meine Gedankengänge zu wirklich absurden und komplexen Vorstellungen. Ob das bei anderen auch so war, konnte ich schwer einschätzen und aus diesem Grund versuchte ich, nicht darüber nachzudenken.

Vor wenigen Minuten hatte ich Tyler schon per Textnachricht gratuliert, sodass er keinen Verdacht schöpfen konnte, dass ich mich nicht im Geringsten für seinen besonderen Tag interessierte.

Bevor ich mir weiter den Kopf zerbrechen konnte, sah ich, wie Sohel auf mich zugejoggt kam. Mir fiel sofort auf, dass er seine Kapuze tief ins Gesicht gezogen und die Hände in den Hosentaschen vergraben hatte. Als er mich zu sehen bekam, veränderte sich der Ausdruck in seinen Augen.

Unsicher, wie ich mit seinem warmen Blick umgehen sollte, versuchte ich, den schlichtweg zu ignorieren, und schenkte ihm ein halbherziges Lächeln.

„Hey Dun“, begrüßte er mich und ich nickte ihm nur kurz zu, während ich den Blick von ihm abwandte und meinen Kopf verschämt zur Seite drehte.

Mit zittrigen Fingern bemühte ich mich, den Reißverschluss meiner Jacke zu schließen, was ich dem kalten Wintertag zu verdanken hatte. Aus dem Augenwinkel konnte ich sehen, wie Sohel mich still dabei beobachtete, und als er den Mund öffnete, seufzte ich leise.

„Dun.“ Unbeholfen drehte er sich in meine Richtung. Vorsichtig berührte er, mit den Fingerspitzen, den Verschluss meiner Jacke und mit einem Mal stieg ein miserables Gefühl in mir hoch und ich trat unweigerlich einen Schritt nach hinten.

Meine abweisende Geste schien er nicht zu begreifen, denn ich blickte in konzentrierte grüne Augen, die er nicht von dem Verschluss meiner Jacke ließ.

Ich hatte angenommen, dass ich es ihm deutlich genug gemacht hatte, aber offensichtlich hielt ihn das nicht davon ab, meine Nähe zu suchen. „Lass gut sein.“

So aufgefordert, zog er die Arme zurück und ließ sie unkoordiniert fallen.

„Ich wollte bloß eine Hilfe sein.“

„Danke, aber ich schaffe das schon selbst“, entgegnete ich schroff. Ich fühlte mich schon ein Stück weit erbärmlich, weil ich ihm schon wieder die kalte Schulter zeigte.

Daraufhin versuchte ich, meine Gedanken zu ordnen. Die Tatsachen waren unübersehbar. Er war ein durchaus hübscher und liebenswerter Junge, der sich, mir gegenüber, immer von seiner besten Seite zeigte. Auch war es seine intelligente und zuvorkommende Art, um die sich alle reißen würden.

Aus unerklärlichen Gründen hatte er auf mich nicht diese Wirkung. Seine offensichtliche Aufmerksamkeit, die er mir gegenüber gelegentlich zeigte, kratzte an meinen Nerven.

Fast schon, als wäre er in der Lage, in mich hineinzusehen. Ein zu tiefer Blick in einen Menschen kann Dinge offenbaren, die nicht gesehen werden sollten.

Stumm beobachtete ich, wie er sich auf einer Bank niederließ und das Handy aus der Hosentasche fischte.

Ich sah zu, wie er mit seinem Handy beschäftigt war, bis er ganz plötzlich hochschaute und sich unsere Blicke trafen.

Betroffen kletterte mein Blick auf den Boden.

Während das Schweigen zwischen uns zur Last wurde, hielt ich Ausschau nach den anderen, die schon längst hätten hier sein sollen.

Kaum fünf Minuten später tauchten Lia und Eren endlich auf. Völlig aus der Puste näherten sie sich der Bushaltestelle. Während sich Eren und Sohel eine klopfende Umarmung gaben, kam Lia lächelnd auf mich zu. Ihr weißblondes Haar hatte sie zu einem festen Zopf gebunden und das himmelblaue Kleid schmiegte sich, wie angepasst, an ihren Körper. Lia streckte die Arme aus und gab mir eine feste Umarmung, die ich widerwillig entgegennahm.

„Es fühlt sich beinahe an wie eine Ewigkeit, seit wir uns das letzte Mal gesehen haben."

„Bitte?", brachte ich abrupt über meine Lippen. Mein Blick verweilte auf Lias Gesicht, dessen Mundwinkel zuckten und sich zu einem Lächeln formten.

Mit einem Mal überkam mich eine Fantasie, die unaufhaltbar war: Erst war es ein gewöhnlicher gelblicher Schwamm, den man aus manchen Schulklassen kennt. Doch das vielfältige Nutzen dieses Schwammes blieb noch lange unentdeckt, und für viele war es nicht mehr als ein einfacher Schwamm. Aber er war zu so viel mehr fähig. Manchmal brauchte man es einfach nur zu wagen, um die Ecken zu blicken. Der gelbe Schwamm konnte dieses zärtliche Lächeln auf einfachste Weise verschwinden lassen. Ganz geschickt und ohne Spuren. Das Lächeln, das vorher da gewesen war, blieb verschwunden. Weggewischt von dem Material des Schwammes, das es mit sich zog. Diese fast Gewalt erzeugende Vision spielte sich immer wieder vor meinem inneren Auge ab und gab mir ein gewisses Gefühl der Zufriedenheit und Beruhigung.

„Nicht so wichtig", erklärte Lia verlegen und ließ ihren Blick rasch herumwandern. „Wo bleibt denn das Geburtstagskind?"

Daraufhin meldete Sohel sich zu Wort. „Tyler hat mir soeben geschrieben. Cedric fährt ihn zum Bahnhof."

Spöttisch schnaubte ich auf, denn es machte fast den Eindruck, als würde es Tylers Absicht sein, damit zu prahlen, dass sein persönlicher Chauffeur ihn zum Bahnhof brachte.

„Also ich", versicherte Eren uns, „würde es genauso machen wie Ty. Er macht alles richtig. Ich meine, warum sollte er darauf verzichten, wenn es ihm quasi vor die Füße gelegt wird, mit einem eigenen Fahrer zu kommen?" „Eren", mahnte Lia ihn flüsternd. „Ist es nicht so?", verteidigte Eren seine Position und reizte mich damit nur noch ein wenig mehr. „Der Bus ist da", murmelte Sohel leise vor sich hin und stand von der Sitzbank auf, um als Erster einzusteigen. Der Bus stoppte vor unserer Nase, wir stiegen ein und liefen bis nach hinten durch, wo wir uns schließlich auf der letzten Sitzreihe niederließen.

Der Bus füllte sich mit der Zeit und Eren ergriff das Wort, als wir an einigen Gebäuden und Bauwerken vorbeifuhren. „Hört mal, könnt ihr euch erinnern? Meine Grundschule war hier, die unbeschwerteste, beste Zeit", beteuerte er mit einem starken Unterton und fuhr fort: „Da vorne um die Ecke, seht ihr? Neben den Gebüschen und dem großen grauen Straßenschild."

„Du bist hier zur Schule gegangen?" In Lias Stimme lag ein irritierter Ausdruck und sie drehte sich zu ihrem Freund um. Überrascht zog dieser seine Augenbrauen zusammen.

„Das hab ich dir schon mehrmals erzählt." Eren drehte sich zu ihr um. „Um genau zu sein, jeden Tag, wenn wir hier vorbeifahren. Es tut mir leid, wenn ich dir sagen muss, dass es nicht eine der angesehensten Grundschulen der Stadt ist, also keine für die Wohlhabenden, aber ich hatte angenommen, das wüsstest du schon."

„Das waren überhaupt nicht meine Worte", versuchte sie, sich zu verteidigen. Ich beobachtete still die Auseinandersetzung. Eren hatte sich mittlerweile aufrecht hingesetzt und die Arme streng vor der Brust verschränkt.

„Was ist bloß los mit dir?", fragte Lia verwirrt und versuchte, den Augenkontakt mit Eren zuhalten.

„Ich verstehe nicht, warum du dich unnötigerweise aufregst“, redete Lia leise auf ihn ein. „Entschuldige, dass ich nicht wusste, dass du hier zur Schule gegangen bist.“

„Es tut dir leid?“, giftete Eren und betonte jede Silbe.

„He, Eren.“ Sohel berührte vorsichtig seinen Arm. „Komm ein bisschen runter.“ Daraufhin schnaubte Eren nur und schüttelte seinen Arm frei, bevor er sich wieder an Lia wandte. „Lia, warum um alle Welt musst du mich immer so aufs Neue enttäuschen?“

„Enttäuschen?“ Inzwischen erhob auch sie ihre Stimme, etwas, das unüblich für sie war. Lia war dafür bekannt, die Ruhe in Person zu sein. „Eren, bitte.“

„Nein. Ich schätze, dass es mir erst jetzt richtig klar wird. Wieso gebe ich mir soviel Mühe mit dir, wenn ich im Endeffekt mit mir allein spreche? Wie gegen eine Wand.“

„Eren, du spielst das Ganze ziemlich auf. Wir reden aneinander vorbei. Du bist so dermaßen empfindlich, wegen so einer Kleinigkeit.“

„Es ist ja nicht nur das. Wieso weiß ich alles über dich? Sag's mir. Weil ich mir Zeit für dich nehme. Das ist der entscheidende Punkt bei dem Ganzen. Weil ich dir zuhöre mit meiner gesamten Aufmerksamkeit, weil es sich eben so gehört. Merkst du den Unterscheid?“

„Kumpel“, unterbrach Sohel ihn schließlich. „Nichts für ungut, aber es reicht. Auch ich wusste nicht, auf welche Grundschule du gegangen bist, also mach Lia nicht so fertig.“

„Sohel, Mann.“ Eren konnte einfach nicht loslassen. „Das ist etwas anderes. Man muss da unterscheiden. Hältst du dich etwa für meine Freundin?“

Mit der Zeit wurde es ziemlich schräg, weshalb auch ich mich einmischte. „Eren. Lass gut sein…“

Dieser machte eine wegwerfende Geste und drückte sich tiefer in seinen Sitz. „Ihr habt doch alle keine Ahnung. Was hackt ihr die ganze Zeit auf dieser Grundschulsache herum. Schön, wenn es nur das wäre. Ihr habt doch nicht mal die geringste Ahnung, wer ich wirklich bin.“

„Okay, okay." Sohel lachte leise in sich hinein und schüttelte dann energisch den Kopf. „Komm schon, Mann. Dieses *Ihr habt doch keine Ahnung, wer ich bin* haben wir nicht nötig. Wir kennen uns alle gut genug und dabei sollten wir es auch belassen."

„Wir kennen uns alle gut genug." Eren wiederholte seine Worte und spielte mit dem Versuch sich ein Lachen zu verkneifen. „Ja genau, Sohel. Vor allem du solltest ganz genau aufpassen, was du hier in den Raum wirfst, mein Freund. Du verschließt dich und versteckst deine Lebensweise vor uns, hütest sie wie ein Geheimnis. Nennst du so etwas wahre Freundschaft? Angenommen, deine Geschwister ..."

„He, du hältst meine Geschwister da schön raus, verstanden?"

„Beendet diesen sinnfreien rebellischen Kampf zwischen euch. Alle beide! Wir freuen uns, dass wir in etwa zehn Minuten endlich da sind und Tyler zum Geburtstag beglückwünschen können, weil es nämlich nur um ihn geht. Heute ist sein Tag", kam Lia ihnen zuvor.

„Jetzt schiebst du das Thema weg und verhältst dich so, als wäre nichts geschehen", murmelte Eren in seinen Pullover hinein. Dann schaute er Lia herausfordernd an und sie mied beschämt seinen Blick.

„Im Ernst, Eren", warf Sohel gereizt in den Raum. „Könntest du aufhören so mit ihr zu reden. Lass doch einfach gut sein."

„Lass doch einfach gut sein", äffte Eren ihn rücksichtslos nach. „Da kommt mir die Frage, warum du Lia so verteidigst, als würde dein Leben davon abhängen", provozierte Eren ihn weiter. Sohel zog überrascht die Augenbrauen hoch und schien fassungslos.

„Tyler ist bald da. War es nicht euer Wunsch gewesen, dass ihm die komplette Aufmerksamkeit gelten sollte? Dafür sollten wir diese Diskussionen beiseiteschieben, meint ihr nicht?", brachte ich gepresst hervor.

„Du, Dunja. Spuck nicht so große Töne." Eren legte den Kopf schief. Ich schätzte, er war ziemlich auf Streitereien aus. Seine Worte gingen mir langsam auf die Nerven.

„Wir sind hier." Eren hob seinen Arm und schwang ihn in der Luft herum. „Und du bist hier." Er bewegte seinen Arm in die komplett entgegengesetzte Richtung. Mit blitzenden Augen verfolgte ich seine Bewegungen. Als er weitersprach, hatte er ein siegessicheres Grinsen aufgesetzt. „Du bist sowieso ein Fall für sich. Ist es nicht so, dass du auf uns herabschaust, als seist du die Prinzessin auf dem Thron. Und dicht hinter dir deine Mutter, die als Königin des Landes angesehen wird. Mit stolzem Lächeln auf dem Gesicht und die Hand auf den Schultern ihrer perfekten Tochter."

Er wusste überhaupt nichts. Überhaupt nichts. Überhaupt nichts über sie.

„Wir sind da", sagte Lia leise und stand auf, um auszusteigen. Wir machten einen Treffpunkt mit Tyler aus und warteten ab.

Jeder machte sein Ding und wir ignorierten einander bewusst, bis Sohel das aussprach, was jeder sich dachte.

„Scheinbar sind wir uns fremder, als angenommen."

Kapitel 12

TYLER

„Dein Fahrer wird gleich, um exakt 13:20 Uhr, den Motor starten. Die Dauer der Fahrt beträgt etwa eine halbe Stunde. Anschließend wirst du deine Freunde am Bahnhof antreffen. Von dort aus geht es dann zu eurer…“ Er stoppte kurz, ehe er zögernd fortfuhr: „… Hütte.“

Vater verzog das Gesicht, als er die letzten Worte nur so herauspresste und die Lippen zu einer geraden Linie zusammenzog.

„Das hast du genau richtig, verstanden, Vater“, antwortete ich. Vater nickte kaum merklich und tauschte Blicke mit Cedric, meinem persönlichen Chauffeur, und mir. Cedric hatte seine breiten Arme vor dem Oberkörper verschränkt, der Rücken war gerade und sein Stand schulterbreit. Sein Blick war starr nach vorne gerichtet und er hatte das Kinn leicht angehoben.

„Kann ich dir vertrauen?“ Vaters Augenbrauen zogen sich zusammen, als er mit seinem strengen Blick Cedric ganz genau ins Visier nahm.

„Selbstverständlich, Sir“, gab Cedric pflichtbewusst zurück.

Es war eine von Vaters Angewohnheiten, dass er jeden meiner Schritte genauestens beobachtete. Er bemerkte jedes einzelne Wort, das ich über die Lippen brachte, und jede einzelne Aktion, die ich an den Tag legte.

Während Vater und Cedric sich weiterhin in einem Flüsterton unterhielten und ich mich nicht bemühen wollte, jedes einzelne Wort zu verstehen, fiel mein Blick auf die Straße, auf der zahlreiche Autos vorbeirauschten und in der Dunkelheit dieses frühen Wintertages verschwanden.

Meine Augen huschten zu dem Wagen meines Fahrers, welcher an der Seitenstraße parkte. Mit meinen Unterarmen stützte ich mich an der Motorhaube ab.

Die Sehnsucht holte mich ein, in einem der fahrenden, vorbeirauschenden Autos zu sitzen und einfach davonzufahren. Irgendwohin. Einfach dem verdammten Schauspiel und dem falschen Leben, das ich führen musste, gestohlen bleiben.

Mein Vater führte sich auf, als stünde er weit über allen anderen Bürgern. Während Vaters Lebenslaufbahn, baute er eine Art Wand auf, die Distanz symbolisieren sollte und zwischen ihm und dem Rest der Welt stand. Der einzige Bezug zu anderen bestand darin, ihnen vorzuschreiben, wie sie zu leben hatten. So war es immer gewesen. Er schaute immer bloß auf sie hinab. Er ekelte sich vor ihnen. Das war das Leben, zu dem ich verdammt war, und es benötigte viel Willenskraft, um es in die komplett entgegengesetzte Richtung zu lenken. So wollte ich nicht leben. Letztendlich bestand mein größtes Ziel darin, mich genau in diesem Punkt von meinem Vater zu unterscheiden. Er berechnete den Wert eines Menschen nach dessen Aussehen, Auftreten, Vermögen und Stellung in der Gesellschaft.

„Dann mal los", hörte ich Cedric sagen und ich richtete mich sofort auf. Als ich mich umdrehte, stellte ich fest, dass der Platz vor meinen Augen leer war. Abgesehen von meinem Chauffeur stand niemand vor mir.

Der Windstoß von hinten, stieß mich nach vorne. Ich stolperte ein wenig und kam dort zum Stehen, wo Vater noch vor wenigen Augenblicken gewesen war. Mit weit aufgerissenen Augen stand ich dort. Überrascht, wie plötzlich er sich aus dem Staub gemacht hatte. In dem Moment sah ich etwas aufblitzen. Ein Licht. Es erglühte im obersten Stockwerk unserer Villa. Durch die hohen glänzenden Glasfenster konnte ich eine dunkle Silhouette identifizieren. Da ging ein Licht in mir auf: Wenn ich derjenige war, der jetzt hier stand, konnte das nur eines bedeuten.

„Vater ist weg." Mit einem lauten, unüberhörbaren Lachen warf ich mich an die Schulter meines Fahrers. Es war ein Gefühl von Freiheit, das durch meinen Körper schoss. Ungeduldig lief ich auf die andere Seite des Wagens und öffnete in Sekundenschnelle die Beifahrertür. Ich machte es mir auf dem roten Ledersitz gemütlich, indem ich die Beine ausstreckte und mit einem Knopfdruck die Lehne des Sitzes nach hinten fahren ließ.

Mit einem schiefen Grinsen drehte ich den Hip-Hop-Song, der aus dem Radio dröhnte, noch etwas lauter.

Cedric öffnete mit erstarrter Miene die Fahrertür. Mit einem weiterhin steifen Gesichtsausdruck, klopfte er den Fahrersitz ab und ließ sich darauf nieder. Er startete den Motor des Wagens. Ohne ein weiteres Wort zu verlieren, fuhr er los. Das Geräusch der Reifen auf dem glatten Asphalt wummerte in meinen Ohren. Cedric starrte angestrengt auf die Straße und nach einigen Metern riss er das Lenkrad nach links.

Aus dem Augenwinkel konnte ich beobachten, wie er mir einen vielsagenden Seitenblick zuwarf.

Beherrscht folgte ich den Bewegungen von Cedrics Fingern. Er drückte auf die Wiederholungstaste des Radios. Dann zog er seine Hand zurück und blickte geradewegs nach vorn.

Ha, Ced war so ein Komiker, dass ich mir das Grinsen nicht mehr verkneifen konnte. Jetzt hatte ich ihn. Mit einem lauten Prusten klopfte er mir auf die Schulter. Vor Lachen konnten wir uns schließlich beide nicht einkriegen. Es tat gut, sein schallendes, dröhnendes Lachen zu hören, das tief aus der Kehle kam. Kopfschüttelnd schmunzelte ich über die Show. „Happy Birthday, Mann“, brüllte Cedric polternd und klopfte mit der Faust auf das Armaturenbrett. „Du bist 18. Achtzehn!“

„Danke, Ced. Das weiß ich wirklich zu schätzen.“

„Ach, rede doch nicht so wie dein Dad. Komm schon, du bist ihn endlich los. Frei, Ty.“

Die ganze Sache überforderte mich zwar noch ein wenig, aber er hatte recht. Ich war frei, verdammt. Frei.

„Aber sag mal, Ced. Wie schaffst du es, deine Rolle immer so knallhart durchzuziehen?“

„Weiß ich selber nicht, Mann. Aber ich bin gut, nh?“

„Mehr als das“, stieß ich deutlich vernehmbar hervor. „Du bist gut. Richtig gut.“

„Richtig gut!“, stimmte Cedric ein, „Richtig gut, Ty.“

„Du hast mir so gefehlt, Ced.“ Kopfschüttelnd schaute ich mich in dem luxuriös ausgestattetem Wagen um.

„Moment. Hast du die Sachen?“, fiel es mir wieder ein.

Cedric nickte eifrig und beugte sich ein Stück weit nach vorne, um mit der Hand in dem Seitenfach des Autos herumzuwühlen. Bis er letztendlich eine schwarze Stofftüte hervorzog. Ihr müsst wissen, Vater bestand hartnäckig darauf, mich nicht ohne ein Hemd und eine Leinenhose aus dem Haus zu lassen. So hatte Cedric das getan, worum ich ihn vor wenigen Stunden gebeten hatte. Er war ein großer Held, denn er hatte ohne Umschweife versprochen, etwas zum Wechseln mitzunehmen.

Als er in der Tüte rumwühlte, fiel mir die glänzende Uhr mit dem tiefschwarzen Zifferblatt an seinem Handgelenk auf.

„Chopard Geneve?“, riet ich nach wenigen Sekunden.

Er zog scharf die Luft ein. „Audemars Piguet“, löste er das Rätsel auf und streckte mir sein Handgelenk entgegen.

„Wow.“ Ich hielt sein Handgelenk fest und betrachtete die Uhr genauer. „Die ist echt schick.“

„Wie auch *deine* Audemars Piguet Royal Oak“, entgegnete er mit einem breiten Grinsen im Gesicht.

„Ced. Du machst Witze.“ Theatralisch ließ ich die Augen rollen, aber sein Grinsen ließ nicht nach. Mein Herz machte einen Sprung, als er die Stofftüte auf meinem Schoss ablegte und kurzerhand eine Box aus seiner hinteren Hosentasche herauszog. Da konnte jeder Mist drin sein und Ced war ein Typ, der gerne herumalberte. Mit einem belanglosen Gesichtsausdruck nahm ich die Box in meine Hand und zog unachtsam den Deckel herunter. Ein feines, dunkelgraues Lederband umfasste das glänzende, entspiegelte Glas der wunderschönen funkelnden Uhr. Das schiefergraue Zifferblatt war besetzt mit Indizes und den Royal-Oak-Zeiger aus Weißgold. Fassungslos strich ich über das flache Chronographen -Werk.

„Ein Meisterwerk. Du weißt, dein Vater zahlt mich gut.“

„D...Danke, Ced. Unfassbar. I... Ich weiß nicht...“, stammelte ich darauflos.

„Ty, heute ist dein Tag und für so eine Freundschaft, wie sie uns verbindet, würde ich so viel mehr hergeben.

Aber das ist das Mindeste, denn dein Vater ist kaum der Typ von Mann, der seinem Sohn Geschenke macht, das weiß ich.

Es ist mir auch nicht entgangen, wie du des Öfteren Webseiten besucht hast, die darüber aufklären, was man beim Kauf teurer Uhren beachten muss." Grinsend warf er mir einen Seitenblick zu und ich schmunzelte in mich hinein.

Er kannte meinen Vater gut und auch, wenn er nur für ihn arbeitete, sah er, wie ich an manchen Tagen zu leiden hatte. Somit zählte Ced zu den Menschen, denen ich mich am meisten öffnen konnte.

Er konzentrierte sich wieder auf die Straße und für eine weitere Viertelstunde betrachtete ich das Kunstwerk, das an meinem Handgelenk glitzerte.

Cedric summte den Song im Radio mit, während ich mir das Hemd mit eifrigen Fingern aufknöpfte und in den weichen Kapuzenpulli schlüpfte, der sich in der Stofftüte verborgen hatte. Schließlich wechselte ich noch die feine Stoffhose gegen eine Bluejeans.

„Passt?" Ced schaute gebannt auf die Straße und warf mir erneut einen kurzen Blick von der Seite zu.

„Perfekt, danke, Ced."

Ich knüllte die Stofftasche zusammen und warf diese einige Male übermütig in die Luft.

„Und?" Cedric drehte das Lenkrad nach rechts und bog in eine mir unbekannte Straße ein. „Mit wem geht's da hin?"

„Eren ist dabei. Kennst du hin?"

„Ja, ich denke schon", gab Cedric grüblerisch zurück, „Habe ich ihn nicht neulich bei dem Appartement seiner Freundin rausgelassen?"

Ich nickte. „Seine Freundin Liana ist auch dabei. Außerdem kommt noch Sohel mit."

„Verstehe." Ced legte den Kopf seitlich.

„Und auch Dunja ist dabei. Ich denke, du kennst sie nicht."

„Dunja?“ Cedric spähte kurz zu mir über. „Ich habe noch nie von ihr gehört.“

„Hm, ja. Nicht weiter wichtig.“ Ich blickte aus dem Fenster hinaus.

„Du magst sie nicht“, stellte Ced fest.

Seine Aussage ließ ich so stehen und betrachtete weiterhin die Gegend, die wegen der Windstöße und der kühlen Atmosphäre, geradezu zu frieren schien. Ich genoss umso mehr die angenehme Wärme, die aus der Fahrzeugheizung kam.

„Warum magst du sie nicht?“ Cedric ließ nicht nach.

„Sie hält ziemlich viel von sich“, gab ich bloß zurück.

„Dann ist sie selbstbewusst.“

„Dann ist sie arrogant. Nichts weiter.“

Cedric lachte laut auf, „Schon verstanden, du willst nicht weiter über sie reden, ich halte meinen Mund.“

Zähneknirschend schaute ich aus dem Fenster und kurz danach hatte sich ein Lächeln auf meinem Gesicht gebildet. Ced verstand mich. Er war ein wirklich guter Freund.

Die nächste halbe Stunde verbrachten wir damit, uns ununterbrochen zu unterhalten.

„Hey, da fällt mir gerade noch etwas ein. Hör mir mal zu, Tyler“, befahl Cedric. „Vor einigen Jahren hatte ich mit ein paar Freunden auch einen kleinen Ausflug veranstaltet. Fast genauso, wie du und deine Freunde es jetzt tun.“

Ich nickte langsam und verdeutlichte ihm, dass er weitersprechen konnte.

„Und vorher hatte mein Onkel Owen Whyd eine App, die man fürs Handy benutzen kann, konstruiert. Erinnerst du dich? Das war derjenige, der viele Jahre auf der Universität in Südengland, in Oxford, studiert hat und jetzt dieses Elektro-Geschäft hat. Eine Straße weiter von mir.“

„Ja, klar, kenne ich ihn. Habe letzten Sommer mein einwöchiges Praktikum dort gemacht. Was meintest du eben? Er hat eine App konstruiert?“

„Ja genau. Eine App. Es ist eine App, mit der man miteinander kommunizieren kann. Aber nicht wie die gewöhnlichen Apps, die wir normalerweise benutzen. Die App meines Onkels soll, nach seinem Grundmuster, als Mittel zur Unterhaltung dienen. Glaub mir, wenn ich dir sage, dass die App in meinem Bekanntenkreis wirklich gut angekommen ist.

Sie funktioniert nämlich ...wie soll ich dir das erklären ..." Er legte eine kurze Pause ein, ehe er angespannt weitersprach.

„Bei der Anwendungsweise wird's jetzt interessant. Du kannst eine oder mehrere Gruppen von beliebigen Kontakten bilden. In diesen Gruppen könnt ihr chatten, aber der Absender der gesendeten Nachrichten bleibt anonym."

„Bitte?" Ich lachte laut auf. „Was ist denn der Sinn einer, ich sag' mal Kommunikationsapp, wenn nicht angezeigt wird, wer die Nachrichten schreibt?"

„Das hört sich anfangs echt bescheuert und sinnlos an. Aber hat man erst einmal angefangen, eine Nachricht zu verschicken, kann man sein Handy nicht mehr aus der Hand legen." Cedric klopfte mit der rechten Hand auf das Lenkrad.

„Mit dem Ganzen kann man sich prächtig amüsieren. Alle Nachrichten, eingeschlossen deine eigenen, werden auf einer Seite des Chats angezeigt und sehen somit einheitlich aus."

„Okay", sagte ich langsam, „ aber ich blicke immer noch nicht ganz durch. Wozu das Ganze? Warum bleibt der Absender anonym?"

„Du verstehst das falsch, Ty." Cedric wirkte inzwischen schon ziemlich genervt.

„Du kannst diese Gruppe dafür nutzen, zu sagen, was auch immer du willst. Was auch immer du loswerden willst. Dir steht die freie Wahl zu. Du kannst irgendwelche unangenehmen Geheimnisse erzählen, zum Beispiel. Geständnisse und Beichten und so etwas in der Art. Bis zum Ende kann es verborgen bleiben, wer diese Dinge erzählt hat. Solange, bis du dich selbst dafür entscheidest, zuzugeben, welche Nachrichten von dir geschrieben wurden. Wenn..." Er zog bedeutungsvoll die Augenbrauen hoch. „Wenn du selbst noch weißt, welche Nachrichten überhaupt deine sind. Es ist so ein Spiel, bei dem man sich ständig aufregt, aber auch etwas zum Lachen hat."

„Wird man da nicht verrückt?“, murmelte ich vor mich hin, während ich seine Worte auf mich wirken ließ.

Als ich immer mehr von der App erfuhr, freundete ich mich mit dem Gedanken an, dass sie definitiv Unterhaltung auf höchstem Level bieten konnte.

Cedric ließ nicht los. „Du kannst dir nicht vorstellen, was für einen Unsinn ich damit angestellt habe. Etwa wie, sich zu verstellen, wenn es darum ging, herauszufinden, wer aus der Gruppe die soeben geschickte Nachricht versendet hat. Egal, was ich offenbart habe, ich verhielt mich immer so, als wäre ich es nicht gewesen. Die anderen zerbrachen sich den Kopf darüber, wer der geheime Absender war, und ich machte einfach mit.“ Mit glänzenden Augen betrachtete er mich.

„Der entscheidende Punkt ist: Diese App sorgt für doppelte Unterhaltung. Es ist vergleichbar mit ...“ Er suchte nach den passenden Worten, ehe er eifrig fortfuhr. „Wie die Kirsche auf der Torte. Es ist Wahnsinn. Denk drüber nach, Ty.“

Nach einer Weile stoppte Cedric den Wagen vor dem Hauptbahnhof. Nachdem ich ausgestiegen war, gab ich meinem Kumpel eine fette Umarmung.

„Danke, Ced. Für die Uhr, die Fahrt, die Gespräche. Einfach für alles.“

Mehrmals klopfte er mir fest auf die Schulter.

„Nicht dafür. Viel, Spaß, nh.“ Während er mir den Rücken zudrehte, ließ ich die kuriose Fahrt auf mich wirken. Es gab wirklich Menschen, denen ich wichtig war. In diesem Fall lag die Betonung auf *wichtig*.

Kapitel 13

EREN

Mit einem Sprung wollte ich mich auf Tyler werfen, der gerade mit einem schiefen Grinsen auf mich zustolperte. Doch dann machte sein Chauffeur, der gerade seine Autotür öffnen wollte, halt und drehte sich um. Mit seinen olivgrünen Augen schaute er Tyler hinterher und rief nach kurzer Überlegung seinen Namen. Ty wandte seinen Blick von mir ab und drehte mir die Hinterseite seines Kopfes mit den kurzen blonden Locken zu.

Cedric griff an seinen Nacken und zog ihn zu einer brüderlichen Umarmung an sich. Die beiden verharrten für einen Augenblick in dieser Position.

Auch wenn ich es ungern zugab, spürte ich einen kleinen Stich in mir, wenn ich den Jungen, den ich als meinen besten Freund ansah, jemand anderem so eng verbunden sah. Versteht mich nicht falsch. Ich kannte Cedric, er hatte mir schon oft genug angeboten, mich mit seinem Wagen herumzukutschieren und er hatte diese sympathische und ehrliche Ausstrahlung, dies war nicht zu leugnen.

Aber das Gefühl, dass ich nicht auf der Eins blieb, ließ mich nicht los.

Ich sag's so, wie es ist, warum sollte ich mich für jemand anderen in den Hintergrund stellen?

Cedric flüsterte Ty noch etwas in das Ohr und stieg schließlich wieder in seinen Wagen. Geräuschvoll verließ er die Straßenecke, drehte eine Runde und rauschte letztendlich davon.

Tyler nickte kurz vor sich hin, so als würde er Cedrics Worte noch einmal durchgehen. Als er hochschaute, bildete sich wieder ein Grinsen auf seinem Gesicht.

„Ty!" Schwungvoll boxte ich gegen seinen Oberarm, die vorherigen Sorgen verschwanden sofort, als wären sie nie da gewesen.

„Alles Gute." Bescheiden stolperte er zur Seite und nahm kurzerhand Schwung. Lachend wich ich seinen gespielten Schlägen aus und bereitete mich gleichzeitig auf die nächsten meinerseits vor. „Rechts, links, rechts, links." Gekonnt wich er zur Seite aus und warf sich auf mich, sodass ich nach hinten stolperte.

„Achtzehn, Ty", lachte ich und hielt meine Fäuste schützend vor meinem Körper.

„Glaub mir, ich kann es selbst noch gar nicht realisieren. Bin ich wirklich schon so alt?"

„Das nennst du alt?" Ich ließ meinen Kopf in den Nacken fallen. „Glaub mir, mein Freund. Ich habe noch die zwölfjährige Version von mir im Kopf. So, als wäre es gestern gewesen, zerreiße ich heimlich die Karteikarten meines Vaters und werfe die Reste aus dem Fenster, in der Hoffnung, niemand würde sie jemals finden. Als ich heute Morgen jedoch darüber nachdachte, habe ich realisiert, dass die Reste der zerrissenen Karteikarten zwar aus dem Haus waren, aber damit noch längst nicht aus meinem Leben." Mit einem Ruck bückte ich mich vor Tylers geballten Fäusten und huschte unter ihnen hindurch. So, dass ich nun vor ihm stand.

„Ty, du bist du auf alle Fälle erwachsener geworden. Du redest manchmal fast wie dein Vater. Gib acht."

Er lachte atemlos, „Keine Sorge. Davon bin ich noch Lichtjahre entfernt. Ich muss nur noch ein bisschen locker werden und meine Sinne entspannen. Bald wirst du nicht mehr ahnen, dass wir auf irgendeine Art und Weise verwandt sind, du wirst sehen. Gerade hat mein Körper noch nicht verstanden, dass er runterkommen kann. Versteht du, was ich meine?"

„Auf jeden Fall, Mann." Ich warf meinen Arm prustend über seine Schulter. Tyler konnte das Lachen über meinen Sarkasmus nicht zurückhalten. „Du bist besser geworden", musste ich zugeben, als ich seine Kampftechniken würdigte. Bescheiden fuhr er sich über die Locken. „Danke, ich übe."

„Typisch Jungs. Sie können nichts anderes, als sich ständig zu raufen." Dunja kam mit einem breiten Lächeln auf uns zu und schenkte uns eine feste Umarmung.

„Hallo, Schöne", antwortete Tyler grinsend, dessen Laune auf jeden Fall gestiegen war an diesem Tag.

„Hey, du Idiot", ermahnte sie ihn mit einem Grinsen auf den Lippen.

Freudig jauchzte Ty auf und hob sich ergebend die Hände. „Ich habe Angst."

Lachend stupste sie ihn an. Währenddessen hielt ich nach Lia Ausschau und wollte gerade auf sie zugehen, als ich von Weitem ihren weichen Blick spürte.

Bevor ich mich ihr näherte, hielt Dunja mich an dem Saum meines T-Shirts fest und sah mich mit einem trockenen Blick an.

„Dich mag ich auch gern, Eren. Sei nicht neidisch."

„Neidisch?", wiederholte ich irritiert und griff nach ihrem Armgelenk, um es von meinem Shirt wegzuziehen.

„Worauf sollte ich neidisch sein? Ich verstehe nicht ganz."

Dunjas darauffolgender Blick war unheimlich ahnungslos. Sie ließ meine Frage völlig unbeantwortet stehen.

So kehrte ich ihr den Rücken zu und ging mit eiligen Schritten auf Lia zu. „Hey", hauchte sie mir entgegen und nahm besorgt meine Hand in ihre warmen dünnen Finger. „Was wollte Dun eben von dir?"

„Unwichtig."

Sie nickte, nach einem kurzen Zögern, und schloss kurz die Augen.

Nachdem Ty sich von allen hatte beglückwünschen lassen, versammelten wir uns und betraten die riesige Halle des Bahnhofes, um dann zu unserem Gleis zu gehen.

Als die Bahn zum Stehen kam, stiegen wir nacheinander ein. Nachdem wir ein leeres Abteil hatten ergattern können, ließ ich mich auf einem freien Platz nieder.

Aus dem Augenwinkel beobachtete ich, wie Lia ihre Tasche in den oberen Schubladen verstaute und sich dann neben mir niederließ. Sanft ließ sie ihren Kopf auf meine Schulter nieder. Ihre Haare rochen süß. Nach Vanille. Mit ihren Armen umfasste sie meinen Bauch.

„Erzähl!“ Dunja erhob sich, um die Abteiltür fest zuschließen. Dann ließ sie sich laut neben Tyler nieder, um ihn mit großen Augen anzuschauen. „Und, wie fühlt sich das Geburtstagskind heute?“

Tyler lachte kurz auf und strich mehrmals seinen Pullover glatt. „Ziemlich normal eigentlich. Es fühlt sich an wie ein ganz gewöhnlicher Tag. Mit der Ausnahme, dass ich heut ‘mit euch hier bin. Vielleicht ist euch nicht ganz klar, dass es mir viel bedeutet, hier zu sein. Mit euch. Im Moment bin ich wirklich dankbar.“ Er strich sich nachdenklich übers Kinn. „Ty!“ Ich sprang auf, als ich sah, was unter seinem Ärmel verborgen war. Unachtsam griff ich nach seinem Handgelenk und zog es näher zu mir. Begeistert strich ich über das hochwertige Glas. „Die Uhr ist wunderschön, ist die neu?“

Mit aufgerissenen Augen schaute ich meinen Freund an.

„Ced. Er hat sie mir geschenkt, heute Morgen“, entgegnete er mit schiefem Grinsen auf dem Gesicht. „Großartiges Geschenk.“

„Eine außerordentlich große Geste. Du kannst dich glücklich schätzen.“

Er nickte bedächtig und der Stolz auf seinem Gesicht war nicht zu leugnen.

„Cedric hat schon so viel für mich geleistet und er ist ein unglaublich guter Freund.“

Zustimmend schüttelte ich knapp den Kopf.

„Wisst ihr, schon als ich ein kleiner Junge war, war Ced der einzige Junge, mit dem ich spielen durfte, weil er aus einer sehr angesehenen Familie kam. Aus diesem Grund sah Vater uns gerne zusammen. Er war immer ein gutes Stück älter als ich, dennoch vertrauten wir uns blind.“, schwärmte er und ließ sich locker in den Sitz fallen.

Als er fortfuhr, musste ich die Zähne aufeinanderbeißen. „Mein Garten war wie unser geheimer Zufluchtsort. Die hochgeschossenen Hecken, die schwarzen Eisenzäune und die weißen Skulpturen meiner verstorbenen Mutter. Echt unglaublich. Wenn ich mit Cedric zusammen war, war es so, wie ich es in Bilderbüchern gesehen hatte. Nach dem Frühstück sind wir rausgelaufen in den Garten und, ehe wir uns versahen, ging die Abendsonne unter. In vielerlei Hinsicht haben wir uns immer schon geähnelt."

„So." Dunja klatschte laut in die Hände, „Wenn die Jungs jetzt auch fertig sind." Sie hörte auf zu reden und lehnte sich gegen die Stuhllehne.

Tyler wirkte verdutzt über die unsensible Unterbrechung, doch, zugegeben, ich war froh, nicht weiter zuhören zu müssen. Als mein Blick zu Lia rüberschweifte, stellte ich fest, dass sie gar nicht richtig dabei war. Stattdessen tippte sie konzentriert auf ihrem Handy herum und legte es dann in die Tasche ihres beigefarbenen Cardigans.

Eine Zeit lang blieb es still im Raum. Meine Gedanken gingen zurück zu der nicht ganz so entspannten Busfahrt von vorhin. Ich konnte nicht mehr sagen, als dass meine Freunde mich ein wenig enttäuschten. Immerhin waren sie seit Jahren diejenigen, denen ich fast alles in meinem Leben anvertraute. Die Tatsache, dass das Gesagte zum einen Ohr rein-und zum anderen wieder rausging, gab mir ein komisches Gefühl. Es war mir unverständlich.

„Was ist los?", warf Tyler stirnrunzelnd in den Raum. Er war während der nervtötenden Busfahrt nicht anwesend gewesen.

„Wieso benehmt ihr euch so merkwürdig?"

Als es keiner für nötig hielt, Ty zu antworten, unterbrach ich die Anspannung.

„Es hat sich herausgestellt, dass wir fast schon Fremde füreinander sind."

„Wie meinst du das?"

„Naja, ich sag's mal so, Lia, Dun und Sohel wussten nicht, dass ich dort, in der Reines-Straße, zur Schule gegangen bin."

„Warte, was?", unterbrach Tyler mich und ich hob fassungslos die Arme. „Moment. Eren, du bist dort zur Schule gegangen? Das dort kann man doch nicht mehr Schule nennen, die haben dort keinen Cent für die Kinder ausgegeben."

Kopfschüttelnd ließ ich meine Arme wieder fallen. „Mit wem hab ich mich denn unterhalten, als ich euch davon erzählt habe?"

„Wir sollten kein großes Thema daraus machen“, unterbrach uns Sohel mit sanfter Stimme.

„Scheinbar haben wir uns alle ein Stück weit unachtsam den anderen gegenüber verhalten. Aber so etwas kommt vor. Was haltet ihr davon, damit abzuschließen?“ Er lehnte sich ächzend nach hinten, so, als wäre seine Rede damit beendet.

„Ist wahrscheinlich das Beste“, murmelte ich trotzig.

Für einen kurzen Moment herrschte Stille.

„Hört mal. Ich habe einen Vorschlag, wie sich dieses Problem beseitigen lässt.“ Tyler lehnte sich nach vorne und legte seine Ellbogen auf seinen Knien ab.

„Vorhin im Auto, da hat mir Cedric von einer App erzählt. Eine App, in der man in einer Gruppe Nachrichten schreiben kann.“

„Wir haben doch schon eine App, in der wir uns Nachrichten schreiben“, unterbrach ich ihn ungeduldig. Die gereizten Blicke der anderen, schnellten zu mir. Entschuldigend hob ich die Hände und schenkte meinen Blick wieder Ty, der darauf brannte, zu berichten.

„Die App, namens OwensEye, hat Cedrics Onkel erstellt.“

„Wofür?“, wandte ich unmittelbar ein. Jetzt hatte er meine ganze Aufmerksamkeit. „Sie soll dafür da sein, für ein bisschen Unterhaltung und Aufregung zu sorgen. Was weiß ich. Jedenfalls, jetzt kommt das Besondere: Du schreibst eine Nachricht. Du weißt zwar, dass du derjenige bist, der die Nachricht verfasst hat, aber die App zeigt dies nicht an. Jede Nachricht erscheint ohne den jeweiligen Absender. Es wird nicht gekennzeichnet.“

Nachdenklich knetete ich die Hände: „Also könntest du theoretisch jeden Mist reinschreiben und niemand müsste jemals erfahren, dass du's warst.“

Tyler leckte sich kurz über die Lippen. „Du hast es kapiert, Eren.“

„Meinetwegen können wir sie herunterladen und dann mal schauen, ob sie zugebrauchen ist.“ Sohel beugte sich ebenfalls vor und seine Stimme klang ruhig.

„Seid ihr bei OwensEye dabei, Mädels?“ Ich drehte mich zu Lia und Dunja und betrachtete die beiden neugierig. Nachdem sie zugestimmt und wir die App installiert hatten, steckte ich mein Handy zurück in die Hosentasche.

Im Verlauf der Fahrt erhob ich mich und baute mich vor Lias Sitz auf.

Ich streckte ihr die Hand entgegen und sie schaute überrascht zu mir hoch. „Komm mit mir mit."

„Wohin denn?", entgegnete sie lachend und starrte auf meine ausgestreckte Hand.

„Warte ab." Ich spürte, wie sie meine Hand nahm, und mit einem Ruck zog ich sie hoch.

Lächelnd folgte sie mir auf den schmalen Flur.

Ihre blonden Haare fielen über ihre Schulter, als ich sie hinter mir herzog. Mit meinen Augen überflog ich rasch die vollen Abteile, in denen Gruppen von Menschen saßen.

Mit einem Mal blieb ich stehen und öffnete die Tür eines leeren Abteils. Ich schloss hinter uns die Glastür und ließ mich auf eine der grauen Sitzbänke nieder.

„Für die nächsten Tage müssen wir uns ein wenig auf die anderen einlassen, Eren. Uns auf die anderen konzentrieren." Lia ließ sich auf meinen Schoß fallen. So, dass wir uns in die Augen blicken konnten.

„Das würde mich wahnsinnig machen." Ich hob mein Kinn und sie musste sofort lachen. Wie gerne ich dieses Lachen hörte. Es war wie Musik in meinen Ohren.

„Ich würde umkippen." Ein Grinsen stahl sich auf meine Lippen.

Sie strahlte noch mehr. „Eren, du benimmst dich wirklich süß, aber ich meine es ernst. Diese Woche müssen wir uns auf den Trip mit der Gruppe einlassen." Während ich nickte, strich ich ihre weichen Haare leicht zur Seite. „Ich weiß."

Sanft gab ich ihr einen Kuss auf den Kopf und verweilte kurz in dieser Position.

„Eren." Sie wich ein wenig zurück, um mir in die Augen zusehen.

„Mmh."

„Ich kann es mir nicht erklären, aber schon die ganze Zeit über habe ich so ein mulmiges Gefühl."

„Wie meinst du das?"

„So ein seltsames Gefühl." Sie suchte nach den passenden Worten. „Die ganze Zeit schon über. So, als wäre der Trip keine gute Idee", platzte sie heraus.

„Keine gute Idee?" Ich betrachtete sie mit angespannter Miene. Ihre Worte beunruhigten mich.

„Ja, so eine Art Warnung." Sie schüttelte den Kopf über sich selbst. „Weißt du, manchmal, da kommt so ein Gefühl auf, aber es verschwindet wieder. Ach, das ist Schwachsinn, vergiss es einfach." Sie winkte ab und mied meinen verwunderten Blick, der auf ihr ruhte.

Als ich nichts erwiderte, lächelte sie bloß schwach und lehnte sich an mich.

Behutsam strich ich ihr über den Rücken. „Komm, wir gehen wieder zurück", hauchte ich ihr sanft zu.

Ohne Umschweife löste sie sich von mir und wir liefen, dicht aneinander, durch den Flur zurück zu unserem Abteil.

Als ich die Glastür zu unserem Abteil öffnete, sah ich, wie Sohel blitzschnell seinen Blick von Dunja abwandte, die reglos aus dem kleinen rundlichen Fenster sah.

Bevor ich mir überhaupt nähere Gedanken dazu machen konnte, kamen wir ruckartig zum Stehen. Wir waren angekommen. Einen Arm warf ich über Sohels Schulter. Den anderen über die von Ty, während wir hinausstiegen. Mit meinen Worten beteiligte ich mich an den Gesprächen mit meinen Jungs, aber mit den Gedanken war ich noch immer bei den Worten meiner Freundin. Eine Welle der Verzweiflung überkam mich. So oft zweifelte sie an sich und an allem um sich herum. Was konnte man denn noch tun, um bestimmte Menschen das Gefühl zugeben, geliebt zu werden?

...

„Endlich." Erleichterung überkam mich, als wir die letzten mühevollen Schritte Richtung Hütte machten. Mit ersticktem Atem stützte ich meine verschwitzten Hände an meinen Knien ab.

Daraufhin drehte ich mich pflichtbewusst um, um nach meiner Freundin zu schauen.

Mit ihrem so bezaubernden Lächeln zeigte sie mir, dass alles gut war, trotzdem lief ich die wenigen Meter zu ihr zurück, um sie seitlich leicht in den Arm zu nehmen.

„Alles gut bei dir?“

„Bestens“, erwiderte sie strahlend, konnte jedoch nicht verbergen, dass sie den Atem angehalten hatte.

Es war ein langer anstrengender Spaziergang zur Unterkunft gewesen und es fühlte sich an, als wäre der ganze Tag schon vorüber. „Wir sind da“, rief Dunja aus dem Nichts und drängte sich grob zwischen Lia und mich. „Worauf warten wir noch?“

Ein wenig verwirrt von ihrer abrupten Geste, liefen wir ihr dennoch die letzten Meter hinterher und standen schließlich vor der Hütte. Sofort fiel mir auf, dass sie in einer abgelegenen Waldecke stand, rundherum war bis auf das blasse Grün, welches bis zum Horizont reichte, keine Menschenseele zu sehen.

Zugegeben, der Ort hatte eine unheimliche Aura. Die Atmosphäre war kühl und die hochgeschossenen Bäume und dünnen Äste schienen beinahe zu frieren.

Beim genaueren Hinsehen fiel mir auf, dass diese Hütte schon um einiges größer und komfortabler war als das, was ich mir vorgestellt hatte.

Beim Organisieren war meine Freundin einfach ein Profi, das konnte ihr niemand nachmachen. Tyler nutzte den Moment, in dem wir alle verharrten, um die Tür mit einem herausfordernden Grinsen zu öffnen. Von Müdigkeit oder Überanstrengung war bei ihm nichts zu bemerken.

Nacheinander betraten wir die Hütte, in welcher der schmale Flur direkt in das warme Wohnzimmer führte. Das gelborangefarbene, warme Licht in dem mit Holz getäfelten Raum verteilte mir ein gemütliches Wohlbefinden. Ich eilte eifrig zu den Heizungen, um sie dann kurzerhand voll aufzudrehen. Die wenigen Möbel waren gleichmäßig in dem Raum verteilt. Die niedrige Zimmerdecke zog sich über die gesamte Hütte und die zwei Stufen an der rechten Seite des Wohnzimmers führten direkt in die offene und kleine Küche, die mit dem Wichtigsten ausgestattet war.

Nachdem wir alle das bequem-wirkende Wohnzimmer betreten hatten, gingen wir über zu den Schlafzimmern. Es waren drei Schlafzimmer mit jeweils einem kleinen Bad. „Die Zimmerverteilung." Lia blickte in die Runde. „Es gibt drei Zimmer", stellte Tyler argwöhnisch fest und schielte verächtlich über den schmalen Türspalt.

„Zwei Zimmer reichen aus. Ich würde sagen, die Jungs schlafen hier. Die Mädels in dem nebenanliegenden Zimmer", stellte Sohel ohne Zögern fest und schaute dann fragend in die Runde.

„Finde ich gut."

„Aber", druckste Dunja herum und verschränkte die Arme streng. „Wollen du und Lia nicht zusammen in einem Zimmer schlafen?"

Die Frage war an mich gerichtet. „Ist doch egal." Ich zuckte mit den Achseln. Stirnrunzelnd wechselte mein Blick zwischen Dun und Lia hin und her.

„Aber", hakte sie hartnäckig nach, „ihr seid zusammen und dann dachte ich, dass ..."

„Das heißt nicht, dass wir diese paar Nächte nicht ohne einander auskommen. Komm schon, Dun, was ist das für ein Unsinn. Was soll das denn? Habt ihr euch wieder wegen irgendeiner Kleinigkeit geschritten?"

„Ach was", fauchte Dunja schlagartig. Überrascht erwiderte ich ihren giftigen Blick. Ihr Verhalten irritierte mich zutiefst.

„Leute, was ist das wieder für eine Stimmung. Es tut doch nichts zur Sache, wer wo schläft." Seufzend strich Tyler sich über die Haare und ließ seinen Kopf in den Nacken fallen. „Können wir einfach mit diesem Unsinn aufhören? Wir lassen die Zimmerverteilung, wie sie ist, das ist das Beste."

Gereizt schlängelte er sich durch den schmalen Flur und ging hinüber in das Wohnzimmer. So, als wäre er es gewohnt, griff er geschickt nach der Fernbedienung.

Da ich Tyler in diesem Punkt recht geben musste, schlenderte ich ebenso Richtung Wohnzimmer und ließ mich auf das Sofa fallen. Im Fernseher lief eine mir unbekannte TV-Show. Es dauerte nicht lange, bis auch die anderen uns Gesellschaft leisteten und sich dazusetzten.

„Und jetzt?“, fragte Dunja nach einer Ewigkeit, in der wir alle den Geräuschen, die der kleine Fernseher von sich gab, gelauscht hatten.

Da keiner sich große Mühe machte zu antworten, stand Sohel kurzerhand auf. Mit hochgezogenen Augenbrauen beobachtete ich, wie er sein T-Shirt mit den Händen glättete, sich zu Tyler beugte und ihn, zu meinem Überraschen, einfach die Fernbedienung aus der Hand riss, um den Fernseher auszuschalten.

Eher eine ziemlich ungewohnte Aktion von ihm. Die Stimmen, die eben noch durch den ganzen Raum dröhnten, verstummten von einer Sekunde auf die andere.

„Sohel!“, regte Tyler sich ruckartig auf und drückte sich von seiner liegenden Position auf. „Wieso machst du den Fernseher aus? Zu Hause kann ich nie sowas gucken.“

„Wieso? Tyler. Ich versuche, dich nur daran zu erinnern, deinen Geburtstag nicht so hinzuschmeißen. Guck dich doch mal um.“ Aufgebracht gestikulierte er mit den Händen in der Luft herum.

„Lia und Eren haben das für dich organsiert und als es hieß, dass sie so etwas organisieren wollen, waren wir direkt dabei. Wie wär’s mit ein bisschen mehr Dankbarkeit?“

Tyler schnaubte nur verächtlich und grinste dann breit. „Du. Du sagst mir, ich soll mich entspannen, Junge? Aber du hast das nicht zu bestimmen. Denn immerhin haben Lia und Eren das organisiert, wie du es auch schon gesagt hast.

Die beiden waren diejenigen, die das geplant haben, für mich. Und du, du hast nicht einmal dein…“

Sohel wollte unbeirrt einschreiten, doch Tyler machte eine kurze Handbewegung, die ihn zum Schweigen brachte. „Denn ich finde, du solltest dich mal umgucken. Schau, wo wir hier rumhocken. Es ist bloß eine Hütte. Was soll man hier denn Großartiges machen? Und dieses kleine Haus hier für ein paar wenige Tage zu buchen…“ Tyler verstummte kurz, ehe er hemmungslos weiterfuhr: „Wenn wir eh schon dabei sind, dafür haben die beiden doch sicher nicht mehr als einen Hunderter gezückt und Dankbarkeit zeigt man…"

„Meinst du das gerade ernst, Ty?" Meine Stimme bebte, denn ein Blick in Lias traurige Augen und der verletzte Ausdruck in ihrem Gesicht, den sie zu verbergen versuchte, reichte, um mich richtig zum Kochen zu bringen. Auch wenn ich unfassbar wütend war, dass Tyler sich so undankbar zu Sehen gab, musste ich mich, unter allen Umständen, zusammenreißen, alleine schon für Liana. Sie sah mich ungern, wenn ich dabei war, die Kontrolle zu verlieren, und aus unerklärlichen Gründen tat ich mir schwer damit, ihr diese Seite von mir zu präsentieren.

„Hey, schau mal, Tyler. Du musst verstehen, dass wir niemals auch nur annähernd dieses Level erreichen, das du als normal ansiehst, das in unseren Augen aber schon purer Luxus ist. Das hier ist einfach das Beste, was wir mit dem Geld, das wir haben, bekommen konnten und wir haben nicht daran gezweifelt, dir damit eine Freude zu machen. Aber wenn das so eine große Sache und für dich der Preis so bedeutsam ist, dann…"

„Die Situation ist gerade dabei zu eskalieren", unterbrach Sohel mich unverschämt.

„Wir sollten einfach froh sein, gemeinsam hier zu sein. Haben wir uns nicht genau das vor vielen Jahren gewünscht? Und ich weiß, diese Unterkunft ist jetzt nicht der Hammer, aber wir sollten das Beste daraus machen. Wir wissen nicht, wann wir wieder so eine Gelegenheit bekommen und ob es jetzt nicht vielleicht das letzte Mal ist."

„Genau", stimmte Lia zu und konnte ein Gähnen nicht unterdrücken. „Vermutlich sind wir alle ziemlich kaputt und vielleicht sollten wir uns einfach hinlegen und schlafen. Ich glaub, die ganze Fahrt hat uns alle einfach ziemlich fertiggemacht und aus dem Grund sind alle ein wenig gereizter als gewöhnlich."

„Nein", beschloss Dunja bestimmt. „Wir sollten noch etwas unternehmen. Ich weiß auch schon, was. Und zwar ist doch gerade die perfekte Gelegenheit, diese App auszuprobieren, die von Cedrics Onkel. Was sagt ihr?"

Schlagartig rüttelte Tyler sich auf und legte die Stirn in Falten. Wenige Sekunden später jedoch verriet ein kleines Funkeln in seinen Augen sein Interesse und die damit zusammenhängende Neugierde. „Das ist ein guter Vorschlag, finde ich."

„Wir können es ausprobieren", stimmte ich achselzuckend zu. Ich musste schon zugeben, dass damit auch mein Interesse geweckt wurde. Meine Aufmerksamkeit stieg rasend an.

Mit meinen Augen verfolgte ich, wie Lia sich ein weiches Kissen schnappte und mit gespannter Miene in die Runde schaute.

„Wie wär's, wenn wir das Ganze mit einem Spiel verbinden?"

„Ein Spiel?", fragte Sohel leise, der sich noch gar nicht zu dieser Sache geäußert hatte.

So langsam bekam das alles für mich einen Sinn. Ich verstand Lias Ansatz.

„Genau." Vorsichtig fügten sich die Ideenfetzen in meinen Kopf zusammen.

„Jeder muss ein Geheimnis von sich preisgeben", dachte ich laut mit. „Wir schreiben sie in die App, OwensEye, rein und so wissen wir nicht, von wem sie sind, weil genau das die App uns nicht verraten sollte."

„Und dann heißt es spekulieren."

„Die Idee ist nicht schlecht." Tyler grinste breit und warf mit einem lauten Aufschrei ein beigefarbenes Kissen nach mir. „Eren, ich sag's dir, du bist ein Genie."

Gemeinsam verfielen wir in ein großes Gelächter. „Nur mit deiner Hilfe."

Begeistert klatschten wir uns ab. Sohel beobachtete die Szene mit einem schiefen Grinsen, während die Mädels uns einen belustigten Blick zuwarfen.

Und so waren wir nach kurzer Zeit in einem Kreis auf dem Boden, der mit Kissen und Decken belegt wurde, versammelt. Lia bestand darauf, unbedingt den Kamin anzumachen, um eine gemütlichere Stimmung herzuzaubern, was mich zum Schmunzeln brachte. Sie dachte immer mit.

Ebenso bestand Dunja hartnäckig darauf, sich in ihren Pyjama zu werfen, bevor wir starten würden, und auch wir verschwanden in unser Zimmer, um uns unsere Schlafkleidung überzuziehen. Nun hatten wir es endlich geschafft, uns in einen Kreis zu setzen.

Nachdem wir unsere Handys hervorgeholt hatten, öffneten wir gespannt die App. Es dauerte ein wenig und ich schaute auf den sich drehenden Kreis auf meinem Bildschirm.

„Ihr wisst, was ihr zu tun habt: Überlegt euch eine vertrauliche Geschichte, von der niemand weiß, tippt sie ein, aber schickt sie noch nicht ab. Das machen wir gleichzeitig, damit die Reihenfolge uns nicht irgendwie verrät. Und am Ende können wir schauen, ob wir einander den Geheimnissen zuordnen können oder auch nicht."

„Sehr gut zusammengefasst, Eren." Okay, okay, ich dachte intensiv nach. Ich brauchte ein Geheimnis, von dem keiner hier in der Runde etwas wusste. Völlig konzentriert versuchte ich, meine Gedanken strukturiert zu ordnen. Mir fiel auf, dass das Ganze um einiges schwieriger war, als zuvor gedacht. Alles, was mir in den Sinn kam, hatte ich Lia schon erzählt. Mit einer Ausnahme. Da gab es diese eine Sache, die nicht einmal Lia von mir wusste. Niemand wusste von ihr. Nur ich selbst. Das war auch gut so. Es würde niemals anders sein, das hatte ich mir fest geschworen. Ich lenkte meine Gedanken auf etwas anderes.

Als ich angestrengt nachdachte, dämmerte es mir mit einem Mal. Ein weiteres Geheimnis, das ich bis zu diesem Zeitpunkt mit noch niemandem geteilt hatte. Mit einem schiefen Grinsen tippte ich es auf meinem Display ein und schaute herausfordernd in die Runde.

„Was zählt denn so unter Geheimnis?", fragte Sohel, wie aus dem Nichts.

„Sachen, die du verschwiegen hast. Dinge, die du einfach für dich behalten wolltest, warum auch immer. Ach, keine Ahnung." Tyler schloss lächelnd die Augen und schaute mit einem verschämten Blick in die Gruppe.

„Mir will einfach nichts einfallen", klagte Lia seufzend und stützte ihren Kopf mit ihren Händen ab.

„Komm schon, Lia", ermutigte ich sie.

Als dann auch schließlich Dunja so weit war, zählte Tyler von drei runter und mit Herzrasen schickten wir die Nachrichten gleichzeitig ab. In Sekundenschnelle erschienen knappe Textnachrichten auf meinem Handy. Der Chat auf dem Display zeigte jetzt fünf unterschiedlich lange Nachrichten auf einer Seite des Chats.

Nachdenklich spannte ich meinen Kiefer an und versuchte mir das Lachen zu verkneifen, als ich feststellte, dass die erste Nachricht, auch direkt meine war.

„Als ich in der Zehnten war, bin ich immer, jeden Tag, mit meinen Freunden zusammen auf das Dach der Schule geklettert, wo wir dann unser Frühstück abgehalten haben."

„Uff." Tyler atmete laut auf und schüttelte aufgeregt die Beine aus, während wir eindringliche Blicke untereinander wechselten. Mit hoher Konzentration versuchte ich, mir nichts anmerken zu lassen, als ich den stechenden Blick von Tyler auf mir spürte. Dieser Typ kannte mich eben gut genug, aber ich bemühte mich sehr, einen neutralen Gesichtsausdruck aufzusetzen.

„Also ich", fing Dunja mit einem zuversichtlichen Lächeln an, „ich würde mal einfach rein vom Schreibstil auf Tyler tippen."

„Auf mich?" Tyler zog überrascht seine Augenbrauen hoch. Sohel nickte langsam, doch ich spürte Lias warmen Blick auf mir. Mein Mädchen wusste natürlich, dass die Nachricht von keinem Geringeren als von mir kam. Aber dann meinte Tyler schon, dass die Verkündigung erst am Ende stattfinden würde, also schwieg ich weiterhin.

Jetzt war ich aber sowas von gespannt.

„Ich habe Gefühle für jemanden, bei dem ich mir sicher sein kann, dass dieser Mensch sie niemals erwidern wird."

Das war schon auf eine Art und Weise traurig, dass ich es lieber vermied, mich irgendwie unangemessen zu äußern. Es folgten erneut nur kurze, schnelle Blicke und ich musste mir ehrlich zugestehen, dass ich nicht die geringste Ahnung hatte, vom wem diese Zeilen waren. Die Nachricht überraschte mich, aber sie hatte eindeutig mein Interesse geweckt. Ich wollte herausfinden, wer denn der Absender war.

Lia konnte ich schon einmal ausschließen. Tyler? Es würde nicht zu ihm passen. Zumindest kannte ich eine solche Seite nicht an ihm. Generell, sobald es in die Richtung ging, dass über Gefühle oder Liebschaften gesprochen wurde, war er schon immer sehr verschlossen und eigen gewesen. Es war offensichtlich, dass er nicht gerne darüber sprach.

Dunja. Ich hatte wenig Ahnung, wie es bei ihr stand, dennoch könnte es hinkommen. Ebenso gut könnte es auch bei Sohel hinkommen. Immerhin trug auch er nicht gerne viel über sein Privates nach außen. Es war fast schon so, dass man ihm alles aus der Nase ziehen musste. Bevor ich mir weitere Gedanken darüber machen konnte, las Ty schon weiter vor.

„Ich beichte, dass ich schon zweimal beim Stehlen erwischt wurde. Ohne rechtliche Folgen bin ich davongekommen."

Tyler. Da gab es doch nichts zu überlegen. Grinsend schüttelte ich den Kopf und fing einen beschämten Blick von ihm auf.

Natürlich hatte Tyler es dann auch ganz eilig, weiterzulesen.

„Als ich sieben Jahre alt war, habe ich eine Freundin zu einem Kindergeburtstag eingeladen, bin jedoch zum Entschluss gekommen, dass ich sie nicht ausstehen kann. So habe ich sie zu einem Termin geschickt, getarnt eben als Geburtstagseinladung. Der Termin war in einem Internat, welches sich auf schwer erziehbare Kinder spezialisiert hatte. Ihr hättet ihren Gesichtsausdruck sehen müssen. Völlig erstarrt und komplett alleine stand sie da. Völlig allein. In der Hand eine Geburtstagstüte, die sie mir nie überreichen würde."

Während Ty das vorlas, geriet seine Stimme ins Wanken und er stockte mehrmals, weil ihn diese Nachricht vermutlich sehr verwirrte, mir ging es genauso. Was war das denn für eine kranke Nachricht? Das Geschriebene passte nicht zu dem Bild, das ich von einem siebenjährigen Kind hatte. Klar, hatte man in dem Alter gerne mal Streiche gespielt, aber das eben, das überschritt doch alle Grenzen. Der Hoffnungsschimmer, dass die Beichte bloß ausgedachter Schwindel war, ließ mich erst los, als ich mich verächtlich im Kreis umschaute und mir das breite Grinsen auf Dunjas Gesicht auffiel.

„'tschuldigung, Freunde", platzte es lachend aus ihr heraus. Als wäre das Ganze auf irgendeine Weise witzig. Ich konnte ihr Lachen nicht erwidern und sie bemerkte meinen sturen Gesichtsausdruck. „Ich war jung. Da kann sowas passieren."

Ich konnte nicht begreifen, dass sie das wirklich von sich gab. Tyler machte eifrig weiter und las die nächste Beichte laut vor.

„Ich habe mich abends heimlich aus dem Haus geschlichen, um eine Freundin zu sehen."

Verblüfft starrte Tyler auf die Nachricht. Das war wirklich harmlos.

„Ich geb es zu, das war ich", piepste Lia und ich drückte sie behutsam an mich. „Gott, das ist echt niedlich. Ist etwa dies das Größte, was du vor uns geheim hältst?"

„Eren, du kennst mich doch gut genug", seufzte sie und lehnte sich beschämt gegen meine Schulter.

Wie auch immer, so wurde alles nacheinander aufgelöst. Es stellte sich heraus, dass ich, was Tyler anging, recht hatte.

Die Textnachricht, die von unerwiderter Liebe handelte, stellte sich als die von Sohel heraus. Von wem er genau sprach, blieb weiterhin offen. Sicherlich würde sich noch die passende Gelegenheit ergeben und ich nahm mir vor, es nicht ungelöst zu lassen. Es musste einfach furchtbar sein. Das stand für mich auf alle Fälle fest.

So verstrichen die Minuten und ich spürte, wie meine Augenlider schwerer wurden. Schwankend erhob ich mich von dem Sitzkreis und ging mit einem knappen Abschiedsgruß rüber ins Schlafzimmer. Dort angekommen, erwartete mich schon das Bett mit der weichen Matratze. Nachdem ich mich bettfertig gemacht hatte, ließ ich mich schlapp auf der Matratze nieder und suchte mir eine bequeme Liegeposition. Für einen Moment schloss ich die Augen. Die Erschöpfung des langen Tages lag, wie eine schwere Last, auf meinen Schultern und ich spürte, wie sie sich mich langsam übermannte. Unwillkürlich musste ich an die Nachricht von Dunja denken, die sie in dem Chat entblößt hat. Je länger und je öfter ich ihre Sätze in meinem Kopf durchging, desto mehr verwirrte mich die Entpuppung. Etwa, wie ein merkwürdiges Gefühl, das mir irgendetwas vermitteln wollte.

Vermutlich zerbrach ich mir wieder unnötigerweise den Kopf darüber.

„Hey."

Erschrocken fuhr ich hoch. Ty kam ins Zimmer. Er hatte seinen Arm hinter seinen Nacken gelegt und zog vorsichtig die Augenbrauen hoch. „Störe ich etwa?"

„Nein, überhaupt nicht." Sofort setzte ich mich aufrecht hin und schlug die Decke ein wenig nach hinten.

„Alles klar bei dir?" Ich musterte ihn grüblerisch.

„Ja, ich bin nur ein wenig müde", entgegnete er schleierhaft.

„Geht mir genauso."

„Wo bleibt Sohel?"

„Er schaut noch eine Serie und die Mädels sind ins Bett gegangen."

Ich nickte langsam. Tyler ließ sich auf sein Bett nieder, das nur wenige Zentimeter von meinem entfernt stand. Seine Augen waren leicht rot angeschwollen und er wirkte ziemlich müde. Auch seine Haltung war nicht sonderlich gerade und ich beobachtete ihn dabei, wie er seine Uhr mit großer Achtsamkeit von seinem Handgelenk nahm und behutsam auf den kleinen hölzernen Nachttisch legte.

„Ich bin nicht undankbar, weißt du."

„Hm?" Ich war ein wenig verwirrt über die plötzlichen Worte.

„Ich weiß, dass du nicht undankbar bist, Ty."

„Das ist es nicht. Ich habe vorhin ein paar Sachen gesagt, die ich besser nicht hätte sagen sollen. Meine Absicht war es nicht, dich oder Lia auf irgendeine Weise zu verletzen. Ich habe einfach nicht nachgedacht und wenn ich nicht nachdenke, dann sage ich manchmal Dinge, die unüberlegt sind und falsch rüberkommen."

Für einen Augenblick sann ich über seine Worte nach, dann musste ich nicken. „Ich weiß, dass du keine schlechten Absichten hattest. Du musst dich nicht rechtfertigen."

Draußen wurde die nächtliche Ruhe von ein paar heulenden Windstößen gestört. Leichte Regentropfen platschten auf den Boden. Vermutlich wurden die letzten Blätter an den Bäumen heruntergeweht, die von Windstößen mitgezogen wurden, bis auch sie auf die nasse Erde fielen.

„Aber der Tag hier mit euch hat mir echt gutgetan, Eren."

„Das ist gut, wirklich. Du solltest öfter solche Auszeiten nehmen. Du bist nicht bei dir zu Hause eingesperrt. Ich hoffe, du weißt das. Auch wenn ich das viel zu selten sage, bist du jederzeitig bei uns willkommen. Sag einfach Bescheid, wenn dir alles über den Kopf wächst."

„Danke." Tyler schaute durch seine dichten Augenbrauen zu mir hoch. „Du bist ein guter Freund, Eren. Du bist immer ehrlich zu mir, worum es auch geht. Ich weiß das wirklich zu schätzen, auch das sage ich dir viel zu selten."

Wenige Minuten später ertönten Schritte im Flur und Sohel stand im Türrahmen. Er nickte mir zu und ich erwiderte die kurze Geste.

Er setze sich zu uns, auch in seinen grünen Augen konnte ich die Müdigkeit deutlich sehen.

Nun saßen wir hier, alle drei, und am Ende des Tages konnte ich sagen, dass ich von den beiden anderen heute, auch wenn es nur eine Kleinigkeit war, etwas rausbekommen hatte, das sie mir unter normalen Umständen womöglich nie erzählt hätten. Wenn ich länger darüber nachdachte, gab es viele Fragen, die meine Freunde betrafen und auf die ich keine Antwort wusste. Ja, ich wusste wenig über ihre Vergangenheit und ich wusste kaum, welche Ziele sie in der Zukunft verfolgen wollten. Zwar hatte es viele Momente gegeben, die unsere Freundschaft ausmachten und an denen man sich festhalten konnte. Aber abgesehen davon waren sie, egal, wie schmerzhaft der Gedanke daran war, in einer Hinsicht eben auch nur Fremde für mich.

Der Gedanke schmerzte sogar so sehr, dass ich ihn schnell wieder zur Seite räumte und meine Gedanken umsortieren wollte.

„Wie war dein Tag heute, Tyler?" Sohel rückte etwas näher und beugte sich ein wenig nach vorne, sodass er sich mit seinen Ellbogen an den Knien abstützte.

„Es war wirklich schön. Zu Hause wäre der Tag in eine ganz andere Richtung gegangen."

Tyler erzählte mir oft von seinem Alltag und die Tatsache, dass er kaum eine Wahrheit aus meinem kannte, war traurig und schockierend zugleich. Aber so war es eben.

„Und auch bei dir muss ich mich entschuldigen, Sohel." Tyler drehte sich in Sohels Richtung und hatte einen aufrichtigen Ausdruck in den Augen. „Mein Verhalten vorhin war falsch. Ihr alle seid meinetwegen hier und dafür muss ich mich auch erkenntlich zeigen."

„Natürlich sind wir deinetwegen hier, Kumpel." Sohel klopfte ihm fest auf die Schulter. „Du musst dich für gar nichts entschuldigen."

Eine Weile verging und ich stand auf, um die Tür zu schließen. Anschließend ließ ich mich auf mein Bett nieder. Augenblicke später hörte ich das Geschnarche von Tyler. Er war eingeschlafen. Obwohl ich so müde war, dass ich meine Augen nicht mehr offen halten konnte, kreisten zahlreiche Gedanken in meinem Kopf.

Ich frage mich, wie lange ich noch meinen Freunden gegenüber unehrlich würde sein können. Es war schwer, aber ich hatte es geschafft, dass Lia es bis heute nicht erfuhr.

Einige Narben hatte sie schon zu sehen bekommen, aber ich hatte es geschafft, mir einen unwichtigen Grund dafür auszudenken – wie zum Beispiel, dass das Training daran schuld sei und etliche weitere Dinge. Ich war auch schon geschickt darin, das Thema auf irgendeine Weise zu überspielen. Sie zu verstecken, zählte schon immer zu den Optionen. Natürlich wusste ich, dass meine Lügen nicht mein ganzes Leben unentdeckt bleiben würden, aber ich versuchte es, mein Geheimnis so lange wie möglich zu verstecken.

Wie auch immer.

Ich spürte förmlich, wie die Zeit verging, und ich wälzte mich immer wieder in meinem Bett herum. Erst nach rechts und kurz danach zwang ich mich, das Kopfkissen zu heben, um es auf die linke Bettseite zu legen. Doch nach einiger Zeit bemerkte ich, dass die verschiedenen Positionen nichts brachten und dass es mir schwer fiel, einzuschlafen. Es war keine Müdigkeit, die ich verspürte, als ich so in dem Bett lag. Eher waren es das Erwachen der Nacht und der Drang, etwas zu tun, um mich so lebendig zu fühlen, wie es eben nur möglich war. Ich wollte meine Grenzen spüren und mich an sie herantasten. Plötzlich war es so, als hätte die Nacht viele Verborgenheiten, die sie mit sich trug. Es war so, als ob diese schlaflose Nacht sich mit mir duellieren wollte. So, als ob sie mich dazu herausfordern wollte, quasi hinter sie zu blicken. Hinter die Kulisse, hinter der sie sich verbarg.

Genau deswegen, konnte ich nicht genau erklären, welche Gefühle mich an diesem Abend aus dem Bett brachten. Aber ehe ich mich versah, war ich schon auf den Beinen und lief aus dem Schlafzimmer. Einen kurzen Blick warf ich noch auf Sohel und Tyler, die tief und fest schliefen. Kurz danach betrat ich auch schon das Wohnzimmer.

Wie aus dem Nichts zuckte ich zusammen und mein Körper erstarrte, als ich in ihre Augen schaute, die im Kontrast zum Dunkel des Zimmers zu leuchten schienen. Auch sie schien überrascht zu sein und drückte das Wasserglas, das sie in ihrer Hand hielt, fester an die Brust.

„Lia, was machst du denn hier?"

„Eren", hauchte sie, ihre Stimme war kaum mehr als ein Flüstern. Sie musste lächeln und streckte eine Hand nach mir aus. „Das Gleiche könnte ich dich fragen."

„Ich ..." Ich kam ihr näher, sodass sie mit ihrem Rücken leicht an das Küchenregal hinter sich stieß. Sie hatte ein geheimnisvolles Glitzern in ihren Augen, als ich schließlich vor ihr stand.

Zärtlich strich ich ihr über das Gesicht. „Ich konnte einfach nicht einschlafen."

„Ich auch nicht." Sie seufzte leise und warf einen kurzen Blick auf das Wasserglas in ihrer Hand. „Außerdem hatte ich unfassbaren Durst."

Ich nickte langsam, während ich sie genau musterte, jede Stelle ihres Körpers.

„Schau mich nicht so an." Sie lachte. „Du machst mich ganz nervös."

„Mach ich das?" Ich musste unweigerlich lächeln.

„Ja." Sie schaute verlegen zur Seite. Mein Blick verharrte einen Augenblick auf ihr. Dann nahm ich das Glas aus ihrer Hand und stellte es auf den Küchentisch hinter ihr. Bevor ich wieder nach hinten ging, nutzte ich die Nähe zu ihr aus und flüsterte ganz leise vier Wörter in ihr Ohr. „Komm mit mir mit."

„Was hast du vor?" Sie kicherte, und ich sah die Aufregung in ihren Augen.

„Das wirst du gleich sehen, folg mir." Ich wandte mich von dem Küchentisch ab und lief zum Wohnzimmer, welches mit der Küche verbunden war. Dann schloss ich die Haustür auf und öffnete sie.

„Was hast du vor?", wiederholte Lia etwas unsicherer. „Draußen ist es kalt, wir erfrieren noch."

Ich sah mich kurz um und entdeckte die kuschelige dicke Decke auf dem Sofa im Wohnzimmer. Kurzerhand griff ich danach und warf sie mir über die Schulter.

„Komm, Lia."

Mit einem vorwurfsvollen Ausdruck im Gesicht folgte sie mir und wir liefen nach draußen. Der kalte Wind kam uns sofort entgegen und stieß mir ins Gesicht. Die Kälte gab mir sofort ein größeres Gefühl des Wachseins.

„Uh, es ist sehr kalt." Lia schlang die Arme um ihren Körper.

Schließlich schloss ich die Tür ab und steckte den Schlüssel in meine Hosentasche, dann schaute ich mich um und betrachtete die Hütte von außen. Ich lief nach links und entdeckte das, wonach ich gesucht hatte.

„Eren, wo läufst du hin?" Lia lief mir nach und beobachtete meinen nächsten Schritt. Ich reichte ihr die schwere Decke, die ich über der Schulter trug, und kletterte dann auf das Brett des tiefen Fensters der Hütte.

„Oh, Gott." Lia schlug sich die Hände vor den Mund. „Eren, was tust du da?"

Das Dach der Hütte war nicht sonderlich hoch und ziemlich

flach. Diese einzelnen Schritte gaben mir ein Flashback, wie es früher gewesen war. Das Schuldach war außerordentlich höher gewesen. Genau deswegen verspürte ich keine Angst an diesem Abend.

Mit einer Hand hielt ich mich am äußeren Fensterrahmen fest. Die andere Hand streckte ich nach Lia aus. „Reich mir mal die Decke."

„Was hast du vor?" Sie schaute verzweifelt zu mir, doch sie tat, worum ich sie gebeten hatte, und reichte mir die Decke. Mit Schwung warf ich sie auf das Dach, dann drehte ich mich zu Lia um.

„Vertraust du mir?"

Sie nickte.

„Dann nimm meine Hand."

„Ist das nicht zu gefährlich?"

„Bei mir bist du sicher, das weißt du doch."

„Okay." Sie kam einen Schritt näher und stützte ein Bein auf das hohe Fensterbrett, dann streckte sie ihren Arm nach meiner Hand aus. Mit meiner Hilfe zog ich sie zu mir hoch.

Als Lia nun neben mir stand, strich ich ihr eine Haarsträhne hinter das Ohr und schaute sie unverwandt an, „Nun halt dich hier fest." Ich griff vorsichtig nach ihrem Handgelenk und positionierte ihre Hand an dem schmalen Rahmen an der Oberseite des Fensters.

„Halt dich gut fest."

Sie nickte und ich kletterte weiter in die Höhe. Meine Hände froren wegen der Kälte und es tat fast weh, aber ich bemühte mich, dass wir es auf das Dach der Hütte schafften.

Tatsächlich gelang es mir, mich bei den rostigen Steinen auf das Dach hochzuziehen. Erleichtert atmete ich aus, als ich angekommen war, und schaute runter zu Lia.

„Okay, sei ganz vorsichtig und taste dich langsam voran."

Sie hörte auf meine Worte und kletterte die Wand der Hütte hoch. Als sie fast bei mir angekommen war, ging ich in die Hocke und beugte mich tief zu ihr runter. Dabei hielt ich ihr meine Hand hin und half ihr somit, aufs Dach zu gelangen. Stolpernd ließ sie sich neben mich fallen und lachte dabei laut auf.

„Du hast es geschafft." Ich musste grinsen und sie erwiderte das Grinsen. „War gar nicht so schwer."

„Du könntest viel mehr schaffen, wenn da nicht die Furcht wäre, die dir immer wieder im Weg steht."

Sie lächelte traurig, „Irgendwie wahr. Manchmal wünsche ich mir, ich wär ein wenig mehr wie du. Du gehst mit viel weniger Hemmungen durchs Leben."

Ich dachte kurz über ihre Worte nach und blickte dann geradeaus. Man hatte einen ganz anderen Blickwinkel von hier oben. Nachts wirkte dieser Ort völlig anders. Es gab nicht so viele Lichter, aber in der Ferne konnte ich, abgesehen von der weiten Wiese, die wie eingefroren schien, winzige Häuser erkennen. In einigen wenigen brannten noch Lichter.

Als ich diesen Anblick auf mich wirkten ließ, sprach ich frei heraus: „Schau nur, wie klein wir sind. Im Gegensatz zu dieser riesigen Welt vor unseren Augen." Ich streckte meinen Arm aus und ließ ihn langsam von links nach rechts durch die Luft schweifen. „Es ist unglaublich."

Lia seufzte leise. „Wie viel diese Welt wohl noch zu bieten hat?"

„Jede Menge, schätze ich."

„Auf jeden Fall, ja." Lia lehnte sich ein Stück weit nach hinten und stützte sich mit ihren Ellbogen ab. Für einen Augenblick ließen wir diesen Anblick auf uns ruhen.

„Zwar sind wir nur wegen Tys Geburtstag hier, aber wenn ich so darüber nachdenke, haben wir alle wirklich eine Auszeit vom Leben gebraucht."

Erst nachdem ich diese Worte ausgesprochen hatte, wurde mir bewusst, dass ich mit Lia redete. Verdammt. Ich redete mit Lia. Sie hatte keinen Schimmer, wie ein Tag in meinem Haus aussah, wenn sie nicht da war.

„I... Ich versteh nicht ganz." Ich spürte den Blick, den sie mir von der Seite zuwarf. „Was meinst du genau damit, eine Auszeit zu brauchen? Inwiefern?"

„Vergiss es."
„Nein, Eren. Rede mit mir."
Lia hatte ihr Leben unter Kontrolle, so war es immer gewesen. Sie konnte einfach nicht verstehen, wie es manchmal zuging. „Es ist nur..., weißt du, zu Hause erwarten einfach alle manchmal zu viel von einem."
Lia nickte. „Ja, du hast recht. Alle wollen immer das Beste von einem sehen."
Ich legte die Decke, die wir mitgenommen haben, um unsere beiden Schultern, um uns ein wenig warm zu halten in dieser kühlen Luft.
„Aber mir ist dein Blick nicht entgangen, als Cedric sich von Tyler verabschiedet hat. Was war da los?"
„Was meinst du?"
„Na ja, als Cedric Tyler am Bahnhof abgesetzt hat, hab ich diesen Ausdruck in deinem Gesicht gesehen."
„Da war nichts."
„Belüg dich nicht selbst, Eren."
„Ich hab keine Ahnung, wovon du redest."
„Gib es zu, ich bin es doch."
Als ich darüber nachdachte, brach ich unweigerlich in Lachen aus. „Es ist nur ein so kindisches Verhalten, dass ich so denke. Aber manchmal sieht man seinen besten Kumpel eben nicht so gern mit einem anderen."
„Ach, Eren. Du weißt doch, wie gern Tyler dich hat und dass er dich nicht durch irgendjemanden ersetzen kann."
„Ja, ich weiß. Manchmal kann man seine Gefühle nicht kontrollieren. Ist es nicht so?" Ich schaute in Lias Gesicht und kurzerhand drückte sie sich fest an mich und ich spürte ihre Wärme auf meiner Haut. „Du hast recht, Eren. Ich finde es wirklich schön, dass du gerade so ehrlich mir gegenüber bist. Und mitten in der Nacht kletterst du mit mir auf ein Dach. Das ist schon echt aufregend."
„Aufregend?" Ich konnte mir ein stolzes, siegessicheres Grinsen nicht verkneifen. „Das trifft es echt gut, find ich."
„Find ich auch." Sie schmiegte sich noch mehr an mich.

„Und was machen wir, wenn wir wieder zu Hause sind?“

„Wenn wir wieder zu Hause sind…“ Lia überlegte für einen Augenblick. „Wenn wir wieder zu Hause sind, dann feiern wir Weihnachten zusammen.“

„Weihnachten?“ Verwirrt blinzelte ich sie an. „Das ist doch noch ein wenig hin.“

„Überhaupt nicht.“ Lia musste lachen. „Dieses Jahr will ich auf jeden Fall gemeinsam mit dir feiern.“

„Das machen wir so.“ Behutsam zog ich ihr die Decke über ihre beiden Schultern. „Wir feiern Weihnachten zusammen, wenn du willst.“

Lia setzte ein breites Grinsen auf. „Ich freu mich schon.“

„Weißt du was?“

Sie schaute mich neugierig an.

„Ich freu mich auch.“

Kapitel 14

DUNJA

Ein dumpfes Geräusch ließ mich am nächsten Morgen hochfahren.

Mir fiel es schwer, meine Augen zu öffnen, und ich sah mich irritiert um.

„Es tut mir leid, Dun." Lia bückte sich runter, um das Glätteisen aufzuheben, das ihr aus der Hand gefallen war. Sie sah, dass ich sie weiterhin anstarrte. „Du kannst ruhig weiterschlafen."

Ohne ihr eine Antwort zugeben, griff ich nach meinem Handy. Mit verschlafenen Augen versuchte ich, den Namen auf meinem grellen Display zu entziffern. Ich hatte eine Nachricht von meiner Mutter.

Üblicherweise gab ich mir nicht recht Mühe, auf ihre Nachrichten zu antworten. Dieses Mal aber reagierte mein Finger schneller als mein Kopf. Ich konnte ein *Angekommen?* entziffern. Es war, wie es immer war. Kurz und knapp. Genauso wie meine folgende Antwort: *Ja.*

In meiner Haut zu stecken, war einfach unvorstellbar für andere Personen. Die Sachen, mit denen ich permanent zu kämpfen hatte, würde nicht jeder Mensch so einfach bewältigen. Es zog mich immer wieder gewaltsam herunter. Eine Frau, die für alle anderen makellos und vollwertig erschien, ihrem Kind jedoch nie jegliche Art von Liebe und Zugehörigkeit vermittelte. Es erfüllte mich mit Hass, dass jemand mir jede Chance nahm. Ich durfte es nicht mal versuchen, ohne sie zu leben.

Jedenfalls hatte ich jetzt Ruhe.

Zu wissen, dass man Ruhe vor jemandem hatte, den man schwer leiden konnte, war ein sehr zufriedenstellendes Gefühl. Mutter war nicht die einzige Person, vor der ich mir Ruhe wünschte, denn schon als ich die perfekt geglätteten Haarsträhnen vor meiner Nase sah, die locker über Lias Schulter fielen, hatte ich mit mir zu kämpfen. „Dun, soll ich das Glätteisen noch anlassen für dich?"

Ohne ihr eine Antwort zu geben, zwang ich mich mühevoll aus dem Bett und lief über den kalten Fußboden zu dem kleinen Badezimmer nebenan.

Während Lia ihre Kulturtasche aus dem Koffer herauszog und sich vor den kleinen Badezimmerspiegel stellte, riss ich ihr das Glätteisen aus der Hand und fing an, mir vorsichtig meine Haarsträhnen zu glätten.

„Bist du dir sicher, dass du nicht mit Eren ein Zimmer teilen möchtest?" Das Gefühl, mit ihren Nerven spielen zu können, ließ mich innerlich ein wenig aufblühen.

Fassungslos hielt Lia den Pinsel von ihrem Gesicht weg und drehte sich zu mir. Die Verwirrung, die sich in ihren Augen spiegelte, war kaum zu übersehen. „Dun, mir kommt es mehr und mehr so vor, als ob du überhaupt nicht das Zimmer mit mir teilen möchtest. Sollte ich mir vielleicht Sorgen machen?"

„Bitte?" Mit einem lauten Lachen hielt ich das Glätteisen von meinen Haaren weg und konnte Lias Blick im Spiegel wahrnehmen. „Ich hatte nur gedacht, dass..."

„Soweit ich weiß, haben wir das Thema durch. Mir macht es nichts aus, ein paar Stunden auf Eren zu verzichten." Dieser sanfte, unschuldige Ton in ihrer Stimme, wenn sie mich unhöflich unterbrach, war kaum auszuhalten.

Wutschäumend zog ich den Stecker des Glätteisens und griff ebenfalls schroff nach meiner Kosmetiktasche.

„Warum verhältst du dich jetzt so dermaßen aggressiv?"

„Aggressiv?" Ich lachte höhnisch auf, als ich ihre Worte wiederholte. Während ich mir den Concealer unter den Augen auftrug, ging ich konzentriert einige Schritte auf den schmalen Spiegel an der Wand zu. In dem Moment verließ Lia das Badezimmer und lief zu ihrem Koffer neben ihrem Bett, um eine zweite Tasche hervorzuziehen. Als sie wieder den kleinen Raum betrat, räusperte sie sich laut und vernehmbar.

„Was ist denn?“ Ich war gereizt, was meine Miene deutlich zeigte, und ließ meinen Blick nicht von dem Spiegel ab.

„Ich will ja nichts sagen, aber du solltest die hinteren Haarsträhnen noch einmal glätten.“ Frustriert griff ich erneut nach dem Glätteisen, lehnte mich gegen die Badezimmerwand und wartete ab, bis es sich aufgeheizt hatte. Natürlich nutzte Lia die freie Fläche vor dem Spiegel aus und setzte ihre Arbeit fort.

Ungeduldig ging ich einige Schritte nach vorne und hielt meine Hand vor das Glätteisen, um zuschauen, ob es heiß genug war.

Es war nicht anders zu erwarten: Lia ging ebenfalls auf den Spiegel zu und schubste mich grob zur Seite. Ich hatte meine Antwort bekommen. Das Glätteisen in meiner Hand war heiß. Sehr heiß sogar. In Sekundenschnelle breitete sich der glühende Schmerz in meiner Hand aus und ich ließ das Glätteisen krachend auf den Boden fallen.

„Hier!“, schrie ich. Die Wut leitete mich und ich konnte in dem Moment nichts anderes spüren „Hier, jetzt hast du den Platz vor dem Spiegel.“ Fast rennend verließ ich den Raum, griff nach meinem Handy und lief dann mit eiligen Schritten zum Flur. Nach mehreren, von Flüchen begleiteten Versuchen schaffte ich es, mein Handy zu entsperren. Der Chat meiner Mom stach mir ins Gesicht. Ich konnte meinen wutverzerrten Blick nicht von dem Display lösen, während ich polternd ins Wohnzimmer lief.

Ihr Profilbild zeigte ein so bezauberndes Lächeln, nach dem sich jeder zu sehnen schien. Jeden da draußen konnte sie mit ihrer Fassade täuschen, doch ich fiel auf so etwas nicht rein. Ich kannte ihr wahres Gesicht, aber ich war die Einzige. Denn ich war klüger als die anderen, indem ich sie, als Person, hinterfragte. Doch, was würde es bringen, wenn nur ich sie so sah, wie sie wirklich war. Ohne das Verstellen ihrer Persönlichkeit und das Leugnen ihres Selbst. Mit Tränen in den Augen und einer unermesslichen innerlichen Wut in mir ließ ich mich auf das Sofa des Wohnzimmers fallen.

„Guten Morgen.“

Ich sah direkt in ein grünes Augenpaar, als ich hochschaute.

Sohel. Er war hier. Mit meinem Ärmel wischte ich mir über die Augen.

„Gut geschlafen?“

Nachdenklich nickte ich. Es herrschte eine kurze Pause. „Du?“

Auch er nickte zustimmend, wandte jedoch nicht den Blick von mir ab. Sein stechender Gesichtsausdruck löste jede Menge Unbehagen in mir aus.

Ich räusperte mich verlegen. „Und die anderen. Schlafen die noch?“

„Eren duscht. Tyler schläft“, gab er knapp zurück. Sein Blick war so fesselnd, dass es schon eine Herausforderung war, ihm länger in die Augen zu blicken.

„Lia ist auch schon wach“, fügte ich hinzu. Er schaute mich starr an.

„Eren hat vorgeschlagen, ich solle schon mal das Frühstück besorgen.“ Er richtete sich zur seiner vollen Größe auf und wandte seinen Blick immer noch nicht von mir ab.

„Mach das.“ Ich brachte ein trockenes Lachen hervor und ließ meinen Blick durch den Raum wandern.

„Kommst du mit?“

„Ich soll mitkommen?“

„Wie du willst.“

Im Flur ertönten Schritte. Es war Lia. Schleunigst stand ich auf. Alles auf dieser Welt war mir lieber, als jetzt Lia ansehen zu müssen. Die Wut, die ich ihr gegenüber verspürte, ließ mich noch immer nicht kalt. Selbst er, als so attraktiver Junge, brachte mich einfach nicht dazu, gerne diesen Spaziergang mit ihm zu machen. Von meiner Seite aus waren keinerlei Gefühle im Spiel.

Frühstück holen zu gehen mit Sohel, war ein idealer Vorwand, Lia nicht begegnen zu müssen. „Dann mal los.“ Ein wenig übermotiviert sprang ich vom Sofa auf.

Sohel setzte ein breites Lächeln auf, griff nach ein paar Geldscheinen und wir verließen das Haus. Schon nach einigen Schritten bereute ich es zutiefst, dass ich nicht mehr als einen Sweater trug. Im Gegensatz zu mir war Sohel, wie fast immer, voll gepackt angezogen. Mit den Augen überflog ich seinen Körper. Erst die hellblaue Jeans mit den weißen Sneakers. Unter der kurzen schwarzen Bomberjacke der Alpha Industries Hoodie in Weiß. Leise fluchend rieb ich die Handflächen aneinander und pustete sie an, in der Hoffnung, es würde meine Hände etwas wärmen.

Als er meinen Blick bemerkte, blieb er augenblicklich stehen. „Ist dir kalt?"

Spielte er wirklich mit dem Gedanken, mir seinen Pullover zu geben? Aus Furcht vor genau dem, antwortete ich nur: „Alles gut. Es geht schon."

Eilig lief ich weiter, sodass ihm nichts anderes übrigblieb, als mir zu folgen.

Die Gegend schien nicht wirklich bewohnt zu sein. Während wir den nassen Asphalt entlanggingen, beobachtete ich die wenigen Spaziergänger, die uns so entgegenkamen. An einem so kalten Wintertag blieben die meisten wohl gemütlich zu Hause. Neben der Straße, an der wir entlanggingen, standen wenige Häuser. Die meisten waren klein und schienen von außen relativ bequem.

Mein Blick verharrte, als eine Frau strikt an mir vorbeilief. Unweigerlich blieb mein Blick an ihr hängen. Ihr langes, gepflegtes Haar war geschmeidig nach hinten gestylt. Ihr Make-up war ein wenig aufgesetzter, aber makellos und perfekt zu ihr passend. Ganz zu schweigen von ihrem übrigen Outfit. Dazu gehörten natürlich der teure Goldschmuck und die High Heels von Versace mit ihrem intensiven Rot und den hohen Absätzen. Ihr Blick war geradewegs nach vorne gerichtet und die eine schmale Augenbraue saß etwas höher als die andere.

Für mehrere Sekunden blieb ich an ihren Lippen hängen und sah das auffallende Kaugummi, das sie laut kaute.

Ich fand zwar keine Erklärung dafür, aber ihr Anblick löste jede Menge Verärgerung in mir aus. Mehrere Fantasien schwirrten wirr in meinem Kopf herum. Eine stach besonders heraus und hob sich von den anderen ab. Es war eine kurze Begebenheit, die sich wiederholt vor meinem inneren Auge abspielte. Die Frau lief an mir vorbei und wie aus dem Nichts veränderte sich ihr Gesichtsausdruck. Sie war dabei zu ersticken. An dem Kaugummi, das sie kaute. Ich konnte mir nicht erklären, warum dieser Anblick mir nichts ausmachte.

Diese Frau, die an mir vorbeilief, wollte einwandfrei wirken. Sie erinnerte mich zutiefst an meine Mutter. Der Anblick dieser Frau löste nichts anderes als Zorn in mir aus. Sie war sicher nicht perfekt, das konnte sie nicht sein. Aber die Tatsache, dass sie so tat, als sei sie es, und wie jemand wirken wollte, der sie niemals sein würde, ließ mich jede Menge Erbitterung spüren.

Sie holte jetzt auch noch die schwarze Sonnenbrille aus ihrem Etui und setzte sie mit einem siegessicheren Lächeln auf. Es dämmerte mir, dass sie nicht gewonnen hatte. Sie hatte nichts gewonnen.

Und da war sie auch schon. Die nächste verblüffende Ähnlichkeit, die sie mit meiner Mutter teilte.

Das Lächeln, das mich wahrhaftig in den Wahnsinn trieb. Ein Lächeln, das auch dem von Lia ähnelte.

Wie eine unaufhaltsame Welle überkam mich der Drang, es zum Erlöschen zu bringen. Für mich gab es keinen Grund zu lächeln, doch die Frau, die tat es so unbeschwert. Es schnürte mir die Kehle zu, denn sie hörte nicht auf zu lächeln. Ich wusste nicht, wie lange ich diesen Gesichtsausdruck noch ertragen konnte.

„Dun… Dunja, hörst du mir überhaupt zu?“ Sohel tippte an meine Schulter. „Du starrst die ganze Zeit in der Luft herum.“

„Luft?“ Mit großem Entsetzten drehte ich mich um, dahin, wo gerade noch die Frau gestanden hatte. Nichts. Kurzerhand drehte ich mich wieder um. Bloß ein Fahrradfahrer, der vor sich hin summend vorbeifuhr.

„Aber die Frau…“

„Welche Frau?“

„Die Frau, die hier gerade vorbeigelaufen ist.“

Sohel legte die Stirn in Falten. „Ich weiß nicht, wovon du sprichst. Jedenfalls was meinst du darüber?“

„Ich bin mir aber ziemlich sicher.“

„Dunja, was meinst du? Denkst du, da ist irgendwas dran an der Story?“

Mit meinen Augen suchte ich den Bürgersteig ab. „Lange Haare, hohe Schuhe, eine Tasche von Louis, langer Designermantel…“

Sohel blieb verdattert stehen.

„Dieses Lächeln…“, fuhr ich fort.

„Dun.“ Sohels Stimme war fast nur noch ein Flüstern.

„Ach und die Sonnenbrille. Die Sonnenbrille darf ich nicht vergessen.“

Orientierungslos drehte ich mich um und stellte fest, dass Sohel stehen geblieben war. Seine Hände steckten in den Taschen seiner Jacke. Der Blick war gesenkt.

„Sohel.“ Vorsichtig ging ich auf ihn zu. „Was ist los?“

„Was los ist?“ Er schaute zu mir hoch. Seine hellen Augen glänzten und wirkten verletzt. „Ich habe dir den ganzen Weg über etwas über meine Geschwister erzählt, das würde ich nicht jedem erzählen. Glaub mir. Ich brauche einen Rat, weißt du. Und das Einzige, was du mir zurückgeben kannst, sind irgendwelche Fantasievorstellungen über eine nicht existierende Dame, die, was weiß ich trägt.“

„Okay“, erwiderte ich knapp.

Sohel schaute mich mit hochgezogenen Augenbrauen an. „Mehr hast du nicht zusagen?“

„Nein.“ Ich lachte. Er nicht. Ich hatte bloß die Stimmung auflockern wollen, aber das war wohl völlig daneben gegangen.

„Wir sind da.“ Sohel zog sich seine Kapuze über die kurzen schwarzen Haare, betrat den Supermarkt und griff nach einem Einkaufskorb. Mit eiligen Schritten versuchte ich, mit ihm Schritt zuhalten.

„Was ist denn eigentlich mit deinen Geschwistern?“

Er blieb stehen und schaute sich bloß im Laden um. Er überhörte meine Frage ganz bewusst, ließ sie unbeantwortet. Für einen Supermarkt schien der Laden etwas klein. Außerdem war kaum ein Mensch hier drin. Wortlos griff ich nach einer Papiertüte und warf einige Brötchen hinein. Sohel stand neben mir und lehnte sich gegen ein Regal. Während er mir zuschaute, hatte er Spuren eines Grinsens auf dem Gesicht.

Vor wenigen Sekunden hatte er kein Wort mit mir wechseln wollen und jetzt hatte er wieder diesen verträumten Ausdruck aufgesetzt. Das war total unverständlich für mich.

Mit einem Wurf landete die Tüte mit den Brötchen im Korb. Nachdem einige Dinge zum Belegen dazugekommen waren, entschieden wir uns noch für einige Wasserflaschen und suchten den Weg zur Kasse.

„Guten Morgen." Sohel legte den Einkauf auf den tiefen Tisch.

„Morgen." Die Frau mittleren Alters hinter dem Tresen erwiderte seinen Gruß mürrisch.

„Neun." Die Verkäuferin kaute laut auf ihrem Kaugummi herum. Mein Blick erstarrte.

Sohel reichte der Verkäuferin gerade das Geld. Während sie nach Wechselgeld suchte, griff ich eifrig nach einer Tüte und warf unseren Einkauf hinein.

„Weg hier." Ich wollte nicht an all die Menschen erinnert werden. So griff ich nach Sohels Ellbogen und zog ihn mit mir aus dem Laden. Erst als wir einige Schritte vom Supermarkt entfernt waren, ließ ich ihn los.

„He, was war das?" Fassungslos starrte Sohel mich an. „Ich hätte noch Rückgeld bekommen."

Wortlos ging ich weiter. Er würde es ohnehin nicht kapieren.

Der Rückweg war nass und schlammig und verdarb mir auf Weiteres, meine ohnehin schon schlechte Laune.

Sohel folgte mir widerwillig. Er verlor kein Wort mehr und ich war erleichtert, als er endlich die Tür aufschloss, durch die wir zurück in die warme Hütte gingen.

Kapitel 15

EREN

Eigentlich hatte ich die Absicht, mich in meinem Zimmer zu verkriechen, nachdem Dun und Sohel zum Supermarkt gelaufen waren, doch Lia kam dem zuvor.

Durch die dichten Wimpern schaute sie mich an, als ich mich umdrehte. Im Nu machte sich eine umfassende Wärme in mir breit, als ich ihren warmen Blick auf mir spürte.

„Eren, lass uns doch auch nicht nur hier rumhocken. Wir könnten..." Nachdenklich stellte sie sich auf die Zehenspitzen, um mein Gesicht in ihre erstaunlich warmen Hände zu legen.

„Holz sammeln." Sie schmunzelte verlegen und ich konnte mir ein Lächeln nicht verdrücken.

„Holz sammeln?" Ich hielt den Kontakt zu ihren unsteten Augen. „Du willst Holz sammeln gehen?", wiederholte ich mit Nachdruck.

„Warum denn nicht?" Sie spielte einen beleidigten Gesichtsausdruck vor. Vergeblich versuchte sie, mich nach vorne zu bewegen.

„Nein." Ich blieb stehen und hob mein Kinn leicht an. „Kannst du gleich wieder vergessen. Ich geh' kein Holz sammeln."

„Eren, komm jetzt." Sie zog mich an meinem Arm nach vorne und ich ließ meinen Kopf in meinen Nacken fallen. Mit einem gespielten Seufzer gab ich nach und das darauffolgende Strahlen auf Lias Gesicht zeigte mir, dass ich alles richtig gemacht hatte.

Gerade als ich die Tür schließen wollte, kam Tyler stirnrunzelnd auf uns zu.

Schlaftrunken lehnte er sich gegen den Türrahmen und rieb sich die Augen.

„Ey, w...wartet doch! Wo geht ihr beiden denn jetzt hin?"

„Wir beide", mit glänzenden Augen schaute sie mich an, „wir gehen Holz sammeln."

„Holz?"

„Für den Kamin", ergänzte ich belustigt. Seht ihr, nicht mal eine Minute konnte ich wütend auf sie sein. Das umwerfende Lächeln, das Lia mir daraufhin schenkte, war Goldwert.

„Was für 'n Kamin denn?" Tyler zupfte irritiert an seiner Kapuze herum. Lia verdrehte theatralisch die Augen.

„Was ich sagen wollte..." Tyler lehnte sich nach vorne und versuchte, sich seine Worte in Erinnerung zu rufen.

„Bleibt doch hier, Mann. Wir frühstücken sicherlich gleich."

„Aber wir sind jetzt weg." Lia knallte die Tür abrupt zu und ging mit einem breiten Lächeln Richtung Wald.

„Unfassbar." Ich lachte müde. „Deine Motivation hätte ich auch gerne, aber wenn ich so darüber nachdenke..." Lia zog mich kopfschüttelnd hinter sich her. „Nein, wenn ich richtig überlege, eigentlich nicht."

„Was redest du da eigentlich?" Sie lachte auf, ließ meinen Arm los und lief weiter in den prächtigen Wald rein.

„Liana. Pass schön auf, ja?"

Meine Unachtsamkeit war sofort hinüber, als ich mit Besorgnis die prachtvollen Bäume betrachtete. Schließlich herrschte inzwischen noch das graue Morgenwetter.

Sie sollte sich bei solch ungünstigen Bedingungen nicht alleine in dem Wald befinden. So lief ich achtsam hinter ihr her und begutachtete die Umgebung. Das Gefühl, aufpassen zu müssen, verschwand auch nicht, sondern verstärkte sich, je tiefer wir in den Wald hineinliefen. Immer wieder schaute ich über die Schulter und vergewisserte mich, dass ich mir den Hinweg auch eingeprägt hatte. Hier nicht mehr rauszufinden, das hätte uns noch gefehlt.

Ich beobachtete, wie Liana die haufenweise heruntergefallenen Äste geschickt umging.

„Meinst du, das ist 'ne gute Idee, Lia?" Ich spähte zu den gewaltigen, hochaufragenden Bäumen. Der Wald wurde immer undurchdringlicher und die zunehmende Dunkelheit schien uns zu verschlingen.

Zu meinem Erstaunen brach sie in ein großes Gelächter aus. „Oh, du bist besorgt um mich, wie süß!"

Um mich zusätzlich zu provozieren, schaute sie weg und mied so meinen genervten Blick – als würde ich diese Aussage so stehenlassen.

„He, Tatsache ist, dass wir gar kein Holz benötigen. Es ist genug in der Hütte." Mit finsterer Miene schaute ich über meine Schulter. Kopfschüttelnd stapfte sie weiter. „Vor mir musst du deine Gefühle nicht verstecken. Ich mag es sogar ganz gerne, wenn du sie mir auch zeigen kannst."

„Ich muss mir so etwas nicht anhören."

Soweit das Auge reichte, strahlte uns das intensive Grün der welken Blätter entgegen. Sträucher säumten den Weg, den sich ein Wanderer durch die Äste bahnen musste.

Gerade als ich mich damit beschäftigte, welchen Weg wir eingeschlagen haben, drehte ich mich ungeschickt nach hinten um. Mein rechter Fuß verfing sich, auf eine mir unbekannte Weise, in einem verdammten Ast und ich ging zu Boden.

Sofort war meine Freundin an meiner Seite und kniete sich zu mir auf die Erde. „Ist alles gut?", fragte sie überstürzt und als ich ihr keine Antwort auf diese, im Moment unpassende Frage geben konnte, überflog sie mit ihren Augen meinen liegenden Körper und blieb schließlich bei meinem Bein hängen. Vorsichtig krempelte sie meine Hose hoch.

Langsam sog ich die Luft ein und versuchte, mir den pochenden Schmerz nicht anmerken zu lassen. Ein Blick in mein verzerrtes Gesicht ließ Lia aber vom Gegenteil überzeugen.

Ein Blick auf mein Schienbein genügte und ich musste mit Entsetzen feststellen, dass mein Bein es echt mies abbekommen hatte. Das frische Blut floss gezielt mein verletztes Bein hinunter. Die Äste hatten mein Bein ordentlich zerkratzt.

Ich presste die Augen aufeinander und zog mein Bein hektisch aus dem Ast, ehe ich mich eifrig erhob. „Hey, hey." Lia hielt mich augenblicklich fest. Direkt sah man das schlechte Gewissen in ihren Augen, welches sich langsam, aber sicher ausbreitete.

Beklommen warf sie die Hände vors Gesicht und trat einige Schritte nach hinten.

„Scheiße, das ist alles meine Schuld. Ich habe dich, gegen deinen Willen, dazu veranlasst, hier…", brachte sie stotternd hervor. Doch ich fiel ihr sofort ins Wort: „Hey, meine Süße." Mit Mühe suchte ich ihren Blick. „Beruhige dich, okay. Schau mal, das bringt doch nichts, irgendwem die Schuld in die Schuhe zu schieben. Wir müssen jetzt einfach dafür sorgen, dass ich hier wegkomme."

Lia hatte die Lippen fest aufeinandergepresst und knetete nervös die Hände. Es schien so, als hätte sie nichts darauf zu erwidern.

Daher fuhr ich gelassen fort. „Mir geht es gut. Ist nur 'ne kleine Stelle. Komm, lass uns weiter."

Erleichtert konnte ich feststellen, wie ihr Atem immer gleichmäßiger wurde und das verzweifelte Funkeln in ihren wunderschönen Augen nachgab. Erleichtert streckte ich mich und richtete mich neben ihr, wenn auch noch ein wenig langsam, zu meiner vollen Größe auf.

Was war das plötzlich? Irritiert konnte ich beobachten, wie sich etwas in ihren Augen zu verändern schien. Plötzlich wirkte Lia unglaublich angespannt. Stirnrunzelnd drehte sich mein Kopf dorthin, wohin ihr Blick ging.

Das T-Shirt unter meiner Winterjacke hatte sich beim Strecken ein wenig angehoben und dort prallte nun eine langgezogene Narbe, die sich fast über meinen ganzen Oberkörper hinzog.

Mir stockte im Handumdrehen der Atem und ich richtete nervös mein Shirt. Die Narbe war nicht zu übersehen und bedauerlicherweise hatte sie eine genauso unschöne Hintergrundgeschichte.

Nie hatte ich den Mut aufbringen können, Lia aufzuklären. Permanent durchlöcherte sie mich mit Fragen, doch ich war nie ehrlich. Eine Lüge folgte nach der anderen. Wie hätte sich das denn angehört?

Es war meine Mutter, die ich für die Narben auf meiner Haut verantwortlich machen musste. Sie versetzte mir Schläge auf eine brutale Art und Weise ohne jegliche Konsequenzen für sie. Ohne ein verdammtes Stück Vernunft oder Klarheit zu empfinden. Die Taten schienen ihr nicht mal was auszumachen. Meiner Mutter machte es nichts aus, ihr eigenes Fleisch und Blut auf eine so unanständige Art und Weise zu bestrafen. Zu bestrafen für die Dinge, die sie störten. Sie war total unglücklich und ich wurde dafür verantwortlich gemacht. Es war fast schon so, als würde sie mich, metaphorisch gesehen, zu ihrem persönlichen Sandsack machen. In diesen Augenblicken vergaß sie alles und jeden um sich herum. Die unveränderliche Tatsache, dass ich ihr Sohn war, ebenfalls. Mich danach keines Blickes mehr zu würdigen, war für sie schlichtweg eine geeignete Lösung.

Konnte ich das alles Lia anvertrauen? Auf gar keinen Fall.

Ich wusste es zwar besser, denn mir war sehr wohl klar, dass man solche Dinge nicht einfach so in sich hineinfressen sollte und man ein Gefühl der Besserung empfindet, wenn man sie mal aussprechen würde. Aber das sagte sich so einfach. Es dann auch wirklich durchzuziehen, war eine ganz andere Hürde, die man erst einmal überwinden musste.

Angenommen, ich würde Liana davon erzählen, dann würde sie mir dasselbe raten wie jeder andere mit einem gesunden Menschenverstand. Zur Polizei zugehen und diese Tat offenzulegen. Somit wäre das ganze Thema, mit der Zeit, aus der Welt geschafft.

Da gab es aber einiges, das mich eben daran hinderte.

Zum einen die gewisse Angst, mich jemandem anzuvertrauen. Sie bewirkte, dass ich all diese Jahre nie etwas getan hatte. Dass ich so tatenlos war, verabscheute ich zutiefst an mir. Des Weiteren war es einfach dumm und naiv, sie nicht den Bullen zu überlassen. Aber so war ich eben. Dumm und Naiv.

„Eren!“ Lia brüllte mich fast schon an und ich behielt einen überraschten Ausdruck in meinem Gesicht.

„Du sagst mir jetzt sofort, was das ist, okay? Was ist da passiert, Eren?“

Ich mied ihren Blick und brachte keine Antwort hervor. Das gefiel ihr ganz und gar nicht, denn sie griff nach meinem Kopf und zwang mich, ihr ins Gesicht zu schauen.

„Sag mir doch, Babe. Was ist da passiert? Hat dich da jemand geschlagen?“

Es brach mir das Herz, als ich mich von ihrem Griff losmachte und nach hinten stolperte. Die nächsten Worte spuckte ich fast aus. „Beim Sport. Okay. Es ist beim Sport passiert.“

Ihr Blick sagte mir, dass sie mir das auf gar keinen Fall abkaufen würde. Sie kam näher und umfasste den Saum meines Shirts, um es anzuheben. Doch das konnte ich nicht zulassen. Demnach lief ich einige Schritte nach hinten. „Lass das, verdammt! Rühr mich nicht an.“

Das war keine ausgesprochen gute Idee, denn mein Bein gab daraufhin rücksichtlos nach, ich brach zusammen und fiel krachend auf den Boden. Es schmerzte sehr.

Während ich alles verfluchte, was mir in den Sinn kam, half Lia mir hoch. Sie sagte kein Wort mehr, vermutlich, weil sie begriffen hatte, dass ich ebenfalls keins mehr rausbrachte, was die Narbe an meinem Oberköper betraf.

Eigentlich schwieg Lia immer nur, damit ich ein schlechtes Gefühl hatte und es schließlich nicht mehr aushielt, das Schweigen zu halten. Eigentlich klappte das immer. Aber diesmal war es mir viel wichtiger, mein Geheimnis zu hüten, deshalb musste ich weiter die Klappe halten. Denn Schweigen war im Moment die einzige Möglichkeit, mich nicht als schwachen Jungen zu zeigen, der sich nicht wehren konnte, um sich zu schützen.

„Babe, das ist nichts.“ Vorsichtig umfasste ich ihre Hüfte und drückte sie ein wenig an mich.

„Das sieht nicht aus wie nichts.“ Verstohlen überfolgen ihre Augen meinen Körper, ehe sie gereizt aufschnaubte und sich grob an mir vorbeidrängte.

Mit einem gequälten Ausdruck blieb ich an der Stelle stehen und sah ihr finster nach.

„Du weißt doch, wenn irgendetwas wäre, würde ich es dir erzählen.“

Pff, was redete ich da eigentlich für einen Mist? Ich log Lia direkt in das Gesicht, nur damit ich nicht in die Lage versetzt würde, ihr alles beichten zu müssen. Aber innerlich, innerlich da fraß es mich auf.

„Sicher?“ Die klare Unsicherheit und die leichte Verzweiflung waren ihr deutlich anzuhören.

„Ganz sicher. Okay?“ Ich humpelte die wenigen Meter zu ihr und ging weiter, sodass ihr nichts anderes blieb, als mir zu folgen.

„Wir gehen jetzt nach Hause und du ruhst dich aus, Eren.“

„Natürlich.“ Ich nickte ihr kurz zu und, ehrlich gesagt, hatte ich wirklich nicht das geringste Problem damit, aus diesem Wald hier zu verschwinden.

„Gib mir deine Hand, komm.“ Grinsend streckte ich meine Hand aus und hielt sie ihr entgegen. Lia verdrehte lachend die Augen und nahm sie entgegen.

Wir marschierten denselben Weg hinaus, den wir gekommen waren. Währenddessen ließ ich ihre Hand nicht los. Als wir wieder bei der Hütte angekommen waren, war es Tyler, der uns an unsere eigentliche Aufgabe erinnerte.

„Wo ist das Holz?“

Kapitel 16

DUNJA

So langsam kehrte die Farbe in Erens Gesicht zurück und schon am nächsten Morgen war er wieder, wie gewöhnlich, auf den Beinen.

Augenreibend und noch ein wenig verschlafen, schlurfte ich in das Wohnzimmer, indem sich außer Eren noch keine Menschenseele befand. Schlapp hatte er sich auf dem Sofa ausgebreitet und sprang hysterisch auf, als Tyler um die Ecke bog.

Dieser gab ihm eine schlaffe Faust, ehe er ihn argwöhnisch betrachtete.

„Ich will ja nichts sagen, aber geht es deinem Bein echt wieder gut? Ansonsten..."

„Alles bestens", stellte Eren mit klarer Stimme fest und machte daraufhin, mit einem breiten Grinsen, einen sehr fraglichen Move. Der bestand darin, sein Bein „kilometerweit" hochzuwerfen und zu drehen, um zusätzlich zu bestätigen, dass alles in Ordnung war. Woraufhin Tyler sich sofort vor Lachen schüttelte und hastig nach Luft schnappte.

Während sich das Ganze so vor meinen Augen abspielte, bemerkte ich, wie sich die Szene in meinen Gedanken ein ums andere Mal wiederholte. Immer dasselbe. Tyler schnappte nach Luft. Doch das Ende dieser sekundenlangen Szene beruhte nicht darauf, dass Eren ihm schuldbewusst auf den Rücken klopfte und alles wieder ganz normal wurde.

Nein, in meinen Fantasien, schnappte Tyler nicht nur kurz nach Luft. Er verschluckte sich. Wieder und wieder. Er rang hilflos nach Luft. Nach etwas, das ihm am Leben halten sollte, doch heute war scheinbar nicht sein Glückstag.

Eren sah ihm mit einem breiten Grinsen dabei zu. Das Grinsen wurde immer breiter und breiter, bis es zu platzen drohte. So wie es mir Recht kam, fiel Tyler langsam und mit einem zersplitternden Hilferuf auf den

Boden. Aber sei's drum. Keiner kam, um diesem armen Jungen zu helfen. Um ihm unter die Arme zu greifen. Sein Kopf knallte schallend auf den Boden. Langsam und geschmeidig endete sein Herzschlag... - so wie eine schöne Melodie. Ein fast abhängig machender Klang in meinen Ohren. Die glasigen Augen. In denen spiegelte sich der Schmerz. All diese Sünden ... Doch sollte er sich doch freuen. Er war erlöst. Erlöst vom alldem...

Stopp, Dunja. Ich musste mich zusammenreißen. Das waren trotz allem nur meine Fantasien, nicht die Realität. Das musste aufhören. Auf der anderen Seite hatte ich eben eine blühende Fantasie. Etwas, das man nicht als etwas Schlechtes ansehen musste. Das war alles.

Jedenfalls stand ich auf, um wieder in mein Zimmer zu verschwinden. Dieser Drang war von einem auf den anderen Moment sehr groß. Eher wollte ich nicht einsehen, dass ich mich jetzt nur in mein Zimmer verkriechen wollte, um diese merkwürdigen Gedanken, die mir durch den Kopf gingen, aus dem Weg zu gehen. Um ihnen einfach nicht mehr nahe zu sein.

Wie auch immer, als ich vorsichtig die Tür zu meinem Zimmer aufdrückte, fiel mir sofort die schlafende Lia ins Auge. Zitternd schloss ich die Tür hinter mir.

Über einen langen Zeitraum, den ich nicht näher bestimmen konnte, betrachtete ich ihren ruhigen Körper. Gott, wie sie da so lag, erinnerte sie mich abermals an Mom, denn diese absurde Ähnlichkeit ließ mich einfach nicht los. Immer wieder hielt sie mich zurück, wie an unsichtbaren Fesseln, und egal, wie sehr ich mich anstrengte, diese Angst, hier eine Person liegen zu haben, die sich zu genau so einem Menschen wie dieses Biest entwickeln könnte, machte mir das Leben beinahe zur Hölle.

Sollte ich sie aufwecken? Meine glasigen Augen hielten sich jedoch plötzlich an etwas fest. Es war so, als würde etwas versuchen, mich dazu zu leiten, das beigefarbene Kissen nicht aus den Augen zu verlieren.

Es sah so verlockend aus. Es war schlichtweg perfekt und ehe ich mich versah, schaute ich von der Bettkante auf sie herab und hatte schon dieses Kissen auf das Gesicht der schlummernden Lia gepresst. Augenblicklich regte sich etwas darunter. Mit den zarten Händen versuchte sie, sich davon zu lösen, sich zu befreien. Dieses hilflose Quietschen, das aus ihrem Mund kam. Die Angst um ihr fabelhaftes Leben. Dieser Schmerz. All das brachte mich letztendlich dazu, nicht aufhören zu können.

Sie gab nicht auf, doch irgendwann musste sie nachgeben, wenn die Luft nicht mehr ausreichte.

Erschrocken sprang ich zurück und wirbelte durch den Raum. Mit einem krachenden Geräusch knallte ich gegen den Schrank. Diese Schlange konnte sich scheinbar doch wehren.

Dieses Miststück hatte nach meinen Haaren gegriffen und mich so daran gehindert, es zu Ende zu bringen.

Mit angehaltenem Atem versuchte ich, klare Gedanken hervorzubringen, aber das, was durch meinen Kopf ging, hatte keinen Anfang und kein Ende.

Es hatte keinen Sinn. Es verleitete mich eher dazu, mich zu wundern. Ich war ratlos.

„Oh, Dun!" Ihre Stimme bebte und beinhaltete eine Mischung aus sehr großer Verletzung, Enttäuschung und nicht greifbarer Angst. Das Zittern durchströmte ihren gesamten Körper.

„W...Was sollte das!?", brüllte sie mich an und lief in die andere Ecke des Zimmers. Ihr Gesicht war völlig rot angelaufen und sie hatte die Decke, die sie mitgerissen hatte, fest an die Brust gepresst. Die andere Hälfte schleifte über den Boden.

„Warum machst du so einen Scheiß!? I... Ich habe keine Luft mehr bekommen. Gott, ich bin fast draufgegangen, Dunja."

„He", warf ich stolpernd ein. Meinen verwirrten und entschuldigten Blick, den hatte ich längst schon aufgesetzt. „Beruhige dich doch mal. Schau mal ... Ich wollte dich nur aufwecken."

Sie lachte mir einfach ins Gesicht. „Aufwecken, ja? Willst du mich eigentlich komplett verarschen, Dun. Ich wäre fast draufgegangen."

Jetzt war ich diejenige, die sie auslachte. „Aber ja. Du bist wütend auf mich, Liana. Ich wollte doch nur einen Spaß machen und du redest irgendeinen Schwachsinn wie *Ich wäre fast draufgegan-*

gen. Wenn du keinen Spaß verstehst, ist das eine Sache, aber mir die Schuld dafür zu geben, ist eine andere. Ganz ehrlich, Lia. Ich wollte dieses Kissen doch wegziehen, wenn…"

Ich warf ihr alles Mögliche an den Kopf. So rasend, war ich in meinem eigenen Element. Ha, wenn sie das so wollte. Ich konnte die Dinge gut umkehren und Lia letztendlich auf die Seite der Beschuldigten, der Täter stellen. So, dass sie das Gefühl hatte, es wäre ihr Fehler, mir die Schuld zu geben. Ja, bis sie das Gefühl hatte, es gäbe nur ein Missverständnis, das selbstverständlich sie verursacht hatte.

Dabei musste ich nur mein gespieltes Ich zurückhalten und mein wahres Gesicht auspacken. Das war längst keine große Sache mehr für mich. Wie lange wartete ich schon auf so eine Gelegenheit.

„Wenn ich keine Luft mehr bekomme, wolltest du Schluss machen, oder wie?" Lia war völlig eingeschnappt und durch mein Psycho-Spiel wirkte sie leicht verunsichert. Genau das war meine Absicht.

„Am besten wir vergessen das Ganze", besänftigte ich die angespannte Situation und ging langsam und bedächtig auf sie zu.

Wie nicht anders zu erwarten, ging sie wenige Schritte zurück, blieb dann aber letztendlich stehen.

„Mach das nie wieder, Dun."

„Es wird nie wieder vorkommen." Wenn ich es doch nur ernst meinen würde. Es wäre eine Katastrophe, würde sie mich als kaltherzig, geschweige denn als gefährlich ansehen.

So liefen wir gemeinsam in das Wohnzimmer und ich gab mir große Mühe, mein breites Grinsen in Schach zu halten.

Seit dem Skandal vorhin lächelte Lia mich, dank ihres naiven, doch zu meinem Vorteil guten Herzens, an.

Auch wenn das Ganze doch noch gut ausgegangen ist, ärgerte ich mich schon ein wenig, dass es nicht rundgelaufen war. Doch genau das war dann wiederum etwas, das ich versuchte, auszublenden. Ich sollte froh darüber sein, dass Liana in einem gesunden Zustand war und vor allem am Leben war. Dass ich das tatsächlich war, das konnte ich nicht behaupten.

„Wo wart ihr denn so lange?“, fragte Eren lachend und beendete seine gespielte Rauferei mit Tyler, als er auf uns zukam. Sofort nahm er Lia in seinen Arm, die ihre lange Strickjacke fest um sich geschlungen hatte und die Arme schützend vor sich verschränkte. „Alles gut?“, fragte Eren verwirrt, als er Lias betrübtes Gesicht betrachtete.

Augenblicklich schenkte sie ihm ihr bezauberndes Lächeln. „Alles bestens“, gab sie nur zurück und schaute gehemmt zur Seite.

„Ein wenig müde“, warf sie kleinlaut ein.

„Wie auch immer, Leute“, ergriff Tyler schlagartig das Wort und lockerte so sofort die angespannte Stimmung. Er hatte sich inzwischen schon die Jacke übergezogen und die Hand an der Türklinke.

„Ich muss jetzt kurz los.“ Begierig warf er einen Blick auf sein Handy. „Und ein paar Dinge klären.“

„Was denn?“, fragte Sohel irritiert, rieb sich die zusammengekniffenen Augen und streckte sich gähnend.

„Na ja“, druckste Tyler schnaubend herum. Angespannt rieb er sich die Schläfe. „Da stimmt was nicht mit dem Fernseher. Muss mal mit dem Vermieter reden.“

„Fernseher?“, fragte Eren erstaunt. „Im Ernst, Ty? Wir brauchen den nicht mal.“

„Für mich ist das wichtig, Mann. Kommst du mit raus, Sohel? Du wolltest doch den Mietwagen abholen.“

„Oh, stimmt. Fast vergessen.“ Verlegen schlüpfte er in seine Schuhe und warf sich eifrig eine Jacke rüber, die ihm Eren bereits entgegenhielt. Dankend wandte er sich zu Tyler um, der entnervt dreinblickte.

„Von mir aus können wir los.“

„Wartet mal“, ergriff Eren plötzlich das Wort. „Wenn ihr schon dabei seid, komme ich mit euch, Jungs. Ich besorg dann schon mal das Mittagessen für heute.“

Die Jungs nickten nur und machten ihm Platz, doch ich riss überrascht die Augen auf. „Ernsthaft?“, meldete ich mich zu Wort. „Verschwindet ihr jetzt alle, oder was?“

„Geh doch auch spazieren oder so“, sagte Tyler achselzuckend. „Wie auch immer. Wir müssen los.“

„Geh ruhig“, forderte Lia mich auf. „Ich bleibe, denke ich mal, sowieso zu Hause.“

„Warum, Lia?“ Eren stoppte mitten in seiner Bewegung und schaute sie erstaunt an. „Mir geht's nicht so gut.“ Ihr Blick streifte mich kurz.

„Soll ich hierbleiben?“, fragte er besorgt und war schon dabei, seine Jacke abzustreifen.

„Eren!“, ermahnte Tyler ihn aufgebracht und lehnte sich genervt gegen den Türrahmen. „Yo, wir gehen jetzt.“

Eren schloss wehmütig die Tür hinter sich, nicht ohne Liana noch einmal einen verstohlenen Blick zuzuwerfen.

Sobald die Jungs verschwunden waren, ging ich ebenso nach draußen. Sollte Lia doch alleine Trübsal blasen.

Ziellos streifte ich über den feuchten Asphalt der leeren Straßen.

Orientierungslos bog ich in einige Gassen und Seitenstraßen ein und bekam nach einer Ewigkeit endlich ein kleines Gebäude zusehen, welches mein Interesse weckte.

Neugierig ging ich darauf zu und konnte durch die angerosteten Buchstaben, die dieses Gebäude kennzeichneten, feststellen, dass es eine Bar war.

Wissbegierig betrat ich die kleine Bar und obwohl es noch ziemlich früh am Morgen war, befanden sich Unmengen an Leuten in diesem winzigen Raum. Der muffige Geruch, der in der Luft hing, stieg mir sofort in die Nase und mir wurde augenblicklich schlecht. Doch ehe ich mich versah, fand ich mich auf einem der Stühle vor der Bartheke wieder.

Nachdenklich stützte ich meine Ellbogen am Tisch ab und vergrub meine Hände in meinem schwarzen gesträhnten Haar. Ziemlich schnell hatte ich mich dazu entschlossen, hierzubleiben. Ein nachvollziehbarer Grund kam mir dafür nicht in den Sinn, doch da war ein Gefühl, das mich nicht loslassen wollte. Ich fühlte mich hier unheimlich wohl.

Ich musste vermutlich eine Ewigkeit einfach nur herumgesessen haben und in meinen Gedanken versunken gewesen sein, als eine Stimme mich wieder zurückholte: „Willst du auch etwas bestellen oder nur hier rumsitzen?"

Erschrocken fuhr ich hoch. Vor mir stand ein Mann, Anfang zwanzig, der mir ein unglaublich schönes Lächeln schenkte. Ich war völlig neben der Spur und bekam nichts Ordentliches heraus.

„Joe, übernimm mal bitte", rief er seinem Kollegen zu und legte das Glas ab, welches er soeben säuberte. Daraufhin machte er einen Bogen um die Theke, um sich neben mir niederzulassen.

„Was macht denn so ein schönes Mädchen ohne Begleitung an so einem Ort?"

Beschämt schaute ich auf den Boden. „Ich muss gestehen, dass ich nicht wusste, wohin es soll."

„Also hast du dich für eine Bar entscheiden." Ob er eine Frage oder eine Antwort vorgesehen hatte, blieb mir verstohlen. Er hielt meinen instabilen Blickkontakt unheimlich lang. Mit einem leichten Lächeln auf den Lippen dehnte er seinen Hals seitlich, ohne mich aus den Augen zu lassen.

Ahnungslos zuckte ich mit den Schultern.

„Wie ist dein Name?", fragte er darauffolgend. Sein warmer Blick auf mir.

„Dunja."

„Freut mich." Er machte eine Pause und reichte mir schließlich seine Hand. „Wren", gab er zaghaft zurück und behielt seinen belustigten Blick bei.

„Und was macht dir so 'ne miese Laune?" Das interessierte ihn nach einer halben Ewigkeit.

„Miese Laune?" Erstaunt schnellte mein Blick zu ihm. Geradewegs in sein grinsendes Gesicht. Diese Unterhaltung amüsierte ihn scheinbar sehr.

„Aber ja. Dich bedrückt etwas."

Ich schnaubte verächtlich auf und konnte beobachten, wie seine Augen mir vorsichtig folgten. Mein Blick galt meinen Händen. „Na ja. Tatsächlich gibt es so ein Mädchen..."

Lias Gesicht tauchte vor meinem geistigen Auge auf. Dieses Bild, welches von jetzt auf gleich in meinem Kopf aufpoppte, überraschte und irritierte mich zugleich sehr.

„Ein Mädchen?“ Überrascht zog er seine Augenbrauen hoch.

Als ich keine Antwort gab, räusperte er sich verlegen. „Deine Freundin?“, fragte er gemächlich.

„Na ja, so würde ich es nicht bezeichnen. Im Grunde genommen möchte ich sie nicht in meinem Leben haben.“

Ein schallendes Lachen von seiner Seite. Dabei meinte ich das doch ernst. Todernst.

„So einen Menschen hat doch jeder in seinem Leben, oder nicht?“

„Keine Ahnung. Kann schon sein“, gab ich achselzuckend zurück. Ich war gereizt, weil ich erkannte, wie wenig Gewicht meine Worte für ihn hatten. Die Aktionen von heute Morgen hatten mir gezeigt, was ich alles aufbringen und auch, wie weit ich gehen konnte.

„Wenn das so ist, kann ich dir vielleicht behilflich sein.“ Ein breites Lächeln unterstrich seine Worte.

„Kannst du das?“

„Hör mal.“ Mit betrübtem Gesichtsausdruck drehte Wren sich um die eigene Achse, beugte sich etwas zu mir vor und senkte seine Stimme. Von dem Lächeln war keine Spur mehr zu sehen. „Ich mache das jetzt nicht wirklich gerne, aber du musst wissen, dass ich auch anderweitig unterwegs bin. Ich verkauf BtM.“

„Wie bitte?“

Wren seufzte tief. Ein gequälter Ausdruck trat in seine Augen. „Betäubungsmittel.“

„Betäubungsmittel?“

Er nickte flüchtig. Schweiß trat von seiner Stirn und er spähte spannungsgeladen durch den Raum. Er machte es sich schwer, die darauffolgenden Worte auszusprechen.

„Wenn du Interesse hast, dann mach ich dir ’nen guten Preis und …“

„Nein“, unterbrach ich ihn unhöflich und stand ruckartig auf. Daraufhin sprang er auch ab.

„Hey, ich wollte dich nicht verärgern."

„Ich muss gehen." Mit schnellen Schritten lief ich zum Ausgang und verließ die Bar. Meine Beine überflogen geradezu den Asphalt. Grüblerisch dachte ich an die soeben erlebte Situation zurück. Mit solchen Leuten durfte ich mich nicht abgeben. Betäubungsmittel! Ha, ich hatte keine geeignete Verwendung für so etwas, außerdem weiß ich, dass so etwas verdammt ...

Mit einem schmetternden Ruck fand ich mich plötzlich auf den schmutzigen Boden wieder. Schmerzverzerrt rappelte ich mich auf, klopfte genervt meine Kleidung ab und starrte, völlig neben der Spur, das Ding an, dass mich zum Fallen gebracht hatte und worüber ich gestolpert sein musste. Ein abgenutzter Wasserschlauch.

Mit wutverzerrtem Gesicht kickte ich dagegen und meine Beine wollten schon weiter gehen, doch meine Augen wollten sich nicht von dem Schlauch lösen. Zaghaft strich ich mir über die leichte Wunde, die er auf meinem bloßen Knöchel hinterlassen hatte.

Ehe ich mich versah, gaben meine Beine schwach nach und ich kniete wieder auf dem Steinboden. Meine Hand hatte ich fest um den Wasserschlauch geschlossen. Diese Rauheit, welche ich durch meine Fingerspitzen zu spüren bekam, verwandelte den Schlauch vor meinem geistigen Auge in ein einfaches Seil. So wie der Schlauch in meiner Hand konnte auch ein Seil Schmerzen hervorrufen; vor allem, wenn das schwere Gebündel gegen jemanden schlug oder noch viel eher, wenn das Seil aufgehängt wäre und ...

Stückweise kniete ich mich auf den harten Boden. Alles um mich herum war wie verschwommen. Es war nicht mehr da. Existierte nicht mehr. Nur das, was ich gerade in der Hand hielt, verblüffte mich. Es verblüffte mich auf eine Art und Weise, die ich bisher so nicht kannte. Es faszinierte mich fast.

Mit meinen Fingerspitzen strich ich zärtlich über die raue Oberfläche. Fast schüchtern ließ ich meine Gedanken zu. Damit konnte man viel anstellen. Man könnte Menschen verwunden. Mit einem dünnen Lächeln beschrieb ich mit meinen Fingern den Kreis, die freie Stelle in der Mitte der Schlaufe, die ich mit dem

Wasserschlauch gebildet hatte. Sie war wie dafür geschaffen ... Hier würde ausnahmslos ein Kopf hineinpassen. Lias Kopf wäre dafür außerordentlich gut geeignet.

Gedankenversunken und überhaupt nicht mehr ansprechbar, glitten meine Finger über die Stange neben mir. Es wäre so einfach, so leicht, dieses Seil aufzuhängen. Etwas oder jemanden auf diese Art und Weise vom Leben zu erlösen. Nicht nur, dass man ihm damit einen Gefallen tun würde, man selbst würde befreit sein. Ist nicht Freiheit eine unserer größten Begierden im Leben? Dieser Mensch müsste und würde keine Existenz mehr besitzen.

Mit aufgerissenen Augen erhob ich mich schwankend. Taumelnd lief ich den Weg zurück, in Richtung Bar. Dieses Verlangen, das ich so ausgeprägt spürte, tat fast schon weh. Ich hatte bloß das vor den Augen. Nichts anderes. Gab es überhaupt Leben um mich herum? Ausgeschlossen.

Oh, da war er! Ich musste zu ihm. Ich musste unbedingt zu ihm. „Wren!", schrie ich auf und lief die wenigen Meter zu ihm hin. Ich schnappte mühevoll nach Luft. „Bitte, ich brauch deine Betäubungsmi..."

„Hey, hey", fiel er mir schreiend ins Wort und ich zuckte förmlich zusammen. Mit großen Augen blickte er mich an, als müsste ihm erst klarwerden, wer ich war, ehe er zu mir rannte.

Als er endlich nahe genug war, senkte er seine Stimme augenblicklich.

„Bist du eigentlich verrückt geworden, das hier so rumzuschreien?", wollte Wren von mir wissen.

„Sorry, bitte. Ich b..., ich brauch..." Die Wörter überschlugen sich. Meine Gedanken rasten, aber mein Mund schien nicht mitzukommen. Ich versuchte, ruhig zu atmen.

„Okay." Seine Augen huschten durch den gesamten Raum. Er hob, sich ergebend, die Hände. „Ich gebe dir was", zischte er mir zu und ich seufzte erleichtert auf.

„Dafür musst du mir aber erst sagen, wofür du die einsetzt", sagte er entschlossen.

„Warum?", fragte ich überrascht. Mit dem Rest meiner Kraft versuchte ich, meine Augen offen zu halten. Sein Gesicht verschwand langsam. Es verblasste und stattdessen bildeten sich Lias Gesichtszüge ab.

Ihr Lächeln. Konzentriert schüttelte ich den Kopf. „Bitte, ich brauch das!"

„Ich kann sie dir nicht verkaufen, wenn du mir nicht sagst, warum du sie brauchst. Ich will nicht, dass du Scheiße baust, okay."

Ich schnaubte verächtlich. „Du verkaufst diesen Kram doch sowieso, dann musst du keine Show abziehen, als wäre es dir wichtig, was deine Kunden damit anstellen."

„Ist es mir aber. Schau mal, viele machen großen Unsinn damit und ich will nicht, dass ich am Ende dafür verantwortlich bin, dass Leichen in meinen Keller sind, verstehst du?"

„Verkauf es mir einfach."

Mit einem kurzen Blick musterte Wren mich prüfend, ehe er meine Hand vorsichtig öffnete und mir zögernd ein Fläschchen in diese hineinlegte.

Dann schloss er sie behutsam. „Das sind K.O.-Tropfen. Pass auf, ja?"

Geistesabwesend zahlte ich die genannte Summe und verließ im Handumdrehen die Bar.

Zusammen mit den Tropfen und einem Seil, welches ich mir ebenfalls gekauft hatte, machte ich mich auf den Weg zur Hütte. Dort angekommen, lauschte ich, ob Lia anwesend war, doch mein rasendes Herz machte mir einen Strich durch die Rechnung.

Die genialen Ideen füllten meinen Kopf, sodass es keine große Kunst war, eine perfekte Vorgehensweise zu ersinnen.

Alles würde wie geschmiert ablaufen: Liana die Tropfen zu verabreichen, müsste keine allzu große Erschwernis sein. Sie dann bewusstlos in den Schuppen neben der Hütte zu schleifen, müsste ebenfalls unproblematisch zu erledigen sein.

Jetzt würden der Vorhang und das Seil ins Spiel kommen. Die betäubte Lia mit einem Vorhang zu verdecken und an ein Seil zu hängen, sollte ebenfalls kein Hindernis sein. Würde alles nach Plan laufen, würde ich mir anschließend die geniale App OwensEye zunutze machen. Dass hier der Absender einer Nachricht anonym blieb, würde mein Jackpot sein. So würden wir uns alle im Schuppen versammeln. Ich würde in der Nachricht dazu auffordern, an dem Seil zu ziehen, welches ich ihm Vorfeld an Lianas Hals befestigt hatte und natürlich mit einem Vorhang zu verstecken versuchte. Dass wir sie damit alle gemeinsam umbringen würden, war auf diese Art und Weise genial und hinterhältig.

Nichts übertrumpfte für mich, dieses Gefühl, einen so abstoßenden Menschen aus meinem Leben entfernen zu können.

Seit dem Tag, an dem ich sie das erste Mal gesehen hatte, war die Begierde danach so groß. Jetzt war ich so nahe daran, es zu verwirklichen.

Ich war so nahe daran, Lia endgültig aus meinen Leben zu löschen und wisst ihr was das Geniale an meinen Plan ist? Nicht nur ich würde die Mörderin sein, wir alle sind es. Wir alle würden an diesem Seil ziehen. Wir alle würden sie damit umbringen. Wir alle würden für den fallenden Schleier, welches ihr Ende bedeutete, verantwortlich sein. Und das, das war das Schönste, das ich mir vorstellen konnte.

Kapitel 17

SOHEL

Geräuschvoll ließ ich die Schlüssel für den Mietwagen auf den Tisch fallen. Dunja, Tyler und Eren waren alle im Wohnzimmer beschäftigt. Musiknoten dröhnten aus Erens Handy und erfüllten den Raum.

„Wo ist Lia?“ Ich schaute mich in dem Zimmer um.

„Wir glauben sie ist noch ’ne Runde spazieren gegangen. Ihr wurde wahrscheinlich doch noch ein bisschen langweilig allein zu Hause.“ Tyler hatte die Ärmel seines Hoodies nach oben gekrempelt und steckte eine Hand in den schmalen Spalt zwischen Wand und Fernseher. In der anderen hielt er einen Zettel mit kaum lesbaren Notizen. Er fluchte.

„Brauchst du Hilfe, Mann?“ Mit eiligen Schritten ging ich auf meinen Freund zu.

„Yeah, könnt’ ich gebrauchen.“ Kopfschüttelnd machte er einen Schritt zurück und begutachtete den Fernseher stirnrunzelnd.

„Normalerweise mache ich so einen Mist nicht. Hätt’ nicht gedacht, dass die Arbeiter meines Vaters so einen verdammt schweren Job haben. Mann, tun die mir leid.“

Geduldig streckte ich meine Hand nach dem Zettel aus. Tyler runzelte wieder verwirrt die Stirn, als er mir das Papier in die Hand drückte. Während ich duldsam versuchte, den ersten Schritt der Anleitung umzusetzen, meldete Eren sich zu Wort.

„Das wird nichts, Mann.“ Nicht gerade motivierend. Er packte die Dinge, die er eingekauft hatte, im Takt der Musik aus. „Ty versucht schon seit mindestens einer halben Stunde, diesen Fernseher ins Rollen zubekommen.“

Erens Worte ließ ich an mir vorbeigehen. Unbeirrt fuhr ich mit meiner Arbeit fort. Das Kabel leuchtete rot, jetzt musste ich die beiden Kabel nur noch miteinander verknüpfen. Ergab Sinn.

„Ehrlich gesagt, verstehe ich noch immer nicht, warum Ty überhaupt diesen Fernseher reparieren will. Echt nicht.“ Eren warf die leere Stofftüte einige Male in die Luft.

„Eren, lass mich bitte.“ Tyler ließ sich erschöpft auf das Sofa fallen. Neben Dunja, die schon, seit meiner Ankunft, in ihren Gedanken versunken war.

Widerwillig wendete ich mich wieder den Kabeln hinter dem Fernseher zu. Mit der rechten Hand schob ich das Kabel um wenige Zentimeter nach oben. Laut der Anleitung sollte der Fernseher nun wieder einwandfrei funktionieren.

„Wenn das jetzt geht…“ Tyler schüttelte langsam den Kopf und beobachtete mich mit verschränkten Armen.

Eilig griff Eren nach der Fernbedienung. Wie ich es erwartet hatte, fing zögerlos die Nachrichtensprecherin an zusprechen. Während Tyler, der mittlerweile aufgesprungen war, nicht aus dem Staunen rauskam, ließ ich mich seufzend auf das Sofa fallen. Dunja. Mein Herz schlug schneller, als ich spürte, wie sie mich von der Seite anschaute.

Bitte, bitte sprich einfach mit mir.

Das Klingeln meines Handys ließ mich jedoch zusammenzucken und innerlich fluchen. Sie hätte es sicher gleich gemacht. Sie hätte mich sicherlich angesprochen. Auf dem Display leuchtete die Nummer meiner Mutter auf. Mit einem Videoanruf.

Sie wollte mit mir telefonieren. Diese Situation war für mich sehr ungewöhnlich, denn sie schenkte ihre Aufmerksamkeit gerne anderen Dingen.

Aber jetzt rief sie ihren Sohn an. Vielleicht wollte sie mich bloß sprechen. Vielleicht auch sehen. Vielleicht …Ein winziger Funken Hoffnung sagte mir: Vielleicht vermisste sie mich.

Leicht überfordert von der Situation, die so gut wie nie vorkam, nahm ich den Anruf entgegen. Die zwei Gesichter meiner Geschwister strahlten mich auf meinem Display an.

Den kleinen Stich in meinem Herzen, der mir zu spüren geben wollte, dass es natürlich nicht Mom war, die sich nach mir erkundigen wollte, ignorierte ich.

„Heeey, Sheeba. Was geht, Soufian? Bist groß geworden.“ Die beiden lächelten sofort und drängten sich möglichst eng an die Kamera. „Hallo, Sohel.“ Sheeba lächelte. Ihre Stimme klang ein wenig leiser, als ich es von ihr gewohnt war.

„Wo seid ihr?“ Ich lehnte mich auf dem Sofa nach hinten. Es blieb still. Meine Geschwister schauten sich kurz an. Sheeba öffnete den Mund und setzte zum Reden an, verstummte dann wieder. Auch Soufians Blick veränderte sich. „Egal.“

„Egal?“ Irritiert umklammerte ich das Handy. Ein ungutes Gefühl überschlug die aufkommende Freude.

„Im Schrank“, gab Sheeba zu.

„Schrank?“

„Ja“, kam es piepsend zurück.

„Warum seid ihr in einem Schrank, verdammt?“

„Wegen…“

„Wegen?“

„Mom“, gab Soufian zu. „Wir haben ihr Handy geklaut und wenn sie uns findet, wird sie sauer, nimmt das Handy weg und wir dürfen nicht mit dir reden.“ Sheeba nickte traurig.

Ich wollte diesen Ausdruck in ihren Gesichtern nicht sehen. Aber ich war machtlos. Ich konnte es nicht ändern, weil ich nicht da war. Dieses Gefühl fraß mich innerlich auf, doch auch dagegen konnte ich nichts unternehmen. So blieb ich still.

„Es ist gemütlich.“ Soufians grünen Augen blitzten auf und er versuchte, seine Sitzposition zu verändern, so, dass es für mich auch nur ansatzweise akzeptabel war. Was ein schlauer Junge.

„Wie geht es dir?“ Sheeba nahm Soufian das Handy aus der Hand. Ihr schönes Gesicht war voller Sorge und Trauer, doch trotzdem lächelte sie breit.

„Mir geht es sehr gut.“ Ich wechselte die Kameraeinstellung und zeigte meinen Geschwistern kurz den Raum.

„Cool.“ Soufian nahm Sheeba wieder das Handy aus der Hand. „Habt ihr denn Spaß?“

„Sehr sogar, gerade habe ich auch noch…“

Neben mir regte Dunja sich und schaute mir über die Schulter.

„Oh, wie süß. Der Kleine ist ja fast eine Kopie von dir, Sohel."

In mir verspannte sich alles, als sie meinen Namen aussprach. Dass sie mich unterbrochen hatte, blendete ich völlig aus.

Ich brachte nur ein raues, holpriges Lachen hervor.

„Echt?" Soufians Augen fingen an zu leuchten. „Sohel, hast du gehört? Hast du gehört?"

Ich nickte lächelnd. „Sie hat recht."

Soufian war ganz außer sich. „Sie ist so schön."

„Wer? Ich?" Dunja lachte laut auf und rückte noch ein weiteres Stück näher zu mir, was mich nur noch mehr zum Schwitzen brachte. Soufian nickte. „Irgendwann, wenn Sohel heiratet, soll seine Frau so aussehen wie du."

„Soufian." Ich lachte nervös, warf ihm einen warnenden Blick zu und verzog mich dann in die Ecke des Sofas. „Sag sowas doch nicht." Meine Stimme war fast nur noch ein Flüstern und er lachte fies. „Ich vermisse es, dich zu ärgern."

Ich konnte nicht anders, als zu lachen. „Sheeba, kannst du deinen Bruder bitte von mir kneifen, er ist ganz schön frech geworden."

Nachdem wir uns noch ein wenig unterhalten hatten, legte ich auf. Peinlich berührt von Soufians Bemerkungen, mied ich Dunjas Blick.

Eine Weile später ließen sich auch Eren und Tyler neben uns auf das Sofa fallen.

„Wo bleibt Lia?" Eren seufzte hörbar auf und blickte nervös einige Mal aus dem Fenster. Tyler klopfte ihm auf die Schulter. „Keine Sorge, Mann. Sie kommt sicher bald, außerdem ist es noch einigermaßen hell da draußen."

Daraufhin erhob Dunja sich. „Ich mach dann schon mal das Abendessen fertig."

Tyler und Eren drehten sich zu mir um. „Hast du das Auto?" Ich nickte bestätigend. Lächelnd lehnte Ty sich nach hinten und streckte die Beine aus. „Wir müssen auch noch zusammen, ohne die Mädels, 'ne Fahrt mit dem Wagen machen." Eren lehnte sich ebenfalls zurück und ich nickte. „Unbedingt."

Für die nächsten Minuten herrschte Stille. Wir waren alle vier in unsere Handys vertieft. Plötzlich fuhr ich ruckartig zusammen. Ein Klingelton auf allen Handys gleichzeitig. OwensEye! Jemand hatte eine Nachricht hinterlassen. Mit meinem Blick fuhr ich über den Raum umher. Keine seltsame Geste von einen meiner Freunde. Alle Blicke waren auf das jeweilige Handy in der Hand gerichtet. So wechselte auch ich zur App, um die Nachricht lesen zu können.

Hey

Ich lachte laut. Sollte das ein Witz sein? Immerhin saßen wir alle im selben Raum, außer...

„Lia?", fragte ich vorsichtig.

„Wo?" Eren schaute sich eifrig um.

„Nein", ich schluckte, „könnte es sein, dass Lia diese Nachricht geschrieben hat?"

Eren senkte den Blick. „Nein." Er nahm ein Handy hervor, das auf dem niedrigen Tisch vor dem Sofa lag. „Ihr Handy ist hier. Sie hat damit nichts zu tun, sie kann die Nachricht nicht geschrieben haben. Es ist jemand von uns."

Hey, schrieb jemand zurück. Ich blickte hoch und musterte Eren, Dunja und Tyler genau, jedoch konnte ich nicht erkennen, welche Finger sich an der Tastatur zu schaffen gemacht hatten. Ich war es nicht. Das ist das Einzige, das ich mit Sicherheit sagen konnte. Das war doch verrückt.

Was ist los?, schrieb ich nun. *Geht's nicht persönlich?*

Bis die nächste Antwort kam, verging einige Zeit. Ich starrte gebannt auf mein Handy-Display, anstatt zu prüfen, wer diese Nachricht gerade verfasste. Und diese verwirrte mich schon um einiges. Ich las sie ein zweites Mal, um mich zu vergewissern, dass ich meinen Augen auch wirklich trauen konnte.

Okay, Leute. Ich habe etwas ganz Besonderes vorbereitet. OwensEye ist perfekt, um es durchzuführen. Genauer gesagt, ist es einfach eine Art Spiel. Es würde mich interessieren, wer dieses Spiel gewinnt. Es macht Spaß, wir müssen alle mitmachen. Da seid ihr alle gespannt, nicht? So, im Schuppen neben unserer Hütte werden wir alle etwas vorfinden...

Jedenfalls wird dort ein Seil sein. Wenn wir dieses Seil sehen, werden wir daran ziehen und schauen, was uns erwartet. PS: Ich hab einen Preis. Jetzt wo alles geklärt ist, würd ich sagen, auf die Plätze fertig... los.

Nach einem kurzen Blickaustausch sprangen Tyler und Eren begeistert auf und liefen zur Haustür.

Auch Dunja sprang kurzerhand auf und lief nach draußen in die Kälte. Etwas irritiert blieb ich zunächst auf dem Sofa sitzen, ging dann auch zur Tür und ließ sie daraufhin hinter mir zufallen. Als ich sah, dass Eren, Dunja und Tyler schon die Tür zum Schuppen öffneten, versuchte ich Schritt zuhalten und lief die letzten Meter. Der kühle Wind schlug mir um die Ohren und ließ mich ein wenig nach vorne stolpern. Unter mir ertönte das laute Platschen meiner Schuhe auf dem nassen Gras. Schleunigst betrat ich den abgedunkelten Schuppen und schloss die quietschende Tür hinter mir. In der Luft hing ein Geruch, den ich schwer einordnen konnte.

Tyler nahm sein Handy heraus und schaltete die Handytaschenlampe ein. Eifrig suchte er mit dem Licht den kleinen Raum ab, der mit Kisten voller Werkzeugen, diversen Boxen und anderem Zeug unterschiedlichster Art vollgepackt war.

Da, mitten in dem Raum, hing ein langes Seil von oben herunter. Es reichte bis zum Boden. Das Seil, von dem in der Textnachricht die Rede war. Darüber eine dunkelblaue Decke, die kaum erkennbar war. Vielleicht auch ein Vorhang. Ich wusste es, zu diesem Zeitpunkt, nicht mit Sicherheit. Jedenfalls sollte die Decke, das war ganz klar, etwas Bestimmtes verbergen. Was es war, würden wir innerhalb von Sekunden erfahren.

Die ganze Geheimnistuerei war, zugegeben, ziemlich aufregend.

So fing Tyler an, mit Freude im Gesicht, an dem Seil zuziehen, indem er immer wieder ein Stück nach oben griff und es so zu sich nach unten zog. Etwas zögerlich taten wir es ihm nach. Warum ich mitmachte, kann ich mir, rückblickend, selbst nicht ganz erklären. Die Aufregung der anderen hatte mich wohl ziemlich mitgezogen und überrumpelt.

So tat ich es ihnen gleich. Wie ein aufgedrehter Junge zog ich an dem Seil. Gespannt, was mich erwarten würde.

Neben mir war Dunjas Gesicht. Etwas wie Hunger spiegelte sich darin wieder. Der Drang, etwas mit seinen eigenen Zähnen zu zerfleischen. Ein Blick auf ihre Hände verriet mir, dass sie deutlich mehr Kraft aufwendete, als ich es tat.

Tyler, mir gegenüber, zog ebenfalls mit voller Kraft und Power, die er besaß. Der Wunsch zu enthüllen, was hinter der Decke war, und das Verlangen der Aufgabe, die im Raum stand, auf den Grund zu gehen, ließ uns wohl den Verstand verlieren. Es hinderte uns daran, nachzudenken. Auch bei Eren war die aufkommende Neugier nicht zu leugnen. Mit gespannten, weit aufgerissenen Augen schaute er auf den Vorhang, der langsam zu fallen begann. Es war ein langer Fall. Fast schon, als würde es sich absichtlich in Zeitlupe abspielen. Als würde die Zeit mit uns spielen. Uns nicht offenbaren wollen, was wir angerichtet hatten.

Als die Decke meisterhaft zu Boden fiel, bot sich uns ein grauenhafter, schrecklicher Anblick. Er ließ uns allen das Blut in den Adern gefrieren.

Wir mussten alle etwas sehen, von dem wir uns später wünschten, es niemals gesehen zuhaben. Es war ein schockierendes und entsetzendes Gefühl, das sich im Handumdrehen in mir ausbreitet, als ich in das Gesicht blickte. In ihr Gesicht.

Lianas Nacken war gekrümmt und ließ ihren Kopf nach vorne fallen. Um ihren Hals das Seil, welches ihr die Luft abgeschnürt hatte. Mit einem eisigen Blick schaute sie zu uns hinunter. Sie schwebte. Über uns.

Ich wollte es erst nicht verstehen, aber ich musste die Realität anerkennen. Das Bild vor meinen Augen zeigte mir die Tatsachen. Erst wirkte es wie eine unnatürliche Geste, die keinen Sinn hatte. Doch langsam fügten sich die Bilder in meinem Kopf zusammen. Ihre Augen waren sperrangelweit aufgerissen und völlig erstarrt.

Was man auch von ihrem Blick behaupten konnte. Es sah so aus, als hätte man jeden kleinsten Tropfen Leben, der sich in ihrem Körper befunden hatte, ausgesaugt, aus ihr herausgezogen.

Es war kaum etwas an Leben übrig geblieben. Das Einzige vernehmliche war, der unsagbare Schmerz, große Angst und der unermessliche Schock in ihrem Blick.

Man musste nur in ihr Gesicht sehen und man begriff sofort, dass niemand in dieser Welt etwas dermaßen Schreckliches verdient hatte.

Meine Augen blieben ungewollt an ihrem Hals hängen. Das Seil, das ihr Leben genommen hatte. Alles in meinem Magen krümmte sich schmerzhaft zusammen und gab mir ein erdrückendes Unbehagen. Alles in mir verkrampfte sich. Alles in mir realisierte es … Wir …

Wir waren diejenigen, die ihr das angetan hatten. Wir … Indem wir ahnungslos an dem Seil gezogen hatten. Wir waren es, die ihr das Seil immer fester um den Hals gespannt hatten. Wir waren es, die einem jungen Mädchen jeden Atemzug unmöglich gemacht hatten. Wir waren es, die Lia umgebracht hatten.

Ihre glasigen Augen starrten mich an. So, als würden sie mir die Frage nach dem Warum stellen.

Panisch stolperte ich nach hinten. Diese Augen starrten mich noch immer an. Es war, als würde Lia mit dem Finger auf mich zeigen. Mir den Begriff Mörder an den Kopf werfen. Unaufhaltsam stolperte ich weiter nach hinten. Doch der Ausdruck in ihren Augen ließ nicht nach. Sie schrien förmlich nach mir. Sie wollten mir den Atem abschnüren, so, wie wir es mit ihr getan hatten. Sie beschuldigten mich. Sie hassten mich. Zutiefst.

„Ich war es nicht, Lia, bitte versteh doch." Ein kurzes Gefühl der Entlastung, doch das hielt nicht lange an, denn es verlieh mir einen großen Schrecken, als ich feststellen musste, dass ich sie gerade angelogen hatte. Ich war es, der mitverantwortlich war. Das Seil, das sie umbrachte, hatte ich mit meinen Händen umfasst.

All diese Tatsachen schlugen mich zu Boden und ich konnte es einfach nicht verstehen. Lia schaute von oben auf mich herab. Mein Magen zog sich zusammen und eine herzausreißende Leere machte sich in mir breit. Sie riss alles in sich hinein.

„Es tut mir leid." Ich schloss die Augen. „Es tut mir leid, Lia. Ich wollte das nicht, glaub mir. Ich wollte dich nicht umbringen.

Bitte, habe Erbarmen mit mir."

„L...Lia!", Erens Stimme war nicht mehr als ein Zittern, als er ihren Namen rief.

„Lia, Lia." Er ließ das Seil los und fing ihren leblosen Körper auf, der beinahe wie eine Kindergeburtstags-Luftschlange herunterfiel.

„Nein, nein, nein, nein", flüsterte Eren immer wieder ununterbrochen, während er ihre Leiche genauestens untersuchte. Mit einem gequälten Ausdruck im Gesicht versuchte er, ihren Herzschlag zu hören, aber vergebens. Wir hatten ihn ihr genommen.

„Helft mir", flüsterte er verzweifelt in die Runde und seine wimmernde Stimme kam ins Wanken. Während er seine Finger verschränkte und ihr mehrmals gleichzeitig auf die Brust drückte, atmete er unkontrolliert auf. Dunja kniete sich neben ihn hin. Sie wirkte sehr ruhig.

„Helft mir!", brüllte er entrüstet. Erschrocken fuhr ich zusammen. Seine Worte schrie er nun frei aus der Kehle raus, mit der ganzen Kraft, die er in sich trug. Erens Gesicht war wutverzerrt und einzelne Tränen klatschten auf Lias reglose Wange.

„Eren, Mann. Alles wird gut." Tyler kam vorsichtig auf ihn zu. Er hob die Hände ergebend und sein Gesichtsausdruck zeigte, wie verzweifelt auch er war.

Energisch schüttelte Eren mit dem Kopf. „Halt die Fresse, nichts wird gut. Sie ist tot. Tot. Lia ist tot." Sein Körper fing an, unkontrolliert zu beben. Dann konnte auch er sich nicht mehr zurückhalten, die Tränen schossen nur so aus seinen Augen. Ohne großartig nachzudenken, ließ ich mich versteinert neben ihn auf den Boden fallen und zog ihn an mich.

In Sekundenschnelle war mein komplettes Shirt durchnässt, aber im Moment war nichts unwichtiger als das.

„Oh Scheiße!" Eren presste seinen Kopf fest gegen meine Schulter, griff zitternd nach meinem Nacken und ließ seinen ganzen Frust heraus. „Ich bin..." Seine Stimme brach und das schmerzerfüllte Wimmern füllte den ganzen Raum.

Das war wahrscheinlich das schmerzhafte und traurigste Weinen, das ich jemals zu hören bekommen hatte. In meinem Kopf musste sich erstmal alles zusammenfügen. All diese Ereignisse, die jemand von uns womöglich organisiert hatte. Alle, wir alle, hatten es letztendlich aber durchgezogen. Nichts ahnend.

Eren hatte gar nicht vor, mich loszulassen. Er hielt seinen Kopf so nah an meiner Schulter, wie es nur möglich war. Er wollte uns sein schmerzverzerrtes Gesicht nicht zeigen. Das war nicht nötig, aber ich verstand ihn.

Erstarrt schaute ich mich im Schuppen um. Ich musste ruhig atmen. Das war gar nicht so einfach, wenn man bedachte, dass der Mörder, dass derjenige, der sich diese schreckliche Tat ausgedacht und die Umsetzung in die Wege geleitet hatte, unter uns war. Es war unfassbar schwer, dies einzusehen. Ich wollte nicht verstehen, wie es dazu kommen konnte, dass wir alle Verantwortung trugen. Aber am allerwenigsten verstand ich, wie ein Mensch einen so schwerwiegend bösartigen Gedanken haben konnte wie den, der diesem Mord vorausgegangen war.

Nein ... Ich verstand es wirklich nicht.

Kapitel 18

EREN

Nichts auf dieser Welt kann einen vor den Dingen warnen, die das Leben für dich vorgesehen hat.

„Verdammt, achte auf ihren Kopf." Dunjas schrille Stimme dröhnte aus dem Hintergrund.

„Ihr linkes Bein. Ihr Bein." Tyler schrie laut auf und man hörte etwas krachend auf den Boden fallen.

„Passt doch auf sie auf", flüsterte ich und vergrub meinen Kopf, der sich tonnenschwer anfühlte, zwischen meinen Händen.

Schon wieder ließen Tyler, Dunja und Sohel meine Lia rücksichtslos auf den Holzboden fallen.

„Scheiße." Wutschäumend sprang ich auf. Bis jetzt hatte ich mich ziemlich im Zaum gehalten, doch der Zorn holte mich nun unverschämt ein, ohne dass ich etwas dagegen tun konnte.

Lias lebloser Körper auf den Holzlatten stach mir ins Auge und augenblicklich verkrampfte sich alles in mir. Mein leerer Magen zog sich tief in mir zusammen. Durch die Tränenflut konnte ich kaum die Gesichter meiner Freunde identifizieren. Trotzdem spuckte ich die Worte nur so aus.

„So geht ihr niemals, nie wieder, nie mehr mit Lia um. Sie hat Besseres verdient als das, so viel Besseres. Was is' los mit euch? Könnt ihr zu dritt keine zierliche junge Frau tragen? Schämt euch. Schämt euch abgrundtief." Die Kraft in meiner Stimme gab nach und die Worte in meinem Mund brachen in sich zusammen. Mein Körper fing unkontrolliert an zu zittern und das Brennen in meinen Augen wollte einfach nicht nachlassen.

„Junge, beruhige dich. Sie ist tot. Das Einzige, was wir jetzt machen können, ist, nach vorne zu schauen und eine Erklärung für dieses ganze Durcheinander zu finden. Also komm hoch, Eren." Tyler wollte mich hochziehen, aber das konnte er vergessen. Wahre Freunde sollten dazu in der Lage sein, mich zu verstehen oder es wenigstens zu versuchen. Wie konnte jemand von mir erwarten, dass ich darüber hinwegsehen konnte?

Im Moment war es unglaublich, war es unvorstellbar, wie andere Menschen es geschafft hatten, Schreckliches zu vergessen und nach vorne zu sehen. Wie sie damit zurechtkommen konnten, war für mich ein großes Fragezeichen. Ich wünschte nur, ich könnte mir auch nur im Geringsten vorstellen, was ihnen einen Antrieb verschaffte. Aber dazu war ich nicht in der Lage, mir fehlte die Kraft zu allem. Vielleicht war ich schwach, das konnte sein. Aber Lia hatte einen wahren Freund an ihrer Seite gehabt. Einen Freund, der sie bedingungslos geliebt hatte. Mir tat weh, dass ihr Tod meinen Freunden kaum nahezugehen schien. Bemitleidenswert.

„Eren." Sohel beugte sich zu mir runter. „Wir haben uns entschieden. Wir bringen sie jetzt in das Haus, okay?"

Aber natürlich sollten wir Lia ins Haus bringen. Ich hätte zu nichts anderem zugestimmt. Geräuschvoll zog ich die Nase hoch, holte tief Luft und verpasste Sohel eine ordentliche Faust. Sein Gesichtsausdruck veränderte sich schlagartig. Die Sorge verschwand, seine Augen wurden so klein, dass sie fast nur noch ein Schlitz waren. Er nahm die Spitze seines Ärmels und strich damit über das Gesicht. Dabei wandte er nicht den Blick von mir ab.

„Ziemlich respektlos." Sohel baute sich vor mir auf.

Wovor sollte ich denn Respekt haben? Vor so einem Kerl, der meinen Schmerz nicht teilte, ihn nicht verstehen konnte?

„Du findest uns im Haus." Sohel drehte mir den Rücken zu.

Minutenlang starrte ich bloß auf die dunklen Holzlatten an der Wand und stellte mir ein Leben ohne sie vor. Es brach mein Herz. Jeden Morgen aufstehen, ohne ihr strahlendes Gesicht neben mir zu sehen? Was würde mich noch aus dem Bett bringen? Wie würde meine Zukunft aussehen ohne all das, was ich mir mit ihr ausgemalt hatte. Wie sollte ich leben ohne die Vorstellungen, auf die ich jahrelang alles aufgebaut hatte? Wie soll ich fortan leben? Wie sollte mein Leben aussehen, verdammt?

Ich sprang auf. Mittlerweile war ich allein in dem Schuppen.

„Lia, die denken nicht an dich, nicht an mich, sondern nur an sich selbst. Nur daran, sich selbst zu retten“, sagte ich, als würde ich mit ihr sprechen.

Meine rechte Hand fing an zu zucken. Mein Blick fiel auf die Wand mir gegenüber. In den kleinen Dellen fing sich ein leichter Schimmer des Abendmondes, der durch das kleine staubige Fenster in den Raum hineinleuchtete. Mein Magen drehte sich.

Gewaltsam schlug ich auf die Wand ein. Es schmerzte, sehr sogar. So schlug ich erneut gegen die Holzlatten, die sich langsam zu lösen drohten. Holzsplitter bohrten sich in meine Haut, was unfassbar weh tat.

Aber das war genau das, was ich im Moment gebrauchen konnte. Schmerz, Schmerz und noch mehr Schmerz. Ich konnte nicht genug davon haben. Trotzdem würde es niemals dem gleichen, was Lia hatte durchmachen müssen. Blut floss aus meiner Hand und ich fiel krachend zu Boden, denn meine Beine konnten mich nicht mehr halten.

Allein in diesem Schuppen.

Ich fühlte mich so, als wäre ich nicht ich selbst, als ich aufstand und dem Schuppen meinen Rücken zudrehte. Mein Blick war nicht auf den Boden gerichtet, als ich das Wohnzimmer der Hütte betrat. Den Blick zu senken, war ein Zeichen der Schwäche. Das Letzte, was ich vermitteln wollte.

„Hey.“ Dunja schaute zu mir hoch. Wortlos ließ ich die Tür ins Schloss fallen.

„Wo ist Lia?“ Mein Blick huschte durch den Raum. Sohel, Dunja und Tyler saßen auf dem Sofa. Ihre Augen sahen aus, als wären sie auf einer Beerdigung.

„Du bist besessen, Mann.“ Tyler schüttelte seufzend den Kopf.

„Hast du irgendeine Ahnung, was gerade in mir drinnen abgeht?“, ich unterbrach ihn forsch, bevor er überhaupt eine Antwort geben konnte: „Nein, also sei lieber still, wenn du keine Ahnung hast und schreib mir nicht vor, wer ich bin, denn du hast nicht die geringste Ahnung.“

„Hey, hey." Sohel stand sofort auf. „Lass uns nicht streiten, ja? Wir haben einiges zu klären unter uns."

„Na schön." Ich ließ mich auf den Boden fallen und zog mir die Kapuze über den Kopf. „Redet."

Für einen kurzen Moment herrschte Stille im Raum. Jeder wollte etwas sagen, aber niemand wusste, was. Niemand wusste, wo anzufangen war.

„Wer war es?", unterbrach ich das unerträgliche Schweigen, das sich zwischen uns ausbreitete. Natürlich kam keine Antwort. Erst so eine dermaßen kranke Tat planen und dann den Mund nicht aufkriegen. So unglaublich feige.

„Lia können wir erst einmal rausnehmen. Ihr Handy war hier und somit…", fing Dunja an.

„Natürlich können wir Lia ausschließen. Sie hat keinen Suizid begangen, ich kenne sie gut genug. Sie hätte keinen Grund dafür gehabt." Ich seufzte tief. Einer, der gerade hier saß, musste seine Trauer vorspielen, daran hatte ich keinen Zweifel.

„Okay." Sohel klatschte in die Hände. Ich fuhr zusammen. „Jeder nennt jetzt, was er heute Morgen bis zu der Nachricht am Mittag unternommen hat."

Die Idee gefiel mir und so fing ich an. „Ich hab mich um das Mittagessen gekümmert. So bin ich zum Supermarkt gegangen und wollte, nachdem ich zurückgekehrt bin, das Essen vorbereiten. Beweisen kann das Dunja, die sich im Haus befand, als ich zurückgekehrt bin. Außerdem ist Tyler kurz danach dazugekommen."
„Genau", bestätigte Tyler meine Aussage. „Nach dem Treffen mit unserem Vermieter bin ich mit der Bedienungsanleitung für den Fernseher ebenfalls dazugekommen. Eren und Dun waren im Haus, da bin ich mir ziemlich sicher."

Mein Blick fiel auf Sohel, der als Letzter dazugekommen war. Dieser öffnete seinen Mund. „Ich bin den Mietwagen abholen gegangen. Das Autohaus lag ziemlich weit draußen, somit war mein Weg der längste." Er hob unschuldig die Hände in die Höhe.

„Dunja." Ich schaute sie ernst an. „Wo hast du gesteckt?"

„Spazieren."
„Spazieren?"
„Ja, ich war spazieren."
Ich war skeptisch und wollte einen Blick mit den anderen wechseln. Diese schienen daran jedoch keine Zweifel zu haben.
„Dunja, habe ich das richtig verstanden? Während wir alle außerhalb des Hauses waren, hattest du die Zeit, die du brauchtest, um den Tod an Lia zu planen? Du kannst uns hier auch nur zahlreiche Lügen auftischen."
Dunjas Blick änderte sich nicht und blieb starr. „Was ist mit Tyler? Immerhin ist er derjenige, der aus heiterem Himmel etwas von irgendeiner App erzählt hat. Ist das nicht verwunderlich, dass er von einer App erzählt, von der noch nie jemand jemals gehört hat? Kurz danach stirbt ein Mädchen und organisiert wird der Mord über eine anonyme Nachricht über diese App. Wer da keinen Zusammenhang sieht, dem muss geholfen werden."
Für einen kurzen Moment herrschte Ruhe im Raum. Ich ließ ihre Worte auf mich wirken.
„Moment!" Tyler sprang auf, „Ich weiß nicht, was in dich gefahren ist." Er strich sich aufgebracht durch die Haare. „Deine Aussage klingt ja fast schon auswendig gelernt. Vielleicht deshalb, weil du den Verdacht von dir ablenken willst."
„Was sagst du da?" Dunja sprang auf, ihre Stimme war fast nur noch ein Schreien. „Noch besser. Ich hab einen Vorschlag, lass uns doch mal Lias Körper untersuchen. Vielleicht hat Tyler sich noch ein bisschen vergnügt, bevor er sie eiskalt umlegte."
„Uh." Tyler näherte sich Dunja, seine Stimme klang dermaßen aggressiv. „Willst du mir auch noch Vergewaltigung vorwerfen. Du bist so widerlich. Du kotzt mich an."
Sie lachte nur. „Warum kommst du mir denn so nah? Willst du auch was von mir, hm?"
„Was?" Tylers Gesicht zeigte kein Anzeichen von Humor. Seine Hände waren zu Fäusten geballt. „Ich weiß auch gar nicht, was daran witzig sein soll. Warum ziehst du solche Themen ins Lächerliche? Darüber sollte man nicht scherzen, Dunja. Und dass du mir

so was Schreckliches vorwirfst, ist das Allerletzte. Ich würde niemals eine Frau vergewaltigen."

Während Dunja konterte und Sohel versuchte, die Situation aufzulockern, vergrub ich meinen Kopf zwischen meinen Händen. Dieser Tag war ein absolutes Chaos. Und, nein, morgen würde es nicht besser werden. Denn morgen war der erste Tag. Der erste Tag ohne meine große Liebe.

Kapitel 19

TYLER

Eren war nicht mehr zu helfen. Der Vorfall hatte den Rhythmus seines Lebens völlig aus dem Takt gebracht. Wie ein Schlag ins Gesicht hatte ihn der Mord aus der Spur gerissen. Jetzt war er viel zu sehr von Schmerz und Hass erfüllt, um wieder zurückzufinden, um sein Leben wieder auf die Reihe zu bekommen. Verrückt. Ohne Frage plagten mich Schuldgefühle, denn ich hatte OwensEye den anderen vorgestellt, aber wie zur Hölle hätte ich ahnen können, dass die App zum Mord verhelfen würde. Niemals hätte ich an diesem verdammten Seil gezogen, wenn ich gewusst hätte, dass wir ihr damit das Leben nahmen.

Es tat weh, meinen besten Freund so zu sehen. Lia hatte alles mitgebracht, was einem Jungen wie Eren gut tat. Ihre ruhige Art beruhigte ihn. Auch hatte sie seine aufgedrehte Art stets unter Kontrolle bekommen. Ohne Zweifel hatte sie das Gute in Eren entdeckt, was er selbst nie sehen konnte. Er hatte sie so sehr gebraucht.

Zugegeben, ich wollte an diesem Morgen nicht einmal aus dem Bett steigen und ins Wohnzimmer spazieren, in dem trübe Stimmung herrschte. Hier wurde jemand umgebracht und einer von den anderen hat dafür gesorgt.

Ich versuchte, das Gähnen zu unterdrücken, und richtete mich im Bett auf. Rechts neben mir Sohel. Er schlief seelenruhig, hatte sich die Decke über das Gesicht gezogen.

Links von mir Eren, der fertig war mit der Welt. Auch er schien noch zu schlafen, obwohl ich davon ausgegangen war, dass er kein Auge zukriegen würde. Seinen Schlaf konnte ihm wohl keiner nehmen.

Das war eine riskante Nacht. Immerhin konnte ich zwischen Lias Mördern liegen und somit mein Leben aufs Spiel setzen. Ich konnte nicht wissen, mit wessen Absichten dieser anging und welche Pläne er womöglich noch geschmiedet hatte. Vielleicht war er noch nicht satt und befand sich hungrig zwischen uns. Vielleicht auch, stellte Lias Tod den Mörder zufrieden. Beides war krank. Doch welche Theorie stimmte, war unklar.

Aus dem Augenwinkel konnte ich sehen, wie sich etwas regte. Also drehte ich mich zur Seite. Erens tiefbraune Augen waren rot angelaufen, als er mich direkt anstarrte. Das Bettlaken, auf dem sein Kopf lag, war tränennass.

„Ich vermisse sie."

Erens Stimme war ein kaum hörbares Flüstern, sie zitterte und er hatte einen gequälten Ausdruck aufgesetzt.

„Sie kann doch nicht einfach weg sein", fuhr er wimmernd fort.

Ich nickte.

„Ich weiß nicht, ob du mich verstehst, aber ich brauch' sie auf irgendeine Weise."

Gedankenverloren blickte ich mich im Raum um. Mein bester Freund erzählte mir von seinen Gefühlen und schien daran zu zerbrechen und ich war nicht zu mehr fähig, als ihm kommentarlos zuzuhören. So ein Freund wollte ich nicht für ihn sein.

„Eren." Ich zog mir die Decke von den Beinen und setzte mich auf die Kante seines Bettes.

„Was kann ich für dich tun?", fragte ich mit lauter und entschlossener Stimme. Dabei bemühte ich mich, gefasst zu klingen, damit er verstand, dass er mit mir reden konnte.

Anstatt mir eine Antwort zu liefern, nickte er mit dem Kopf in die Richtung von Sohel. Dieser schlief seelenruhig.

„Was kann ich…", wollte ich mit einer etwas leiseren Stimme wiederholen, doch schon wieder wies Eren bloß rüber zu Sohel.

„Was kann…", versuchte ich es erneut im Flüsterton, doch auch jetzt schien das Eren zu laut zu sein. Allmählich verlor ich die Nerven. Da wollte ich für meinen Freund da sein und er zog so eine lächerliche Nummer durch.

„Warst du es?" Sein direkter und kalter Blick war stur auf mich gerichtet.

„Was?“ Benommen drehte ich mich zu meinen Freund um.
„Hast du mir sie genommen?“
„Hey, ich bin’s. Tyler.“ Ich kam vorsichtig näher. Erens Mimik war vollkommen ernst. Seine Gesichtszüge waren angespannt und sein Kiefer verkrampft.
„Was denkst du von mir? Ich schwöre dir, ich habe Lia nicht angerührt.“
„Wir haben sie alle umgebracht“, flüsterte Eren gebrochen.
Erens Flüstern war unerträglich.
Er richtete sich auf dem Bett auf. „Wir alle haben auf die Anweisungen in der Gruppe gehört. Wir alle haben sie erwürgt.“
„Was redest du denn da ...Derjenige, der sie da aufgehängt hat, ist der Mörder.“
Erens Blick war ausdruckslos. „Warum gehen wir dann nicht zur Polizei?“
Ich schwieg.
„Siehst du? Wir sind nicht unschuldig“, brachte er verbissen hervor.
Darauf fand ich keine Antwort.
„Und sag schon. Hast du die Nachricht geschrieben? Hast du sie bewusstlos im Schuppen aufgehängt, damit wir sie gemeinsam erhängen? Damit du nicht alleine als Täter dastehst?“ Inzwischen war er deutlich näher zu mir gerückt. Sein Gesicht war nur noch ganz knappe Zentimeter von meinem entfernt und ich musste direkt in seine schmerzerfüllten Augen schauen.
„Eren. Du kennst mich, wahrscheinlich am besten von allen. Alleine schon, dass du mir so etwas zutraust. Deinem besten Freund.“
Damit war, erst einmal, zwischen uns alles gesagt.
Später, am Nachmittag, lief ich die wenigen Schritte im Flur entlang. Als ich in das Wohnzimmer spähte, sah ich, dass es leer war. Eren hatte sich irgendwohin zurückgezogen. Dunja war in ihrem Zimmer und Sohel unter die Dusche gesprungen. Das bedeutete, dass ich allein war und meine Ruhe genießen konnte. Die Stille in der Hütte ließ mich einen freien Kopf bekommen. Sie gab mir Raum zum Nachdenken.

Nachdenken über die schreckliche Situation in die wir hineingeraten waren. Vor meinem inneren Auge lief nochmals ab, was im Schuppen passiert war. Es fühlte sich an wie eine endlose Dauerschleife. Immer wieder spielte sich dasselbe ab und immer wieder endete es mit dem schrecklichen Anblick unserer Freundin. Ich schätze, es wird ewig dauern, bis dieser Anblick gedanklich verblasste, geschweige denn, bis er verschwindet.

Mein vibrierendes Handy auf meinem Schoss ließ mich zusammenzucken und brachte mich wieder zurück in die Realität.

Es überraschte mich, Cedrics Namen auf dem Display aufleuchten zu sehen. Im Hintergrund des aufblinkenden Namens war ein Bild von ihm abgebildet. Er strahlte breit in die Kamera und hatte einen Arm um die Schulter seines Vaters gelegt.

Ohne wirklich nachzudenken, nahm ich seinen Anruf entgegen.

„Hey, Mann." Seine klangvolle und laute Stimme kam mir entgegen und ich drückte mir das Handy unweigerlich etwas näher ans Ohr. Es war seine vertraute Stimme.

„Hey."

„Du klingst ziemlich niedergeschlagen und erschöpft. Schläfst du dort nicht so gut?"

„Das ist es nicht." Ich seufzte tief. „Wie geht es dir?"

„Mir geht es gut, aber ich habe angerufen, um zu sehen, wie es dir geht."

„Ich bin okay, nur ist hier einiges passiert."

„Erzähl schon."

Ich zögerte und wie sehr ich mich auch bemühte, ich schaffte es nicht, ein Wort rauszubringen. Ich fand keine Worte, die diese grausame Tat nur ansatzweise beschreiben konnten.

Deswegen konnte ich auf seine Frage nur mit einem langen Schweigen antworten. Mir blieb nichts anderes übrig.

„Was ist los, Ty?"

„Ich kann es einfach nicht."

Cedric seufzte. „Hör mal, du kannst, was immer du dir auch vornimmst. Du kannst mit mir reden, ich weiß das und du weißt das genauso gut."

Ich dachte intensiv über seine Worte nach und drückte mich noch etwas tiefer in das weiche Sofa. Da war etwas. Etwas, was mich auf eine quälende Art, mit der größten aufbringenden Kraft, daran hinderte es auszusprechen. Ich musste stark genug sein, um dagegen anzukämpfen.

„Ced, ich erzähl dir das nur, weil ich mir bei dir sicher sein kann, dass du keiner Menschenseele etwas weitererzählen wirst. Du musst es schwören, sonst kann ich nicht…"

„Ich schwöre es dir." Seine Stimme klang so vertraut und familiär, dass ich den Wahrheitsgehalt dieser Worte ganz sicher feststellen konnte.

„Wir stecken in Schwierigkeiten, Ced, und ich hab nicht die geringste Ahnung, was wir machen sollen. Wir stecken so tief drin."

„He, einen Augenblick, warte. Erst einmal: Wen meinst du mit *wir*?"

„Sohel, Dunja, Eren und ich. Wir vier."

„Ihr vier?" Cedric klang verwirrt und in mir kamen starke Hemmungen auf, ihm die Wahrheit zu erzählen.

„Ja, wir vier. Mir fehlen die Worte, um dir zu beschreiben, was passiert ist, aber jetzt ist es viel zu spät. Wir kommen hier nicht mehr raus. Wenn wir zurückkommen, müssen wir ihren Eltern erklären, was geschehen ist. Wir werden alle hinter Gittern landen, Schei..."

„Tyler." Cedrics Stimme war forsch und klang inzwischen auch ein wenig aggressiv. „Reiß dich gefälligst zusammen."

Mein Körper fuhr zusammen und mein Handy, das ich fest umschlungen hatte, fiel mir fast aus der Hand. Sein strenger Ton und der pulsierende Druck in seiner Stimme führten dazu, dass ich mein Gerede von einem auf den anderen Moment stoppte.

„Du redest völlig durcheinander, Tyler. So kann ich dich nicht verstehen. Ich verstehe kein einziges Wort, wenn du dich nicht jetzt zusammenreißt und mir erklärst, was bei dir los ist."

„Bei mir ist die Hölle los. Ich halt das nicht länger aus." Wie sehr sehnte ich mich in dem Moment nach meinem Zuhause. Ich wünschte mir meinen verhassten Alltag zurück, denn es fühlte sich so an, als würde ich jede Sekunde, die ich länger in diesem Haus verbrachte, meine Nerven und meine Kontrolle mehr verlieren. Es war ein Gefühl, dass jemand über die Handlungen an diesem Ort bestimmen konnte, und das Gefühl war schrecklich. Es war schrecklich zu wissen, dass Jemand die Fäden zog und dass ich keine Ahnung hatte, wer dafür die Verantwortung trug. Da war ein tiefes Meer an Unwissenheit, das einen immer tiefer in sich hineinzog.

„Tyler, rede mit mir, sonst kann ich dir nicht helfen."

„Ein Mensch ist gestorben."

„Ein Mensch ist gestorben?" Cedric wiederholte meine Worte. Es war wie ein Schlag ins Gesicht, diese Worte noch einmal zuhören, und zwar von jemand anderem. Es war wie ein Beweis. Als wenn mir jemand vor Augen halten wollte, in welchem Schlamassel wir steckten. Seine Stimme klang trocken und ernst, als er die nächsten Worte aussprach: „Was sagst du da?"

„Lia."

„Lia?"

„Das Mädchen. Es war Lia, sie ist ums Leben gekommen."

„Habt ihr die Polizei informiert und verständigt?"

„Nein."

„Wie ist es passiert?"

„Es ging alles so schnell, ich weiß nicht, wie ich es zulassen konnte."

„Tyler." Cedric unterbrach mich schon zum zweiten Mal. „Bitte. So kommen wir nicht weiter, du musst dir einen Ruck geben und dich anstrengen. Schaffst du das?"

„Ja, natürlich." Ich atmete tief durch, schloss meine Augen und der Film spielte sich erneut ab. Es war die Nachricht auf unserem Handy gewesen, die uns in den Schuppen brachte. Es waren die Anweisungen, die auf den ersten Blick harmlos wirkten, die uns dazu angetrieben haben, sie umzubringen. Das alles war ein großes Versehen, es war ein schreckliches Versehen, das jeden Einzelnen von uns nun als Mörder dastehen ließ. Es war ein schrecklicher Tod. Die Schmerzen und die Angst, die sie gespürt haben musste. Das Leid, das bald auch ihren Eltern und ihrer Familie widerfahren würde.

„Tyler, rede mit mir."

„OwensEye, die App deines Onkels."

„Was ist mit der App?" Mit einmal Mal wirkte er völlig überrascht.

„Jemand hatte eine Nachricht geschrieben. Das Ganze würde ein Spiel sein, hatte es geheißen. Eben darum hatte ich die Anforderungen dieser Nachricht nicht ernst genommen. Ich hatte mir gedacht, dass irgendjemand meiner Freunde bloß ein wenig scherzen wollte und etwas Kleines geplant hatte. Auf irgendeine Weise war es auch aufregend."

„Bevor du weitererzählst: Was stand in dieser Nachricht?"

„In der Nachricht ..." Ich schloss wieder meine Augen, um mich intensiver an den Moment erinnern zu können.

„In der Nachricht stand, dass etwas vorbereitet war und die App helfen würde, es durchzuführen. Es wurde erwähnt, dass es sich bei dem Ganzen um ein Spiel handelte.

Als Nächstes wurde der Schuppen erwähnt. Neben unserer Hütte steht ein kleiner Schuppen. Ich hatte angenommen, dass der sowieso von unserem Vermieter geschlossen worden war. In der Nachricht stand noch, dass wir dort etwas vorfinden würden. Die Person erwähnte ein Seil und wenn wir an dem Seil ziehen würden, sollte uns etwas erwarten. Ich sah Erens Blick und er war genauso scharf darauf zu sehen, was uns dort erwartete, wie ich.

Also sind wir beide losgelaufen, gefolgt von den anderen. Wie schon erwähnt, war ich davon ausgegangen, dass es sich bloß um ein kleines Spiel, eher um einen Scherz, handelte. Ich hatte den Ernst dieser Situation zu diesem Zeitpunkt nicht ahnen und begreifen können. Als wir an dem Seil zogen, hätte ich auch niemals damit gerechnet, dass... Sowas erwartet man einfach nicht. Man erwartet nicht, dass ..."

„Bevor du weiterredest ..." Cedrics laute Stimme ertönte von der anderen Seite des Hörers, „Sag mir nicht, dass sie an dem Seil hing. Das Mädchen. Sie hing nicht an dem Seil, sag mir das."

Ich schluckte kräftig. „Das kann ich dir nicht sagen, Ced."

Er suchte nach den richtigen Worten und ich ließ meinen Kopf hängen. Das Telefonat mit Cedric zeigte mir nochmal so richtig, was geschehen ist.

„Sie hing an dem Seil. Im Vorhinein hatte jemand sie wahrscheinlich betäubt und das Seil um ihren Hals befestigt. Indem wir daran zogen, nichtsahnend, sorgten wir also für ihren Tod."

„Das kann nicht wahr sein." Cedric war lauter geworden und er schrie nun fast. „Du kannst mir doch nicht erzählen, dass ihr auf diese Weise ein junges Mädchen ermordet habt."

„Wir wussten nicht, dass ein Mensch an dem Seil befestigt war. Wir hatten doch keine Ahnung, dass wir ihr das Leben nahmen. Ich wusste nichts. Ich hatte nichts damit zu tun, Cedric. Ich habe die Nachricht nicht geschrieben, ich schwöre es dir. Niemals würde ich so eine schreckliche Tat begehen. Ich wurde da reingezogen, aber ich habe die Nachricht nicht geschrieben." Ich spürte, wie sich Tränen in meinen Augen bildeten und wie sich jede Faser meines Körpers zusammenzog.

„Ich glaube dir, Tyler, beruhige dich.", auch Cedrics Stimme schien sich besänftigt zu haben, denn er klang plötzlich sanft und gebändigt.

„Wir können also davon ausgehen, dass die Person, die die Nachricht, die euch zum Schuppen schickte, verfasst hatte, auch die Tat und den Mord an dem Mädchen geplant und vorbereitet hatte. Kannst du dir vorstellen, wer diese Nachricht geschrieben hatte?"

„Ich weiß nicht. Lia selbst konnten wir ausschließen, weil ihr Handy nämlich auf dem Tisch lag, als wir die Nachricht bekommen haben. Übrig bleiben noch Eren, Dunja und Sohel. Aber wieso sollte jemand von den dreien so etwas Grauenvolles tun? Ich kann mir das beim besten Willen nicht vorstellen."

„Also hast du keine Vermutung, wer dahinterstecken könnte?"

„Nein." Ich schluckte wieder heftig und stieß einen lauten Seufzer raus. „Nicht die geringste."

„Ihr könntet die Polizei verständigen und die Spuren und Beweise, die auf euch hinweisen, im Vorhinein, vernichten..." Cedric unterbrach sich selbst: „Nein, vergiss, was ich gesagt habe. Macht das nicht. Die Polizei wird immer Spuren finden, die am Ende auf euch zurückgehen. Das ist zu riskant, verdammt. Tyler, auch wenn du das vielleicht nicht hören willst, aber für dich ist das dort auch gefährlich. Inmitten deiner Freunde ist jemand, der diesen krankhaften Plan geschmiedet hat. Es ist seltsam, dass dir nicht auffällt, wer der Täter ist. Wie auch immer, für dich ist es dort gefährlich. Wer weiß, der Täter könnte nochmal angreifen und du könntest draufgehen. Ich will dich dort nicht lassen. Ich könnte dich abholen."

„Das würde nichts bringen. Ich kann meine Freunde nicht allein mit dem Täter zurücklassen, das wäre hinterhältig. Das kann ich nicht tun. Ich habe keine Angst. Der Täter soll doch vor mich treten und versuchen, mir in die Augen zuschauen. Dann kann ich sehen, wer der Verräter unter uns ist. Um mich musst du dir keine Sorgen machen."

„Natürlich muss ich das." Cedric klang wütend und aufgebracht. „Tyler, versteh doch, ein Psychopath ist inmitten deiner angeblichen Freunde. Du kannst dort niemandem vertrauen. Ich vertraue denen nicht und du solltest das auch nicht tun."

„Cedric, ich hab keine Angst. Ich muss wissen, wer die Schuld für den Mord an Lia trägt. Ich muss es einfach wissen. Wenn ich abhaue, werde ich es nie erfahren."

„Du bist dort nicht sicher. Zu Hause hast du Leute, die für deine Sicherheit sorgen und du kannst die ganze Sache schnell wieder vergessen."

„Ich laufe nicht weg, Cedric."

„Ich hab es versucht. Wenn dort hinterher noch eine Leiche liegt, sag mir nicht, ich hätte dich nicht gewarnt."

„Werde ich nicht."

„Schön."

„Cedric, Lia ist nur gestorben wegen der App. Weil wir sie benutzt haben."

„He, worauf willst du hinaus?"

„Kann es nicht sein, dass deinem Onkel ein Fehler unterlaufen ist? Kann es nicht sein, dass Leute in unserer Gruppe sind, die eigentlich nicht drin sein sollten, und dass eine andere Person die Nachricht verfasst hat? Jemand, der nicht zu meinen Freunden gehört?“

„Hörst du dir selbst überhaupt zu?“ Cedric wurde ziemlich laut und sprach energisch: „Das würde doch überhaupt keinen Sinn ergeben.“

„Der Name des Absenders stand nicht über der Nachricht, die uns zum Schuppen schickte. Was, wenn es niemand von meinen Freunden war?“

„In der Gruppe sind nur du und deine Freunde, Tyler. Du suchst da nach dem Mörder, wo du überhaupt gar nicht suchen solltest.“

Ich spürte, wie in mir Ungeduld hochkam. Ich setzte mich aufrecht auf dem Sofa hin. „Keine Ahnung, Cedric. Ich kenne mich mit dieser App nicht aus, kein bisschen. Es kann sein, dass viel mehr dahintersteckt, als wir glauben. Es ist möglich, dass die App Nachrichten schreibt, dessen Absender keine Mitglieder der Gruppe sind. Es kann vieles möglich sein. Du hast mir diese App deines Onkel wahllos aufgedrängt.“

„Wahllos aufgedrängt?“, wiederholte Cedric meine Worte. „Willst du damit etwa sagen, dass selbst ich für dich als Täter in Frage komme. Das ist lächerlich. Komm schon. Du bist durcheinander nach dem Tod einer Freundin von dir, das ist verständlich, und jetzt redest du kompletten Mist. Du beschuldigst mich, deinen besten Freund.“

„Ich beschuldige dich doch gar nicht“, verteidigte ich mich.

„Natürlich tust du das. Abgesehen davon, dass ich überhaupt kein Motiv hätte, müsstest du doch eigentlich wissen, dass ich zu solch einer Tat gar nicht fähig bin. Was ist eigentlich los mit dir, Ty? Du enttäuscht mich, sehr sogar.“

Es herrschte eine lange Pause und ich fühlte mich echt mies. Es war ein schreckliches Gefühl, meinen Freund zu beschuldigen. Aber ich war so durcheinander, dass ich die Worte, die aus meinem Mund kamen, nicht mehr kontrollieren konnte.

„Es tut mir leid, Ced.“

Kapitel 20

EREN

Lautlos zog ich mich in mein Zimmer zurück.

Dunja, Sohel und Tyler hielten sich im Wohnzimmer auf. Sie spielten belanglose Brettspiele und taten so, als würde die Welt in Ordnung sein. Dabei machten sie sich selbst nur etwas vor. Ich konnte mich nicht zu ihnen setzen.

Schließlich lag der leblose Körper meiner Freundin, mit einem Laken bedeckt, in Dunjas Zimmer.

Ich konnte nicht alles in mich reinfressen. Ich konnte ihren Tod einfach nicht verarbeiten. Egal, was ich tat. Rücklings ließ ich mich auf mein Bett fallen. Den Raum um mich herum konnte ich kaum wahrnehmen. Die blasse Deckenwand war fast genauso leer wie mein verkrampfter Magen.

Das Vibrieren meines Handys ließ mich zusammenfahren.

Mein Dad rief mich an.

Seitdem ich das Haus verlassen hatte, hatten sich meine Eltern nicht einmal bei mir gemeldet. Aber anders war das gar nicht zu erwarten gewesen. Mein Leben lang war ich derjenige gewesen, der meine Eltern daran erinnern musste, dass sie einen Sohn hatten. Jahrelang hatte ich mir die unzähligen Vorwürfe anhören müssen, die meine Mutter meinem Vater an den Kopf geworfen hatte. Und wie sie ihre mentalen Probleme und ihre unkontrollierte Wut an mir ausgelassen hatte!

Der Gedanke, dass Lia nie davon erfahren hatte, führte dazu, dass sich alles in mir verkrampfte. Wie oft hatte ich sie angelogen, als sie meine Wunden sah und Verdacht schöpfte? Wie oft hatte ich ein falsches Gesicht aufgesetzt, nur damit Lia nicht die verletzte und schwache Seite ihres Freundes zu sehen bekam?

„Hallo Eren!“

Oh, ich hatte gar nicht bemerkt, dass ich den eingehenden Anruf meines Vaters schon entgegengenommen hatte.

„Dad?", fragte ich vorsichtig.

„Eren, mein Sohn. Wie geht es dir?" Es fühlte sich unfassbar fremd an, seine Stimme wieder so nah zu hören. Aber es wärmte mein Herz.

Mein Vater war schon immer ein sehr aufrichtiger Mann gewesen. Leider hatte meine Mutter das nie einsehen können.

„Mach dir um mich keine Sorgen. Wie geht es dir?"

Es blieb still am anderen Ende der Leitung.

„Dad…?"

Es war ein lautes Rauschen zu hören und es dauerte ein wenig, bis ich eine Antwort zu hören bekam.

Aber nicht diese Art von Antwort, die ich erwartet hatte, denn nun ertönte die kratzend hohe Stimme meiner Mutter.

„Eren, bist du es?"

Ein ungutes Gefühl machte sich in mir breit. „Mom?"

„Wo bist du?" Ihre Stimme war kratzig und unangenehm im Ohr.

„Ich hab es dir doch erzählt, mit Ty, Sohel und Dun auf einem kleinen Trip."

„Wer hat dir das erlaubt?"

„Du."

„Ich?"

„Ja." Abgesehen davon, dass ich ihre Einwilligung gar nicht brauchte.

„Ohh." Sie lachte laut. „Na ja, ist jetzt sowieso nicht mehr der Rede wert. Sorg dafür, dass du morgen wieder zu Hause bist."

Ich schüttelte hektisch den Kopf. „Ich kann bis morgen nicht zurück sein."

Im Hintergrund hörte ich das laute und erschöpfte Seufzen meines Dads und meine Mutter lachte erneut. Ihre Stimme klang schrill, als sie die nächsten Worte aussprach.

„Mama bekommt ein Baby."

„Was?" Alle Farbe wich aus meinem Gesicht und Entsetzen machte sich in mir breit. „Meinst du das gerade ernst?"

Noch immer konnte Mom sich vor Lachen nicht halten. „Todernst. Wenn du nicht für Mama da bist, werde ich wohl jemand anderen brauchen, der deinen Job übernehmen wird."

Mein Herz machte einen Sprung. Meine Kindheit war nicht mehr als eine große Qual gewesen. Jetzt überschritt sie eine Grenze. Ich konnte nicht zulassen, dass ihr zweites Kind dasselbe durchstand wie ich.

Mit einem lauten Seufzen griff ich in meine kurzen Haare und versuchte, Ruhe zu bewahren.

„Mom." Ich starrte an die Decke und versuchte, die aufkommenden Tränen zu unterdrücken. Ich hatte genug Zeit mit Heulen verschwendet. „Mom, du..." Ich suchte nach den richtigen Worten und marschierte quer durchs Zimmer. „Wie weit..." Ich brach ab. „Wie weit bist du?"

„Wenn du nach Hause kommst, wirst du es erfahren." Mit diesen Worten legte sie auf.

Wutschäumend suchte ich Vaters Nummer raus. Für mich war das Gespräch noch lange nicht beendet.

Als wäre es nicht schon genug, kamen nun auch noch Sohel und Tyler ins Zimmer spaziert. Mein Kopf drohte zu explodieren.

„Hey, Bro" Tyler schaute so, als ob er mich bemitleiden wollte.

„Könnt ihr raus, Jungs?" Ungeduldig schaute ich auf mein Handydisplay und trommelte angespannt mit den Fingern auf diesem herum.

Die beiden wechselten einen kurzen Blick.

„Dunja räumt gerade das Spielbrett ab", fing Sohel vorsichtig an, seine grünen Augen blitzten gefährlich. „Tyler und ich wollten uns gerade auf die Suche nach einem freien Platz machen und ein bisschen kicken. Wir haben ja einen Fußball dabei, erinnerst du dich?"

Genau! Jetzt war ich anscheinend noch dement geworden. Was würde noch dazukommen?

Während ich die Gesichter der zwei vor mir genau betrachtete, nickte ich langsam.

„Willst du mit?", fragte Tyler mit aller Vorsicht.

Ich schüttelte den Kopf. „Geht ihr ruhig draußen spielen und tut so, als ob wir Lia nicht auf dem Gewissen hätten. Als ob hier kein Mörder zwischen uns rumläuft. Ein Mörder, der auf freiem Fuß ist. Ich mach da nicht mit. Sorry, Jungs."

Mit diesen Worten drehte ich mich um und zog die Badezimmertür hinter mir zu. Erleichtert, Raum für mich zu haben, ließ ich mich auf dem geschlossenen Klodeckel nieder.

Einen Rückruf konnte ich vergessen. Das waren wahrscheinlich die letzten Worte gewesen, die meine Eltern mit mir wechseln wollten, bis ich zurück sein würde.

Das Badezimmer in dem ich mich befand, war außerordentlich klein. Es bestand bloß aus einem verkalkten Waschbecken, links von mir, mit einem Schrank darunter und einer länglichen Dusche rechts von mir, die eine Trennwand aus blindem Glas besaß.

Mein Blick war auf die niedrige Tür mir gegenüber gerichtet.

Als ich tief ein- und ausatmete, stieg mir ein vertrauter Geruch in die Nase. Ein Vanillearoma mit einer blumigen Note. So hatte sie gerochen. Lia hatte diesen Duft jederzeit mit sich getragen.

Es fühlte sich so an, als wäre ich in ihren Armen.

Dieses Gefühl, ihre Nähe fehlten mir so sehr.

Ich presste fest die Augen zu. Intensiv dachte ich nach. Selbst jetzt schossen mir tausend Dinge durch den Kopf.

Jede Erinnerung, jede Berührung, jedes Gespräch. Alles versuchte ich zu verinnerlichen und fest zu greifen.

Denn ich war bereit, alles zu geben, um diese Erinnerungen nicht zu verlieren. Ich wollte sie behalten, denn sie hatten mich so verdammt glücklich gemacht.

Als ich meine Augen öffnete, strahlte sie mich an. Sie stand mir gegenüber. Mit diesem besonderen Lächeln auf ihren Lippen schaute sie mir fest in die Augen.

Mir kamen beinahe die Tränen. Dabei schaute sie mich doch bloß an.

„Lia." Ich wollte nach ihr greifen, aber sie hob ihre Hand und ich ließ meine Arme wirr wieder fallen.

„Hallo, Eren", sagte sie zart. Der Klang ihrer Stimme war so schön und so harmonisch.

Glückshormone durchströmten mich, denn der Blick ihrer Augen verführte mich. Ihre Wangen waren rosa angelaufen und sahen so unglaublich weich aus. So zart. So wunderschön. Wie sehr wollte ich sie wieder bei mir haben. Sie wieder sehen, sie wieder sprechen und sie wieder fühlen.

„Ich weiß, ich bilde mich dich nur ein", brachte ich stolpernd hervor.

Sie lächelte mich zaghaft an.

„Du kannst gar nicht hier sein." Ich konnte meinen Blick nicht von ihr lösen. Ihr Anblick machte mich nicht satt.

„Du bist nicht wirklich hier", flüsterte ich fassungslos.

„Nein, Eren." Ihre Augen glänzten. So wie der Mond. Was für ein schöner Anblick. „Wenn ich hier bin, solltest du die Zeit nicht mit solchen Gedanken verschwenden, okay?" Lia war so verführerisch, dass ich kaum klar denken konnte.

Eine Weile schaute ich sie nur an, ohne dass ich genug davon bekam.

Sie strich sich über ihr seidenweißes Kleid. „Erzähl mir was, Eren."

„Also", ich rieb die Hände aneinander und dachte intensiv nach, „okay, schnall dich gut an. Meine Mom ist schwanger."

„Wirklich?" Lia lachte und das zauberhafte Lächeln verschwand dabei nicht aus ihrem Gesicht.

„Mmh." Ich nickte heftig, während ich mir die Information selbst noch einmal durch den Kopf gehen ließ.

Als ich den Kopf hob, sah Lia mich nur lächelnd an.

Eine kurze Verblüffung durchfuhr meinen Körper. Ich hatte mit einer etwas längeren Antwort gerechnet, aber da kam nichts. Vielleicht ein wenig mehr als nur ein kurzer Ausdruck. Sie war stumm, aber ihr Gesichtsausdruck blieb derselbe.

Eine Weile sagte keiner etwas. Aus Erleichterung, sie endlich wiederzusehen, erhob ich mich und machte einen Schritt auf sie zu.

Für einen kurzen Augenblick verschwand der dauerhafte lächelnde Ausdruck auf ihrem Gesicht, sie hatte nun eine erschrockene und erstarrte Miene aufgesetzt.

Als ich jedoch stehen blieb, setzte sie wieder das Lächeln auf. Wie auf Knopfdruck. Fast schon seltsam.

„Eren.“ Mit glänzenden Augen schaute sie mir tief in die meinen.

Sie brachte mein Herz zum Glühen, meine Beine wurden weich und ich ließ mich wieder auf den Deckel nieder.

„Erzähl mir was, Eren“, wiederholte sie monoton.

Ich dachte fest nach, es brannte mir auf der Zunge. Ohne Worte zog ich mir das T-Shirt bis über die Brust hoch. So, dass die Narben und fast verheilten Wunden zum Vorschein kamen, die mit so vielen unschönen Erinnerungen verbunden waren.

Liana lachte laut. „Du hast noch besser trainiert, Eren.“

Verwirrt zog ich die Augenbrauen hoch. „Nein, guck hier.“ Ich drehte ihr meinen Rücken zu. Dort hatte Mom etwas härter zugeschlagen, was nicht zu übersehen war.

Es kostete mich viel Mut, mich ihr so zu offenbaren. Ich schämte mich dafür, dass es so eine Seite von mir gab. So eine wehrlose, zerbrechliche und schwache Seite, die ich immer mühevoll zu verschweigen versucht hatte. Sie hatte nie das Gesamtbild meiner Wunden gesehen.

Noch immer lächelte Liana. Ihr Blick war überraschenderweise gar nicht auf meine Narben gerichtet, sondern viel eher auf mein Gesicht. Wieso schenkte sie ihnen denn keinerlei Beachtung? Das passte gar nicht zu ihr.

„Warum lächelst du?“

Ihr Lächeln verschwand nicht. Unschuldig und ruhig strahlte sie mich an. Ich runzelte die Stirn, denn das ständige Belächeln war unpassend. Mit festen Schritten stand ich auf.

Ich beobachtete argwöhnisch, wie Lias Mundwinkel immer mehr in die Höhe schossen. Das flößte mir Angst ein. Es passte nicht zur Situation. Nicht dazu, dass ich ihr mein größtes Geheimnis verraten hatte.

Ein Gefühl überkam mich, das mich alarmieren wollte, das mir sagen wollte, dass etwas hier gewaltig nicht stimmte.

„Du bist eine Illusion!“ Erst jetzt war mein Kopf wieder dazu fähig, einen klaren Gedanken zu fassen.

„Du bist nicht echt. Ich hab dich mir nur eingebildet.“ Ich sprang auf und ging auf sie zu. Ihr gespenstisches Lächeln wurde noch breiter.

Als ich meine Hand nach ihr ausstreckte, griff ich ins Leere.

Kein Körper. Nur reine Luft. Keine Lia.

Trotz alldem verschwand sie nicht. Lias verschwommenes Gesicht blieb dort, wo es war. Ohne ein Wort zu sagen, stand sie vor mir und hatte die Mundwinkel nach oben gerichtet. Sie lächelte von einem Ohr zum anderem und machte dabei einen sehr selbstgefälligen Eindruck.

Alles in mir verspannte sich, je länger ich in ihr Gesicht blickte.

„Verschwinde!“, brüllte ich aus voller Kehle und ich spürte, wie mein Hals förmlich brannte.

Lia lächelte mich unschuldig an.

„Geh!“, schrie ich und schlug dorthin, wo sie gerade stand. Aber der Schlag ging ins Leere. Sie verschwand nicht, ihr Gesichtsausdruck veränderte sich noch immer nicht.

Mein Puls beschleunigte sich. Ich spürte, wie das Adrenalin durch meine Adern rauschte und das Blut durch meinen Körper schoss.

Panisch huschte mein Blick durch das Bad und mir stach die Glastür der Dusche ins Auge. Eins stand fest: Ich musste Lia aus meinem Kopf kriegen. So riss ich mich zusammen und schlug meinen Kopf gewaltsam gegen die Tür. Einmal. Zweimal. Dreimal. Ich war nicht imstande, aufzuhören. So, als hätte ich die Kontrolle über mich selbst verloren.

Aus dem Augenwinkel beobachtete ich, wie Sohel und Tyler krachend in den Raum gestürmt kamen.

Sie redeten auf mich ein und ich hörte ihre lauten Stimmen, doch ich konnte beim besten Willen nicht verstehen, was sie mir sagten. Sie zogen mich gewaltsam von der Tür weg und warfen mich aus dem Badezimmer.

Als ich aus dem Raum geschleift wurde, streifte mein Blick für einen kurzen Augenblick das Zimmer. Die Stelle, an der Lia eben noch gestanden hatte, war leer. Sie war nie da gewesen.

Kapitel 21

SOHEL

Eren schlug gewaltsam meine Hand weg, als ich ihn am Arm ergriff.

„Was ist los mit dir?" Tyler ließ ihn widerwillig los. Seine Stimme war laut und brutal. Wenige Sekunden darauf kam Dunja in das Zimmer gelaufen. Mein Herz machte einen kleinen Sprung. Mit aufgerissenen Augen schaute sie auf Eren hinab, der auf seinem Bett hockte. Seine Augen waren rot angelaufen und kleine Blutstropfen flossen seine Stirn hinunter. Sein Gesicht war komplett rot angelaufen und sein Blick wutverzerrt auf die Decke gerichtet.

„Jungs." Dunja seufzte laut und schaute uns der Reihe nach an. „Ihr macht mich fertig." Tyler blickte kopfschüttelnd auf Eren hinunter.

„Vielleicht sollten wir ihn erstmal allein lassen...", schlug ich vor, doch Dunja unterbrach mich unhöflich. „Nein, auf keinen Fall. Allein war er schon lange genug. Du siehst ja, was passiert ist." Entschlossen stemmte sie ihre Arme in die Hüfte. „Tyler." Sie schaute ihn unverwandt an. „Sohel." Ihr Blick galt nun mir und ich spürte, wie die Nervosität sich in mir ausbreitete.

„Ihr beiden geht raus. Ball spielen oder was auch immer ihr vorhattet zutun. Ich kümmere mich um Eren hier." Sie wies mit dem Kinn zu Eren, der mittlerweile seinen Kopf in seinen Händen vergraben hatte und entgeistert auf den Boden starrte. Sein Atem klang unkontrolliert.

Ich wechselte einen kurzen Blick mit Tyler. Er nickte mir standhaft zu.

„Viel Erfolg." Ich ging zu der Ecke mit den Koffern und kramte zwischen meiner Kleidung.

Währenddessen ging Tyler auf Eren zu und gab ihm kurz einen Klaps auf die Schulter. Eren fuhr augenblicklich zusammen. „Du wirst schon wieder."

Da entdeckte ich den Fußball inmitten meiner Pullover und warf ihn Tyler zu, der ihn geschickt auffing. Ohne ein weiteres Wort zu verlieren, verließen wir eilig das Zimmer. Ich ließ die Tür hinter mir ins Schloss fallen.

Im Wohnzimmer angekommen, öffnete Tyler unbeirrt den Kühlschrank und warf mir eine kleine gekühlte Wasserflasche zu. Er selbst klemmte sich ebenfalls eine Wasserflasche unter die Arme, während er den Hausschlüssel suchte.

Nachdem wir die Haustür hinter uns geschlossen hatten, gingen wir langsam den steinigen Asphalt entlang. Die Luft war kühl, der eisige Wind brauste mir um die Ohren. Auf der Spitze der Wiese, über die wir nun stampften, hatte sich eine Eisschicht gebildet.

„Schon kalt geworden", stellte Tyler fest und verschränkte die Arme vor der Brust.

„Mmh." Als ich mich umblickte, konnte ich sehen, dass wir uns bloß wenige Meter von dem Schuppen entfernt hatten, in dem so schreckliche Dinge geschehen waren. Ein ungutes Gefühl machte sich in mir breit, als ich an Lia dachte.

Mit eiligen Schritten ging ich weiter und folgte Tyler, der den Fußball während des Gehens in kleinen Abschnitten vor sich herkickte.

„Wohin soll's gehen?", wollte ich wissen und lief neben ihm her.

Tyler guckte sich nachdenklich um. „Wir gehen soweit, bis wir 'ne gute Gegend finden."

Eine Zeit lang hörte man nur noch das Rauschen der Bäume und das Knirschen der Steine unter unseren Sohlen.

„Ty", unterbrach ich das Schweigen. „D…, du warst es nicht, oder?"

„Was meinst du?", entgegnete er, doch sein Blick verriet, dass er genau wusste, wovon ich gerade sprach.

„Lia."

Auf seiner Stirn bildeten sich Falten. „Nein. Anfangs wollte ich unbedingt herausfinden, wer dafür verantwortlich ist, aber mittlerweile weiß ich gar nicht, ob ich überhaupt wissen will, wer sich das alles ausgedacht hat."

Schweigend stimmte ich zu. Dieses Gefühl kam mir verdammt vertraut vor.

„Und du?"

Die Stimmung war angespannt, als Tyler mir die Frage stellte.

„Ich schwöre." Ich hob meine Arme. „Ich hab diese Tat niemals geplant, ich habe sie nicht umgebracht."

Tyler nickte kaum merklich mit dem Kopf. Wir gingen weiter den Weg entlang, als ich abrupt stehen blieb. „Tyler, wenn wir es nicht waren, dann gibt es noch eine Person, die wahrscheinlich in Frage kommt, und diese sitzt gerade mit Eren in einem Raum."

Für einen kurzen Moment erstarrte Tylers Gesichtsausdruck, doch dann entspannten sich seine Gesichtszüge und er schüttelte eifrig den Kopf, „Mach dir nicht so viele Sorgen, Sohel. Klar, kann es Dunja sein, aber es wäre dumm und leichtgläubig, wenn wir Eren ausschließen, nur weil er ihr Freund ist. Vielleicht spielt er die Opferrolle. Können wir nicht wissen. Gleichzeitig können wir nicht rumhocken und nichts machen. Wir müssen lernen, weiterzuleben, Sohel."

„Meinst du?" Unsicher schaute ich zurück. „Eren ist im Moment ziemlich zerbrechlich und somit auch leicht zu manipulieren."

„Kaufen wir ihm die Rolle als zurückgelassener und deprimierter Freund ab, dann sind wir diejenigen, die leicht zu manipulieren sind. Glaub mir." Tyler nahm den Ball in die Hand und zwang mich, weiterzugehen.

„Meinst du, Eren spielt seine Trauer nur?" Widerwillig folgte ich meinem Freund.

„Natürlich ist er traurig und steht unter Schock, aber so geht es uns allen. Ich schätze, er überreagiert ein wenig. Da ist nichts mehr zu machen." Tyler zog vorwurfsvoll die Augenbrauen hoch, als er rückwärts auf ein weitflächiges Feld mit niedrigem Gras zusteuerte, das von einem Stahlzaun umgeben war.

Tyler fuhr fort: „Egal, wie schwer es ihm im Moment fällt, er hatte auch ein glückliches Leben führen können, bevor er Lia kennenlernte. Also sehe ich kein Problem damit, dass er es auch in Zukunft, ohne sie, auf die Reihe bekommen wird." Ich dachte intensiv über seine Worte nach. Wir konnten nicht über Erens Gefühle urteilen. In den letzten vergangenen Stunden hatte ich schon genug Gedanken verschwendet an Lias Ermordung, an uns als unfreiwillige Täter und an die möglichen Folgen. Zumindest fürs Erste hatte ich genug davon und konnte eine Ablenkung gut gebrauchen.

Tyler lief die letzten Schritte bis zum Feld und ließ seine Wasserflasche rücklings neben sich fallen.

Ich tat es ihm gleich.

„Bist du gut?“

„Ich bin besser als gut.“ Tyler hatte ein Grinsen auf den Lippen, während er den Ball in die hinterste Ecke des Feldes warf.

„Was machst du?“

„Das nennt man Aufwärmen.“ Tyler fing an, eine Runde um das Feld zu laufen. Augenblicklich schloss ich mich ihm an. Die kühle Luft schoss mir ins Gesicht, während ich im Kreis lief.

Kapitel 22

DUNJA

So langsam hielt ich es hier nicht mehr aus. Wie Eren da so unschuldig auf seinem Bett hockte, in die Luft starrte und vermutlich nur einen Gedanken im Kopf hatte: Lia. Er dachte an seine verstorbene Freundin und daran, wer für diese Tragödie verantwortlich war. Und ich nahm mir das Recht, mich neben ihn zu setzen und ihn zu trösten. Sowieso verwunderte es mich, warum sich alle so verhielten, als wäre ihr Tod ein Weltuntergang. Es kann schon sein, dass die eine oder andere Träne fließt, aber wegen Lias Verlust so eine große Show abzuziehen, war total überflüssig. Ich meine, irgendwann gehen wir doch alle, habe ich nicht recht? So läuft das ab. Die einen später und die anderen eben ein wenig früher.

„Dun."

Überrascht blickte ich hoch. „Ja", brachte ich holpernd hervor.

„Ich habe nachgedacht. Meinst du, es war vielleicht Selbstmord?"

„Denkst du?"

„Vielleicht hat sie sich selbst das Leben genommen. Angenommen, es war keiner von euch."

Oh Mann, er war so ein Idiot, aber je länger ich darüber nachdachte, desto klarer wurde mir, dass doch alles in Ordnung war, solange er es nicht auf mich abgesehen hatte.

Mir gefiel der Gedanke, dass er die Perspektive wechselte.

„Schau mal, ich weiß es echt nicht." Im Moment war es hilfreich, die Ahnungslose zu spielen. Besser, er glaubte das. Ich kannte mich selbst gut genug, um zu wissen, wie ich meine Fähigkeiten zum Einsatz bringen konnte.

Kurz fuhr er sich durch sein dunkles Haar und schaute mir dann direkt in die Augen.

„Hat sie mit dir vielleicht darüber geredet, ob sie unglücklich war in letzter Zeit? Ihr redet doch sicher über sowas unter euch, oder? Hat sie etwas über mich gesagt?"

Konzentration, Dunja. Immer schön den Augenkontakt halten. Er musste mir alles reibungslos abkaufen.

„Nein, nicht dass ich wüsste. Entschuldige Eren, aber sie hat nichts dergleichen gesagt."

Er machte mich immer nervöser. Abrupt erhob ich mich. Ich war mit meinen Nerven am Ende. Denn je mehr Lügen ich auftischte, desto schwieriger wurde es, den Überblick zu behalten. Verblüfft folgten seine Augen mir und auch er erhob sich.

„Schau mal, Eren, ich möchte kurz frische Luft schnappen gehen, okay? Ist es in Ordnung, wenn ich dich dafür alleine lasse?" Hoffnungsvoll schielte ich zur Tür.

„Ich bin kein kleines Kind mehr. Ich kann schon auf mich selbst achtgeben."

Das war Bestätigung genug und wenige Sekunden später war ich auch schon durch die Tür verschwunden.

Wäre ich eine Sekunde länger da geblieben, wäre mein Kopf wortwörtlich explodiert. Unglaublich, wie stark dieser Junge trauerte.

Augenblicklich ließ ich die Haustür hinter mir ins Schloss fallen und der kalte Wind stieß mir entgegen.

Meine Gedanken steuerten mich durch die Einöde und schließlich über die belebten Straßen und Gassen, die nach einem längeren Spaziergang auftauchten. Letztendlich führten sie mich vor ein bestimmtes Gebäude. Es war die Bar, die dazu beigetragen hatte, dass ich meinen Plan, Liana zu töten, erfolgreich hatte umsetzen können.

Neugierig betrat ich die abgedunkelte Bar und mir stieg direkt der muffige Geruch in die Nase.

Auf den ersten Blick fiel mir auf, dass die Bar deutlich voller gefüllter war als beim letzten Mal. Mehrere Blicke hafteten auf mir, weil es leise läutete, als ich durch die Tür trat. Ein breiter Kerl, mit enganliegender brauner Lederjacke, taumelte gegen mich und machte einen Satz nach hinten. Schleunigst steuerte ich die Bartheke an.

Ehe ich mich versah, saß ich auf den mir so bekannten Hocker und konnte mir das breite Grinsen kaum verkneifen. Ich blickte runter auf meine inneren Handflächen, darin war noch der leichte Abdruck des Seils zu erkennen.

„Hey. Dich kenne ich doch ...“, hörte ich plötzlich eine raue Stimme sagen.

Immer noch ein wenig gefangen in meinen Gedanken, hob ich meinen Kopf und schaute geradewegs in ein mir sehr wohl bekanntes Gesicht. Wie hieß er noch gleich?

„Dunja ist mein Name“, stellte ich mich vor. Meine Stimme senkte sich ein wenig und ich beugte mich vor. „Mir hast du neulich die Tropfen verkauft.“

„Natürlich.“ Sein Blick wanderte unkontrolliert nach links und rechts, bevor er einen Bogen um die Theke machte und sich flüchtig auf den Stuhl neben mir setzte.

„Wren. Du erinnerst dich“, übernahm er das Wort und stützte erschöpft seine Arme ab.

„Ich erinnere mich“, gab ich grinsend zurück.

„Und?“ Ein kleines Lächeln umspielte seine Lippen, bevor er etwas näher heranrückte.

„Was hast du damit angestellt?“ Seine Stimme war plötzlich ganz nah und angenehm.

Vom einen auf den anderen Moment hörte die dröhnende und nervtötende Musik auf und ich konzentrierte mich nur auf ihn. Ehe ich mich zurückhalten konnte, sprach ich es schon aus.

„Ich hab sie in den verdienten Tod geschickt.“ Meine Stimme war nur noch ein Flüstern und es kam mir so vor, als würde sich das Glänzen meiner Augen, in seinen widerspiegeln. „Hast du nicht...“ Seine Augen huschten hektisch hin und her und er machte mit einem Mal unkontrollierte Zuckungen.

„Sag mir nicht, dass es wahr ist.“

Im Nu bekam seine Stimme einen kalten und vorwurfsvollen Unterton und das Braun in seinen Augen wechselte zu einem tiefen Schwarz.

Mit einer Reaktion dieser Art hatte ich nicht gerechnet. Wieso interessierte ihn das überhaupt?

Den Blick fest auf mich gerichtet, stand er auf. „Wieso zur Hölle hast du das gemacht?“

War diese Frage wirklich ernst gemeint? „Was denkst du denn?“

„Schau mal, ich habe dir gesagt, du sollst keine Scheiße damit anstellen und wie verstehst du das?! Du machst einen Menschen kalt.“ Wrens Stimme senkte sich bis zum Ende hin etwas, doch seine Wut war ihm deutlich anzumerken. Ich allerdings sah die beim besten Willen nicht ein.

„Erster Logikfehler: Du sagst mir, dass ich keinen Unsinn bauen soll, während du mir diese Mittel anbietest und anschließend verkaufst. Du merkst es selbst, nicht wahr? Zweiter falscher Denkanstoß...“

Erschrocken stieß ich einen spitzen Schrei aus und brach meinen Satz ab, als er mich brutal am Arm griff und mich rücksichtslos zur Seite schleuderte.

„Was fällt dir ein, das hier so rumzuschreien?“, presste er wütend hervor und der Zorn in seinen Augen machte deutlich, was Worte nicht ausdrücken konnten. Ich hielt unwillkürlich den Atem an.

„Lass mich los“, flüsterte ich und vermied es, in seine Augen zu schauen, um nicht noch mehr Seitenblicke der anderen Gäste, zu ernten. Natürlich gab er nicht nach, doch das ließ ich nicht auf mir sitzen.

„Lass mich los, verdammt!“, brüllte ich Wren ins Gesicht, als sein Handgriff immer fester wurde, sodass er quasi gezwungen war, mich loszulassen, wenn sein Job ihm lieb war.

Das tat er, doch nicht ohne mir noch einmal ganz nahe zu kommen. Ich konnte seinen warmen Atem spüren und seine schwarzen Locken kitzelten an meiner Stirn, doch ich wagte es nicht, mich zu bewegen.

„Wenn du hier noch einmal auftauchst, Gott bewahre dich.“

Augenblicklich kam mir ein unwohles Gefühl hoch und schon im nächsten Augenblick kehrte ich ihn meinen Rücken zu und lief mit raschen Schritten aus der Bar.

Viel zu viele Gedanken begleiteten mich auf dem Rückweg und mir wurde schlecht, wenn ich an die Drohung dachte. Eines war klar: Ich würde nie wieder einen Schritt in diese Bar setzen.

Wren ist vermutlich auch der Grund dafür, weshalb ich dieses Geheimnis um Lia niemals lüften werde, denn Menschen reagieren seltsam auf Dinge, die für mich selbstverständlich sind. Dass Lia umgekommen ist, gehört schlichtweg zu diesen Dingen.

Kapitel 23

SOHEL

Nach einigen kurzen Runden blieben wir atemlos stehen. Ich beugte mich leicht nach vorne und stützte die Arme an meinen Knien ab.

Kurz darauf griff Tyler nach dem Ball und schoss ihn mir gezielt zu. Geschickt nahm ich den Ball an und passte mit derselben Genauigkeit zurück.

Als ein harter und sauberer Schuss folgte, zog ich überrascht die Augenbrauen hoch. „Ich dachte, der Nahkampf liegt dir mehr, aber sag mir nicht, dass du alles kannst, Ty."

Tyler bedankte sich bescheiden. Die nächste Viertelstunde verbrachten wir damit, uns den Ball gegenseitig zuzupassen. Nach einer weiteren fügten wir Laufwege dazu. Als uns beiden dann nach einer Weile der Atem wegblieb, ließen wir uns verschwitzt auf dem Rasen nieder. Ruckartig griffen wir nach unseren Wasserflaschen.

„Wollen wir gleich zurück?"

„Mmh." Tyler schaute sich auf dem weiten Feld um. In seinen Augen blitzte es schlagartig auf.

„Was ist da?", wollte ich wissen und folgte seinem Blick. Ein Mädchen, etwa in unserem Alter, lief auf dem steinigen Weg, einige Meter hinter dem Feld, entlang. Ihr dunkler Teint und die hüftlangen Haare ließen sie ziemlich attraktiv erscheinen. Vor ihr lief ein großer dunkler Dobermann.

Tyler jauchzte auf und lachte ausgiebig. „Sie sieht gut aus. Komm, Sohel, sprich sie schon an."

„Was?" Irritiert runzelte ich die Stirn.

„Was?" Tyler äffte mich nach. „Es kann kein Zufall sein, dass man so eine junge Dame in so einer abgelegenen Gegend findet. Das ist ein Zeichen. Komm, steh schon auf."

„Nein.“ Ich bewegte mich nicht vom Fleck und beschäftigte mich damit, den Deckel der Wasserflasche zuzudrehen. „Sprich du sie an, wenn du willst.“

„Ich soll sie für dich ansprechen?“

„Nein.“

„Für wen dann?“

„Für dich. Wenn du sie interessant findest, dann sprich du sie einfach an.“ Das Gespräch mit Tyler bereitete mir ziemliche Kopfschmerzen.

Für einen kurzen Moment streifte mein Blick das Mädchen. Sie hatte den Blick, auf ihren Hund, gerichtet, der energisch vor ihr herlief.

„Warum willst du sie nicht ansprechen?“ Tyler ließ das Thema nicht fallen und hatte ein schiefes Grinsen aufgesetzt.

„Kein Interesse“, antwortete ich abwehrend und warf die Wasserflasche einige Male in die Luft, um sie jeweils geschickt wieder aufzufangen. Mit der Hoffnung, dass Tyler das Thema endlich fallen ließ, aber er dachte nicht mal daran. „Du traust dich nicht, Sohel“, stellte er fest.

Ich strengte mich an, sein Gerede möglichst zu ignorieren. Somit ging ich nicht auf ihn ein.

„Oh, jetzt weiß ich's.“ Tyler lachte auf. „Du hast Angst vor ihrem Hund. Angst, dass er dich beißen wird, nicht? Fürchtest du dich wirklich?“

Ich spannte meinen Kiefer an, mein Gesicht war wutverzerrt. „Tyler, lass es einfach gut sein, okay? Du findest sie attraktiv, warum stehst du nicht auf und sprichst sie an?“

Tyler ging nicht auf mich ein. „Ich wusste nicht, dass du so wenig Selbstbewusstsein hast. Ich meine, ich sehe das Problem überhaupt nicht. Denkst du, dass du keine Chance bei ihr hast, oder was steht dir im Weg? Ich will ja nichts sagen, aber für einen Jungen siehst du nicht schlecht aus. Verstehe mich nicht falsch, aber wie oft brechen die Mädchen zusammen, wenn sie einen Blick in deine Augen werfen.“ Tyler unterbrach sich selbst. „Ich habe etwas Besseres.“

„Da gibt es schon jemanden", unterbrach ich Tylers Geschwätz. Dabei versuchte ich, den Augenkontakt zu vermeiden.

„Echt, Mann?" Tyler drehte sich zu mir um. Eine gewellte Strähne fiel ihn in die Stirn. „Warum erfahre ich erst jetzt davon? Wer ist es? Kenne ich sie?"

Ich nahm mir ein bisschen Zeit, bevor ich ihren Namen, beschämt, über die Lippen brachte.

„Dunja."

„Dunja." Tyler riss die Augen auf und biss sich in die Faust. „*Unsere* Dunja?"

Ich nickte bloß, während ich hoch in den Himmel schaute. Dort bildeten sich so langsam dunkle Wolken, die bedrohlich wirkten. „Es regnet gleich." Ich sprang auf die Beine und klemmte mir den Fußball und die Wasserflasche unter die Arme. Das Mädchen auf dem Feld war längst vergessen.

Während wir den Weg zurückgingen, löcherte Tyler mich mit unzähligen Fragen.

„Wie lange?"

„Schon ziemlich lange."

„Und weiß sie es?"

Auf diese Frage hatte ich, ehrlich gesagt, keine Antwort, „Keine Ahnung. Vielleicht. Kann sein ... möglicherweise. Weiß nicht..."

„Okay", sagte Tyler langsam. „Was ist mir ihr? Denkst du, dass sie deine Gefühle erwidert?"

Schon wieder hatte ich keine Antwort und zuckte nur mit den Schultern.

Tyler nickte langsam und suchte nach weiteren Fragen, mit denen er mich löchern konnte.

Das Traurige an der ganzen Sache war doch, dass ich selbst vergeblich nach Antworten auf all diese Fragen suchte, doch mir eigentlich eingestehen musste, dass da nicht mehr war auf ihrer Seite.

Obwohl ich so sehr wollte, dass es irgendwas geben würde, dass ich meinem Freund erzählen konnte, war da bloß eine große Lücke. Eine Lücke anstelle von irgendwelchen Dingen, die uns beide verbinden, die Dunja und mir eine Geschichte geben würden.

„Gefühle kann man auch nicht erzwingen", murmelte ich in mein T-Shirt.

Als wäre das nicht genug gewesen, fing es auch noch an, in Strömen zu gießen. Das Tempo unserer Schritte verdoppelte sich daraufhin.

„Du hast recht. Gefühle kann man zwar nicht erzwingen, aber das heißt nicht, dass sie nicht irgendwann eigenständig Gefühle dir gegenüber aufbaut. Gib ihr Zeit, manche brauchen einfach ein wenig mehr Zeit. Vielleicht sollte sie dich erstmal besser kennenlernen und dann wird sie sehen, was für ein guter Junge du bist."

Tyler lachte und ließ sich im Gehen leicht gegen meine Schulter fallen.

Den Rest des Weges zur Hütte liefen wir eilig. Wir waren pitschnass. Trotz der Kapuze tropften meine kurzen Haare unaufhörlich.

Als die Hütte endlich in Sicht kam, blieb ich noch kurz stehen, um Tyler um etwas zu bitten.

„Wegen des letzten Gesprächsthemas: Bitte verliere kein Wort mehr darüber, wenn wir gleich durch diese Tür gehen, okay?"

„Alles gut, Sohel." Tyler schaute mich vertrauenswürdig an, „Dein Geheimnis ist sicher bei mir."

Bevor wir die Tür öffnen konnten, kam ein Mann mittleren Alters lächelnd auf uns zugelaufen. Er kam von der gegenüberliegenden Seite und am Rande der Straße konnte ich einen kleinen grauen Ford erkennen. Der uns bekannte Mann hielt seinen gelben Regenschirm schützend über sich und war trotzdem nass. Der heftige Regenschauer hatte ihn erwischt.

Für einen kurzen Moment wechselte ich einen Blick mit Tyler. Was wollte unser Vermieter hier bei uns?

Eifrig kramte ich den Hausschlüssel hervor und öffnete mit nassen und kalten Händen die Tür. Drinnen angekommen, schoss uns die warme Raumluft entgegen. Mit einem Ruck ließ ich die Haustür hinter uns ins Schloss fallen.

„Michael, Sie sind angekommen." Eren stand auf. Seine sonst tränenerfüllten Augen waren jetzt nur noch leicht angeschwollen und zeigten überraschenderweise keine Tränen.

Auch Dunja stand auf und setzte ein Lächeln auf.

„Was machen Sie denn hier?“ Tyler drehte sich zu unserem Vermieter um, der freundlich in die Runde sah.

„Der junge Herr hier“, sagte er, während er zu Eren hinüberblickte, „hat mich angerufen. Das warme Wasser soll im ganzen Haus nicht mehr funktionieren. Kein großes Problem, das kann öfter mal vorkommen hier in der Gegend. Die Wasserleitungen weisen oftmals kleine Mängel auf. Wenn es passiert, dann kontaktiert mich einfach. Die Hütte ist auch nicht mehr die jüngste.“ Er lachte laut auf. Erschrocken fuhr ich zusammen. Tyler schaute mich mit großen Augen an.

„Wollen Sie ein Glas Wasser?“, fragte ich aus Höflichkeit.

„Nein, danke. Ich mach mich mal gleich an die Arbeit. Zufällig bin ich in diesem Bereich tätig. Sonst müsste die Hausverwaltung es erledigen. Das würde uns ein wenig die Arbeit erschweren.“ Michael schnappte sich seinen Koffer und drehte uns den Rücken zu. Panik kam in mir hoch. Wenn er das Wasser in den Badezimmern testen würde, würde er Lias Leiche im Mädchenzimmer sehr nahe kommen. Denn um in die Bäder zu kommen, musste man erst durch die Schlafzimmer gehen.

Etwas verärgert, warf ich Eren strenge Blicke zu. „Warum musstest du unbedingt unseren Vermieter zu uns einladen? Was, wenn er Lias Zimmer betritt?“, raunte ich ihm zu.

Eren schaute mich mit einem fremden Blick an, den ich so nicht von ihm kannte. „Wenn du mit eiskaltem Wasser duschen willst, bitteschön. Schick ihn nach Hause.“

„Psst“, flüsterte Dunja und schaute sich nach dem Vermieter um. „Wie wäre es, wenn ihr euch etwas leiser streiten würdet?“

Tyler verdrehte theatralisch die Augen. „Das tun die nicht einmal.“

„Was willst du denn jetzt?“, zischte Dunja und warf ihm einen verächtlichen Blick zu. Er schaute mit demselben Ausdruck auf dem Gesicht zurück.

„Okay“, flüsterte ich ruhig und beugte mich ein wenig nach vorne, um die Situation einigermaßen in den Griff zu bekommen.

„Wir müssen nur aufpassen, dass der liebe Michael nicht das Zimmer von Dunja und Lia betritt. Das kriegen wir wohl hin."

Meine Freunde nickten, während wir ihn alle konzentriert beobachteten, wie er im Hauswirtschaftsraum tätig war. Etwa eine halbe Stunde verbrachte der Vermieter in diesem Raum. Das Warten kam mir unendlich lang vor.

Als er rauskam und in unsere Richtung blickte, schauten wir sofort weg. Ich räusperte mich und starrte ungeduldig auf den Glastisch vor meiner Nase.

„Ein deutlicher Fall von Warmwasserausfall. Ich konnte das Problem ohne Komplikationen lösen", verkündete er uns stolz das Ergebnis seiner Arbeit.

„D... Danke." Ich lächelte freundlich. „Da jetzt alles wieder in Ordnung zu sein scheint..." Ich wollte unseren Vermieter zum Gehen bewegen. Doch er winkte bloß ab.

„Um noch einmal ganz sicher zu sein, werde ich die Waschbecken sicherheitshalber einmal testen." Michael drehte sich um und machte sich auf den Weg in die Küche.

Mit hochgezogenen Augenbrauen warf ich meinen Freunden einen vielsagenden Blick zu.

„D...Das ist nicht nötig", versuchte es Tyler fröhlich und setzte ein falsches Lachen auf.

Doch Michael ging darauf nicht ein, sondern öffnete den ersten Wasserhahn in der Küche. Dann drehte er an der Armatur. Augenblicklich wurde das kalte Wasser immer wärmer, bis letztendlich heißes Wasser herausströmte.

„Klappt!" Ich klatschte laut in die Hände. „Dankeschön. Tolle Arbeit, wirklich. Beneidenswert."

Michael lächelte stolz. „Dann schauen wir mal weiter." Ein wenig übermotiviert lief er den Flur entlang. Mit großen Augen schaute ich Tyler an, der dem Vermieter verzweifelt folgte. Für einen kurzen Augenblick streifte mein Blick das Wohnzimmer. Dunja hatte es sich auf dem Sofa gemütlich gemacht. Eren saß neben ihr, die Augen fest geschlossen.

Kopfschüttelnd wandte ich den Blick von den beiden ab und

folgte dem Vermieter, der die Zimmer und somit auch die dazugehörenden Badezimmer testen wollte. Schließlich war er auch in unserem Jungenzimmer angekommen, in dessen Bad das heiße Wasser mühelos zu funktionieren schien.

Letztendlich machte er Anstalten, das Mädchenzimmer zu betreten. In Sekunden würde er Lias Leiche sehen, die auf dem Bett lag und nur mit einem leichten Laken bedeckt war. Nachdem wir sie in dem Zimmer abgelegt und die Tür hinter uns zugemacht hatten, hatten wir das Zimmer nicht mehr betreten.

Mein Herz schlug schneller und meine Stimme verriet Panik, als ich es ein letztes Mal versuchte: „Anscheinend ist das warme Wasser überall wieder da." Ich lachte nervös auf und sprach absichtlich laut und klar.

Ohne Hemmungen öffnete der Vermieter das Zimmer und trat hinein. Ich warf einen Blick auf Lias Bett.

Vorerst bemerkte Michael nichts, sondern ging schnurstracks zum Badezimmer, um das warme Wasser zu testen. Erleichtert klatschten Tyler und ich uns ab.

Nickend wollte Michael das Zimmer verlassen, als sein Blick an Lias Bett hängenblieb. Mein Herz setzte aus. Wie in Zeitlupe schaute Michael zu uns hoch. Sein Blick verriet mir, dass er spürte, dass da irgendwas faul war. Ich spürte förmlich das Unbehagen in seinem Gesicht. Ich nahm die Spannung wahr, die in der Luft hing. Er wusste es. Wir alle waren geliefert.

„Zieht die Decke ein bisschen runter. Die Person erstickt sonst noch." Mit diesen Worten verließ er den Raum. Eine sehr große Last fiel mir von den Schultern, als ich diese Worte zu Ohren bekam. „J…, ja, wird gemacht", rief Tyler noch hinterher.

Als wir im Wohnzimmer angekommen waren, standen auch Eren und Dunja von dem Sofa auf und wir stellten uns alle nebeneinander vor die Tür, um den Vermieter zu verabschieden.

„Danke für Ihre Hilfe", bedankte Eren sich aufrichtig.

„Aber gerne. Braucht ihr nochmal Hilfe, wisst ihr sicherlich, wie ihr mich erreichen könnt. Schönen Tag noch." Er öffnete seinen Regenschirm und tritt freundlich aus dem Haus.

Mit einem erleichterten Seufzen ließ ich mich auf den Boden fallen.

Auch Tyler seufzte laut. „ Das war eben die reinste Katastrophe. Ein Glück, dass nochmal alles gutgegangen ist."

Ich stimmte ihm zu.

„Aber warum hat er den Leichengeruch nicht wahrgenommen?" Tyler blickte irritiert in die Runde.

„Ich denke, das liegt daran, dass man einen Verstorbenen bis zu etwa dreißig Stunden zu Hause behalten kann und es kommt nicht immer zu einem Leichengeruch. Außerdem hängt es von verschiedenen Faktoren ab, wann die Gase eines Leichnams, also der Leichengeruch, austritt. Wir hatten Glück, würde ich sagen."

„Das kannst du laut sagen." Tyler klopfte mir fest auf die Schulter. „Das war echt knapp."

Ich nickte zustimmend, als mein Blick auf die anderen beiden fiel.

Eren und Dunja waren still geblieben, die ganze Zeit über. Als ich genauer hinsah, sah ich etwas, dass mein Herz in tausende Stücke zerriss.

Eren hatte den Arm um Dunja gelegt. Die Geste schien so vertraut und so nah.

Sagen wir's mal so: Es war wie ein Schlag ins Gesicht. Worte reichten nicht, um diese Demütigung zu beschreiben. Sie stand mir sicher ins Gesicht geschrieben.

Kapitel 24

TYLER

Nach der Szene mit dem Vermieter war ich ziemlich hinüber. Das Pochen meiner Kopfschmerzen, war wie ein Schussgewehr, das nicht aufhören wollte, Schüsse abzugeben. Ich war müde und erschöpft.

Ich schlich mühsam in die offene Küche und machte mir einen Kaffee. Mit den Fingerspitzen strich ich über das blanke, rote Metall der Kaffeemaschine. Ich erinnerte mich noch gut daran, welche Begeisterung Lia im Gesicht geschrieben stand, als sie uns mitteilte ihre Kaffeemaschine von Zuhause hierhin mitzunehmen. Dabei hatte sie kein einziges Mal von dem Kaffee trinken können. Wie tragisch. Während die Kaffeemaschine brummende Geräusche von sich gab, dachte ich über Lia nach und über all das, was uns irgendwie verband. Lia und ich hatten uns kaum geähnelt. In meinen Augen war sie immer zu vorsichtig gewesen, in fast jeder Hinsicht.

Ich kann mich noch gut daran erinnern, an den Tag, als wir gemeinsam mit dem Wagen von Erens Eltern gefahren waren. Eren hatte damals für seinen Führerschein geübt und ich brannte darauf, dass er endlich Autofahren konnte. An dem Tag verstanden Lia und ich uns nicht sonderlich gut. Wir vertraten verschiedene Meinungen, ja, wir waren uns im Allgemeinen sehr uneinig. Zu dem Zeitpunkt dachte ich, dass sie uns den Spaß nahm, aber ich hatte nicht gesehen, dass sie sich eigentlich sorgte. Sie sorgte sich um Eren, so wie sie es schon immer getan hatte.

Eren war nicht mehr der, der er vor Lias Tod gewesen war. Ich verlor aber nicht die Hoffnung, dass wir ihn würden retten können. Es war, als wäre er mit Lia in ein Feuer gestürzt. Lia war umgekommen, aber ihn konnte man noch rausziehen aus den Flammen und dem Rauch, den vielen negativen Gedanken in seinem Kopf.

Es würde aber dauern und Kraft benötigen, ihn da raus zu ziehen. Kraft, die selbst ich nicht mehr hatte.

Erst jetzt bemerkte ich, dass mein Kaffee bereits fertig war. Ich nahm die heiße Tasse und ließ mich auf das Sofa fallen. Die Stimmung in der Hütte war sehr negativ aufgeladen. Wir redeten kaum noch miteinander und mir fehlten die Scherze und das Lachen, das uns vor Kurzem noch so leichtgefallen war und förmlich umfallen hat.

Gähnend griff ich nach der Fernbedienung und schaltete den Fenster an. Es lief eine Sendung. Zwei junge Frauen stritten sich heftig miteinander und warfen sich zahlreiche Dinge an den Kopf. Viele Namen wurden in den Raum geworfen und ich versuchte, hinter die Geschichte zu blicken, die nicht sonderlich schlüssig war. Sie stritten um einen Jungen, den sie auf dem Flohmarkt kennengelernt hatten. Außerdem beschuldigte die eine Frau die andere, ihre Halskette gestohlen zu haben, die sie geerbt hatte.

Die Sendung war ein absolutes Drama, aber in dem Moment beruhigte sie mich. Sie zeigte mir das mal zu reale Leben. Die Stimmung war aufgebracht und es gab mir ein Gefühl. Ich war nicht einsam.

Ich schlürfte den Kaffee und war das erste Mal seit Langem wieder beruhigt. Denn für diese Minuten war es nicht mein Leben, das mich belastete. Für diese Minuten konnte ich einmal den Stress vergessen, der mich sonst plagte. Ich konnte mich auf ein anderes Leben konzentrieren. Das Leben dieser Mädchen in der Sendung zum Beispiel. Aber für diesen Augenblick konnte ich wirklich runterkommen. Wie auch immer es im Leben kommt, ist ein Moment nicht für die Ewigkeit und wie sehr man es sich manchmal wünscht, die Zeit kann man nicht anhalten. So war es auch in diesem Fall.

„Jungs!“, ertönte die Stimme von Dunja aus einem anderen Raum. „Kommt her, sofort.“ Sie klang zittrig und nervös.

Ich warf meinen Kopf in den Nacken und griff augenblicklich nach der Fernbedienung, um den Ton leiser zu stellen.

Mühsam stand ich auf und lief zum Flur. Ich sah Dunjas Rücken an einer Tür. Als ich näher kam, bemerkte ich, dass sie vor dem dritten Schlafzimmer, in dem sie seit dem Tod von Lia schlief, stand. Sohel und Eren standen links und rechts neben ihr und beugten sich gemeinsam über einen Zettel.

„Was ist das?“ Ich kam näher.

„Ein Abschiedsbrief von Lia.“ Dunja schaute mich direkt an.

„Was sagst du da?“ Ich stolperte unweigerlich nach hinten und schaute sie mit weit aufgerissenen Augen an.

„Ob Lia den Abschiedsbrief geschrieben hat, können wir noch nicht klar sagen“, stellte Sohel mit ruhiger Stimme fest. Mein Blick fiel auf Eren, der den Kopf gesenkt hatte und den Brief in seiner Hand las.

„Wo lag dieser Brief? Warum sehen wir den erst jetzt?“

„In dem Abstellraum.“ Dunja nickte zu einem kleinen Zimmer, in dem ich noch nie gewesen war. „Ich wollte staubsaugen und da hab ich ihn gesehen. Der Zettel lag zusammengefaltet auf einem Regal. Dann habe ich natürlich sofort euch drei gerufen.“

Ich blickte in ihre dunklen Augen, dann sah ich zu Eren, der den Brief fest umklammert hielt und noch immer nicht aufsah.

„Eren“, flüsterte ich vorsichtig, „reichst du mir mal den Zettel?“

Er sah hoch und schaute mich lange an. Sein Blick war gequält und frustriert.

Er reichte mir den weißen Zettel und ich las leise, was geschrieben war:

Liebe Freunde,

lange habe ich nachgedacht, wie ich diesen Brief anfangen soll. Würde ich eine Schauspielerin in einem Film sein, würde man mich an meinem Schreibtisch sitzen sehen. Neben mir ein Mülleimer, gefüllt mit zerknülltem Papier, die letztendlich alle gescheiterte Versuche wären, diesen Brief anzufangen!

Ähnlich erging es mir.

Es gibt viele Gedanken, aber alle auf Papier zu bekommen, das ist nicht möglich. Es geht einfach nicht. Ich weiß, wenn ihr das lest, dann werden viele Fragen durch euren Kopf gehen. Ich kann mir sogar vorstellen, dass ihr angefangen habt, euch gegenseitig zu beschuldigen– zumindest gedanklich –, aber ich muss euch sagen, dass ich diejenige war, die dem ein Ende setzten musste.

Wenn man sich das Leben nimmt, denkt man sicherlich auch an die Menschen, die einem nahe sind. Ihr habt es bestimmt gehört, dass man sagt, wenn jemand sich das Leben nimmt, reißt er die ganze Familie mit sich in den Tod. Naja, ihr wart eine Art Familie für mich. Leider hat diese Bindung nicht gereicht, sie war nicht stark genug, wie ihr seht. Sonst würde ich nicht hier sitzen und diesen Brief für euch verfassen.

Im Hintergrund höre ich gerade euch drei. Eren, du fragst gerade, wo ich bin, und Tyler, du sagst ihm, dass ich unter der Dusche bin. Denn das habe ich dir doch vorhin erzählt. Tja, ich dusche nicht, sondern schreibe diesen Brief für euch. Ich will euch allen sagen, dass ich diese Entscheidung für mich getroffen habe. Sagt meinen Eltern, dass ich sie liebe. Manchmal wird einfach alles zu viel. Alles wächst einem über den Kopf. Das ganze Leben lastet auf einem wie ein tonnenschwerer Stein. Es gibt keinen Ausweg für mich. Ich will mich verabschieden, damit ihr Ruhe finden könnt. Danke, dass ihr mir zugehört habt. Das wird das letzte Mal sein, dass ihr von mir hört. Tragisch, aber wahr. Es tut mir leid, aber es musste so kommen.

PS: Eren, mach dir nicht zu viele Sorgen.

Ich drehte den Zettel um, aber die Rückseite war leer. Gemischte Gefühle gingen mir durch den Kopf. Auf der einen Seite war es der

Schock, den ich zu verarbeiten versuchte, auf der anderen Seite war es die Verwirrung, die mit jedem Satz des Briefes größer geworden war.

„Nein." Eren riss mir den Zettel aus der Hand und hielt ihn in die Luft. „Das hier, das hat Lia nicht geschrieben. Das macht keinen Sinn."

„Ich bin einfach nur verwirrt", gab ich zu.

„Okay, fassen wir zusammen." Sohel erhob die Stimme. „Dunja hat diesen Brief im Abstellraum gefunden. Es handelt sich anscheinend, wir können es nicht sicher sagen, um einen Abschiedsbrief von Lia. Das heißt, sie hat sich selbst das Leben genommen. Da stellt sich die Frage, warum sollte Lia Suizid begehen?"

„Ja, genau", unterbrach Eren ihn, „Lia würde so etwas niemals tun. Ich kenne sie, besser als ihr alle zusammen. Sie würde so etwas auch niemals schreiben. Das ist eine Falle. Ganz sicher. Lia und ich wir waren auf dem Dach dieser Hütte und sie hat mir erzählt, was sie machen wird, wenn wir wieder zu Hause sein würden. Sie hat von Weihnachten mit mir gesprochen. Das ist ein verzweifelter Versuch. Jemand versucht, den Verdacht von sich abzulenken."

„Was erzählst du uns da?", unterbrach Dunja ihn, „du bist völlig durcheinander. Das sind wir alle, aber wir müssen das realistisch sehen. Dieser Abschiedsbrief ist ziemlich einleuchtend."

„Einleuchtend ist ziemlich weit hergeholt", unterbrach Sohel Dunja leise.

Kopfschüttelnd betrachtete ich die Szene und griff mir in die Haare.

„Warum findet man den Brief erst jetzt?" Erens Stimme war laut geworden „Wenn sie wollte, dass wir diesen Brief sehen, dann hätte sie ihn nicht so versteckt."

„So versteckt war der gar nicht", wandte Dunja ein. „Sie hat sich bestimmt gedacht, dass früher oder später jemand diesen Raum betreten und den Brief dort auffinden wird."

„Wir kennen doch Lias Handschrift", versuchte Eren es weiter, „Das passt überhaupt nicht überein."

„Ich finde schon", gab Dunja zurück, „in meinen Augen sieht es aus wie Lias Handschrift."

„Es könnte hinkommen, aber wirklich identisch mit ihrer Handschrift ist die nicht", wandte auch Sohel ein.

„Ihr Motiv?" Eren starrte Dunja mit aufgerissenen Augen an. „Du hast doch immer eine Antwort parat. Warum sollte sie sich selbst das Leben nehmen?"

„Auch wenn du einen Menschen kennst, wirst du ihn niemals wirklich kennen. Jeder Mensch hat Geheimnisse."

„Wir versuchen uns doch gerade auf Lia zu konzentrieren", unterbrach ich Dunja. „Warum verallgemeinerst du das Ganze?"

„Na schön", sie hob die Arme, „wir kannten Lia zwar, aber nicht ihre Gedanken. Sie könnte jeden Grund gehabt haben."

„Das ergibt doch keinen Sinn", regte Eren sich auf. „Ich sehe diesen Brief, ich lese ihn und ich weiß, dass diese Worte niemals von Lia kommen können. Sie würde niemals so etwas schreiben, das ist gar nicht ihre Art. Auch der letzte Satz... Das ist alles so gefühllos. Ihr könnt mir doch nicht erzählen, dass Lia so etwas schreiben würde. Wir kennen sie alle. Das ist eine Falle und wir laufen gerade hinein."

„Das Handy", fiel es mir plötzlich ein.

„Was meinst du?"

„Das Handy." Ich griff an meinen Kopf. „Als wir sie im Schuppen fanden, hatte sie ihr Handy im Wohnzimmer. Sie konnte diese Nachricht, die uns zum Schuppen brachte, gar nicht verfasst haben. Weil sie nicht im Besitz ihres Handys war."

„Genau, das ist ein klares Indiz dafür, dass sie sich nicht selbst das Leben genommen hat. Und das zeigt auch, dass der Abschiedsbrief eine reine Fälschung ist." Sohel nickte mir zu.

„Warum seht ihr es nie?" Dunja seufzte tief.

„Was meinst du?" Ich schaute sie direkt an.

„Die Möglichkeiten. Lia könnte sich mit einem von uns abgesprochen haben. Sie könnte einem von uns den ganzen Suizidplan anvertraut haben. Der könnte ihr Komplize gewesen sein und die Nachricht geschrieben haben, die uns zum Schuppen lockte."

„Aber …“ Ich schaute Dunja fassungslos an. „Aber ich kann mir nicht vorstellen, dass jemand ihr Komplize gewesen ist. Ich meine, wer hilft jemandem, der dabei ist, seinen eigenen Tod zu planen. Das würde keiner hier tun.“

„Wir wissen es nicht.“ Dunja zuckte mit den Schultern.

„Warum hört mir denn keiner zu?“ Eren ließ sich auf den Boden nieder. „Der Brief. Er ist eine reine Fälschung. Eine falsche Fährte. Einzig und allein ein verzweifelter Versuch. Die Person, die für Lias Mord verantwortlich ist, wollte den Verdacht von sich ablenken. Dieser Brief wurde nicht von Lia verfasst, da bin ich mir zu hundert Prozent sicher. Das alles ist eine Falle und wenn wir dem Ganzen Glauben schenken, sind wir noch mehr verloren, als wir es eh schon sind.“

Kapitel 25

EREN

„Es reicht jetzt“, warf Sohel überstürzt ein und nahm den Brief in seinen Besitz.

„Ich kann’s auch nicht mehr hören“, bekräftigte Dunja und gab ein lautes Seufzen von sich. „Wieso begreift ihr nicht einfach, dass das ein offensichtlicher Abschiedsbrief von ihr höchstpersönlich ist?“

„Du fängst wieder damit an“, murmelte ich vor mich hin und versuchte, ruhig zu bleiben. Das Ganze durfte unter keinen Umständen ausarten. Das würde das Fass zum Überlaufen bringen.

Wie es Dunja auch ähnlich sieht, setzte sie sofort zum Gegenspruch an, jedoch kam Sohel ihr zuvor. „Wollen wir es nicht dabei belassen?“

„Das alles nur um eine umstrittene Unklarheit zu haben?“, rief Dunja und riss die Arme in die Luft. Sie richtete ihren durchdringenden Blick auf mich. „Kommst du damit zurecht?“

„Ganz und gar nicht“, presste ich hervor und ballte die Fäuste. „Wir müssen dem doch nachgehen.“

„Um Gottes willen, Eren“, meldete Tyler sich auch mal zu Wort. „Mit welchen Mitteln? Das einzige Verwendbare ist dieser unschlüssige Brief. Wir werden daraus nicht schlau. Wir könnten Tage daran sitzen, aber letzten Endes ist da auch keine geheime Botschaft versteckt oder was auch immer.“

Mühsam rieb er sich die Schläfe und fuhr langsam fort: „Wie bitter das auch klingen mag: Das ist das Letzte, was Liana uns hinterlassen hat. Eine einfache Abschiedsnotiz. Wir sollten sie ehrenvoll gehen lassen. Möge sie in Frieden ruhen.“

Darauf wusste ich nichts zu erwidern. Ich war einfach so unfassbar wütend. Wie groß mein Verlangen danach auch war, ich konnte nichts an dieser fürchterlichen Tatsache ändern, dass sie von uns gegangen war. Einen Verantwortlichen hatte ich nicht gefunden. So lasteten die Unwissenheit und meine eigene Schuld wie eine tonnenschwere Last auf meinen Schultern, die ich überallhin mit mir würde schleppen müssen. Es beschäftigte mich so sehr.

„Okay." Meine Stimme war trocken. „Dann muss es wohl das Richtige sein."

„Was meinst du damit, Eren?", wollte Dunja wissen, aber ich winkte schon ab. „Nicht weiter wichtig."

„Schön." Sohel klatschte in die Hände, räusperte sich verlegen und betrachtete uns nacheinander. „Wie sieht der Plan aus?"

„Der Plan?" Tyler legte den Kopf schief und starrte grüblerisch in die Luft. „Die Hütte ist 'ne ganze Katastrophe. Mein Vorschlag wäre, dass wir alle ein bisschen anpacken und hier ein wenig für Ordnung und nutzbaren Platz sorgen."

„Ich bin raus", platzte ich prompt heraus. Ich hatte natürlich sofort einen Vorwand, um mich aus dieser Situation zu retten. „Stattdessen fahre ich mal lieber eine Runde mit dem Auto in der Gegend herum. Nicht, dass ich das Fahren noch verlerne."

Überrascht zog Sohel die Augenbrauen hoch. „Soweit ich mich erinnere, hast du deinen Führerschein noch nicht abgeschlossen."

„Eine Lüge", warf ich unbeirrt ein und schnappte mir im Vorbeigehen schnell die Schlüssel. „Ich bin weg", rief ich noch über die Schulter und machte grinsend die Tür hinter mir zu.

„Geh mal lieber mit. Nicht, dass er noch etwas anstellt." Ich bekam gerade noch mit, wie Ty diese Worte Sohel zuraunte, der kurz danach den Kopf aus der Tür streckte.

„Moment." Er schlüpfte in seine Straßenschuhe und warf sich die Jacke über, ehe er zu mir eilte.

„Wohin soll's denn gehen?", wollte er interessiert wissen, doch ich musste ihn enttäuschen.

Mit einem Lächeln zuckte ich mit den Schultern und blickte in Sohels fragendes Gesicht.

„Ich weiß auch nicht." Summend öffnete ich die Wagentür und machte es mir auf den Fahrersitz bequem. Kurz darauf hatte Sohel sich auf dem Beifahrersitz niedergelassen.

„Du fährst also einfach drauflos?“ Seitlich spähte er zu mir rüber, während er den Gurt anlegte. Ich machte es ihm nach. „Genau. Es ist eine hilfreiche Methode, den Kopf freizubekommen, wenn es einmal zu viel wird, weißt du?“

Er nickte aufrichtig und hauchte in seine Faust, ehe er die Hände fluchend aneinander rieb. „Puh, es wird auch immer kälter.“

Wie dazu aufgefordert, schaute ich aus dem Fenster und stimmte ihm stumm zu. Die graue Umgebung mit den herunterkommenden und kahlen Bäumen, die flackernden Straßenlaternen und das wie tot wirkende Umfeld sprachen für sich.

Mit einem Ruck zog ich meine dunkelgraue Mütze über meinen Kopf und startete augenblicklich den Motor. Wenige Sekunden darauf rollte ich den klappernden Wagen über den schmalen Parkplatz und düste über die Straßen. Mit beiden Händen umklammerte ich fest das Lenkrad und konzentrierte mich völlig auf die Straße, ehe Sohel ein Gespräch einlenkte.

„Du bist besser geworden“, bemerkte er und nickte dabei anerkennend. „Wirklich.“

„Danke“, gab ich lächelnd zurück. „Inzwischen hab ich’s echt im Griff.“

„Mhm“, entgegnete er knapp. Daraufhin murmelte er etwas Unverständliches vor sich hin und als ich gerade nachhaken wollte, fiel mir wieder etwas ein, wobei ich dachte, dass ich diese kurze Sekundenaufnahme wieder völlig vergessen hätte.

„Sohel, sag mal“, setzte ich an und ich bemerkte aus dem Augenwinkel, wie er sich aufrichtete und mit einem Mal angespannt wirkte.

„Ich meine, mich zu erinnern, dass du letztens abgesetzt wurdest, weil du meintest, dass du noch etwas zu besorgen habest. Noch lange vor dem ganzen Horror-Trip. Wovon hast du denn da genau gesprochen?“

„Ach das.“ Erleichtert atmete er aus und strich sich die Strähnen aus der Stirn. „Mein Bruder hatte, damals ein Theaterstück in seiner Schule aufgeführt und als Lob für seine fabelhafte Leistung versprach ich ihm ’ne Tafel Schokolade.“

„Ach so.“ Ich musste lachen und fasste mir mit einer Hand an die Stirn. „Ich habe das wohl falsch verstanden. Entschuldige.“

„Was hast du denn gedacht?“, entgegnete er lachend und boxte leicht gegen meinen angewinkelten Arm. Auch ich lachte, jedoch ohne meinen Blick von der Straße zu lösen. Unwillkürlich musste ich meinen Arm ausschütteln, ehe ich wieder nach vorne blickte.

Von jetzt auf gleich hatte sich eine angespannte Stimmung in dem kleinen Raum ausgebreitet und ich versuchte, sie mithilfe eines Gespräches zu lösen.

„Und, ehm.“ Mein Blick schoss kurz zu Sohel, der sich gegen die Autotür gelehnt hatte und mich ruhig beobachtete. So war man es von ihm gewohnt. In so vielen Momenten war er derjenige, von dem die Ruhe ausging. Unbegreiflich für mich, wie viel Geduld und innere Ruhe er jederzeit mit sich trug und nach außen ausstrahlte. „Worum ging es in dem Stück?“

„In der Vorführung von Soufian?“ Überrascht zog er die Augenbrauen hoch und nach meinem kurzen Nicken, fuhr er unbeirrt fort. „Ich denke, er sollte eine Art Zauberer darstellen. Es tut eigentlich nichts zur Sache. Er war einfach großartig.“

„Der Kleine ist wirklich talentiert, in vielerlei Hinsicht. Gib gut acht auf ihn“, bestätigte ich sofort und betonte dabei jede einzelne Silbe, um Sohel meine aufrichtige Meinung beizubringen. Es entsprach auch wirklich der Wahrheit.

Er stimmte mir da zwar zu, jedoch bemerkte ich mit einem Mal Unsicherheit und Spuren eines Zögerns auf seinem Gesicht. „Hey, Mann“, warf ich sofort in den Raum. Mein besorgter Blick schnellte zu ihm und ich betrachtete ihn, den Kopf nach rechts geneigt.

„Es gibt etwas, das dich bedrückt. Mir kannst du es sagen, Sohel. Geht es um Soufian?“

Ein gequälter Ausdruck trat in sein Gesicht und ich spürte förmlich, wie er damit kämpfte, es nicht zu offenbaren.

„Sohel“, ermahnte ich ihn gereizt. „Du hast keinerlei Grund, es zu verschweigen. Erzähl es mir einfach und wenn du willst, werde ich es auch nicht kommentieren, okay? Lass mich dich nur anhören.“

„Auf dem Nachhauseweg", ergriff er endlich das Wort, „da kam uns ein fremder Junge entgegen und kritisierte die Kleidung, die Soufian anhatte, auf eine wirklich miese Art. Mein kleiner Bruder wusste nicht, wie er zu reagieren hatte. Und seit diesem Tag, das habe ich immer wieder bemerkt, legt er deutlich mehr Wert darauf, wie er sich kleidet und dass die Klamotten denen entsprechen, die man von ihm erwartet."

Meine Augen weiteten sich vor Schreck und ich ließ mir Sohels Worte noch einmal durch den Kopf gehen. „Das ist mies."

Ich beobachtete, wie Sohel sich neben mir aufrichtete und aufschnaufte, ehe er, jetzt noch durchgreifender und fester, fortfuhr. „Es war eine kleine, unangebrachte Bemerkung, aber sie hat das Leben meines kleinen Bruders wirklich auf den Kopf gestellt. Wie oft habe ich mit ihm geredet und wie viele Male habe ich ihn gebeten, sich das nicht zu Herzen zu nehmen! Am Ende führte das alles zu nichts. Er hat sich völlig verschlossen und ich musste mir ständig anhören, dass ich ihn nicht begreifen würde und es nicht um diese Bemerkung gehe. Es ist fast schon, als würde er sich dafür schämen."

Theatralisch schüttelte ich den Kopf und umklammerte das Lenkrad noch ein wenig fester. „Es gibt Dinge, seien es Worte oder Taten, die kann man nicht so leicht vergessen."

„Du sagst es, Eren", stimmte er mir nickend und mit leicht angespannter Stimme zu.

Eine Weile darauf machten wir wieder kehrt und ich steuerte Richtung Hütte. Das Gespräch mit Sohel hatte mir ein Stück weit geholfen. Wir hatten alte Erinnerungen aufgegriffen und uns ausgiebig unterhalten. Dennoch durften wir nicht die Realität aus den Augen verlieren.

Kapitel 26

Sohel

Es war schon eine Weile her, seit Eren und ich wieder in die Hütte zurückgekehrt waren. Ich wollte mich nicht mit den anderen austauschen, also behielt ich die Gespräche mit Eren für mich. Ich hatte mich im Wohnzimmer niedergelassen und der Fernseher, den Tyler vorhin angeschaltet hatte, lief immer noch leise im Hintergrund. Ich hatte keinen blassen Schimmer, wo alle steckten.

Mit einem Ruck erhob ich mich von der Couch und ging auf die offene Küche zu. Ich öffnete die Schranktür ganz links oben und holte mir ein Glas heraus. Ich füllte es mit Leitungswasser und lehnte mich dann seufzend an den Küchentisch. Die Stimmung hier war schon längst im Eimer.

Als ich heute Morgen aufgestanden war, hatte ich das schon im Gefühl gehabt. Ich wusste, dass es kein idealer Tag werden würde. Die Spannungen und die erdrückende Stimmung, zwischen uns waren kaum mehr auszuhalten.

Das Verlangen, von hier zu verschwinden, wurde größer und ich sehnte mich danach, dass dieser Trip niemals passiert wäre. Wieso mussten wir auf die Idee kommen, Tylers Achtzehnten auch hier zu feiern? Wäre sein Traumhaus keine ideale Location gewesen? Aber genau bei solchen Dingen beschweren wir uns im Nachhinein. Natürlich war uns bewusst, dass Liana noch am Leben wäre, wenn wir nicht unbedingt hierher gefahren wären. Aber wir konnten das alles nicht wissen. Niemals hätte ich auch nur mit dem Gedanken gespielt, dass die vorsichtige, behutsame, liebevolle Lia so früh von uns gehen würde.

Dass es sie treffen musste, ist so unfair und mies. Doch wie eigensinnig das auch klingen mag, ich würde nicht mit ihr tauschen wollen. Ich habe eine Familie, die ich nicht verlieren darf. Genauso wie sie.

Der Gedanke, dass einer der drei diese furchtbare Tat vollzogen haben musste, machte mich wahnsinnig. Der Gedanke, sie bewusstlos an ein Seil zu hängen und sie mit einem Vorhang zu bedecken, während mit einer Nachricht dazu aufgefordert wurde, an dem Seil zu ziehen, das an ihrem Hals befestigt war, machte mir echt zu schaffen. Für mich war auch ausgeschlossen, dass sie Suizid begangen hatte.

Und, ganz ehrlich, Eren kam für mich nicht in Frage. Er hatte sie geliebt, von ganzem Herzen. Die beiden hatten einander gebraucht und das war nicht zu übersehen gewesen. Auch Tyler konnte ich so etwas niemals zutrauen. Seine grobe Art, die er Lia gegenüber gelegentlich gezeigt hatte, war mir zwar nicht entgangen, aber er hatte ein sehr reines Herz und der Respekt, den er grundsätzlich Lia gegenüber hatte, war sehr bemerkenswert.

Dunja. Immer wieder fiel alles auf sie zurück. Die Indizien überschlugen sich ja fast. Von außen betrachtet, hatten Dunja und Lia eine beneidenswerte Freundschaft gehabt. Eine, bei der man vermuten konnte, sie würde alles Schlechte überstehen, das diese Welt so zu bieten hat. Dunja war aber eben auch eine Künstlerin. Ich traute ihr zu, dass das alles nur ein gespieltes Vorgehen war.

Ich musste mir eingestehen, dass mein Gefallen an ihr darunter zu leiden hatte. Jedes Mal, wenn ich mir diese scheußliche Tat noch einmal vor Augen führte und ich mir ausmalte, dass Dun dahintersteckte, fällt mein Interesse an ihr immer mehr. Wie konnte ich diese Frau begehren, wenn sie tatsächlich hinter dieser Tat steckt?

Mein Griff wurde immer stärker, so rasend war ich vor Wut. Mit stockendem Atem legte ich das Glas in meiner Hand dann schließlich ab und knetete nervös meine Hände.

Es reizte mich, sie zur Rede zu stellen. Da kam mir die Frage, wo sie überhaupt steckte.

Mit festen Schritten marschierte ich durch das Wohnzimmer in den Flur, der zu den Schlafzimmern führte. Dasjenige, welches bei der Zimmerverteilung übrig geblieben war, gehörte seit dem Vorfall Dunja. Es lag ganz hinten und dort angekommen, blieb ich wie angewurzelt vor der Tür stehen.

Meine Sicherheit von eben war verschwunden. Sie sackte in sich zusammen, als ich daran dachte, sie zur Rede stellen zu müssen. Der Gedanke gefiel mir nicht mehr. Ich wollte sie nicht beschuldigen, wenn es nicht der Wahrheit entsprach.

Ich riss mich zusammen und klopfte an die Tür. Zweimal. Geduldig wartete ich und hielt den Kopf gesenkt. Es kam keine Antwort.

Ich schluckte heftig, starrte auf das dunkle Holz der Tür und versuchte, mich zu beruhigen. Ich war viel zu aufgebracht, um klare Worte aus meinem Mund zu bekommen. Sie sollten mit Bedacht gewählt sein, sonst würde sie mich nicht ernst nehmen und den Worten keine Glaubwürdigkeit schenken. So war das eben mit ihr.

Nach dem gescheiterten Versuch versuchte ich ein weiteres Mal mein Glück und klopfte wieder fest gegen das Holz.

Fluchend ballte ich eine Faust, als nun wieder keine Reaktion kam. Machte sie das mit Absicht? Oder war sie tatsächlich nicht anwesend?

Schließlich entschied ich mich dazu, einfach hineinzugehen. Ich drückte den Türgriff vorsichtig hinunter und betrat das schmale Zimmer.

Meine Augen huschten durch den Raum, jedoch konnte ich nichts Ungewöhnliches entdecken. Dunja war nicht hier und ihr Zeug lag nicht wild verstreut, sondern war sehr ordentlich sortiert und zurückhaltend in den Ecken gestapelt.

Gerade als ich das Zimmer enttäuscht wieder verlassen wollte, hielt ich inne, weil ich ein rumpelndes Geräusch wahrnahm. Es wiederholte sich und ich ging vorsichtig die Schritte wieder rückwärts in den Raum rein. Konzentriert versuchte ich zu identifizieren, woher die Geräusche kamen. Ich tippte auf den Schrank. Ganz wohl war mir bei der Sache nicht.

Mit zittriger Hand griff ich nach der Schranktür und riss sie kurzerhand auf. Das Nächste, das ich wahrnahm, schockierte mich zutiefst.

„Dunja?“, krächzte ich flüsternd. Hektisch schob ich die Kleidung weg, die mir die Sicht versperrte.

Es kam schon wieder keine Reaktion und ich riss letztendlich die Kleiderstange komplett ab und ließ sie krachend zu Boden fallen. Ich schaute geradewegs in ihre großen, verängstigten Augen.

„Was machst du da?“, fauchte ich angespannt und beugte mich zur ihr runter. Sie hatte die Beine angezogen und sich in die hinterste, dunkelste Ecke des Schrankes zurückgezogen. Da stimmte doch etwas nicht.

Sofort breitete sich ein merkwürdiges Gefühl in meinem Magen aus und ich kämpfte mit der aufkommenden Angst. Was hatte sie dazu veranlasst, sich in einem Schrank zu verkriechen?

„Wieso versteckst du dich hier?“

„Kannst du mich in Ruhe lassen, ja? Geht das?“ Ihre Stimme hatte einen weinerlichen Ton.

„Sag mir einfach, warum du das tust?“, entgegnete ich brennend. Ich wollte sie verstehen.

„Kann es dich mal einmal nicht interessieren, was ich mache?“, entgegnete sie kaltherzig. Sie drehte ihren Kopf zur Seite und lachte höhnisch auf.

Ihr Verhalten entgeisterte mich völlig. Sie machte mich total sprachlos.

„Findest du das hier ganz normal?“, entgegnete ich mit hochgezogenen Augenbrauen.

Die aufkommende Wut war kaum noch zu zügeln. Sobald sie anfing, mich als den Irren darzustellen, ging sie echt zu weit. Es fühlte sich fast so an, als würde ich sie Tag für Tag immer mehr verlieren. Vielleicht hatte ich das ja schon. Es war inzwischen sogar schwer vorstellbar, dass dies die Dunja war, die mich immer so fasziniert hatte.

Ihre Worte ergaben keinen Sinn für mich. Sie waren zusammenhangslos und gefühllos.

„Dun.“ Eine lange Pause.

Trotz allem wollte ich ihr helfen. „Komm doch erstmal raus und dann reden wir.“

„Nein“, entgegnete sie schroff. Ihre dunklen Augen glänzten mit einem Mal. „Wieso bist du mich überhaupt suchen gekommen?“

Hatte sie wirklich vor, das Gespräch auf diese Weise weiterzuführen? Sie sollte doch nur aus dem Schrank steigen. Wieso tat sie sich damit so schwer?

„Ich wollte mit dir reden." Für einen kurzen Moment schloss ich die Augen, ehe ich fortfuhr. „Wegen Lia."

Von jetzt auf gleich riss sie schreiend die Arme in die Luft und fuchtelte wie wild herum.

„Ich kann das nicht mehr hören!", brüllte sie lauthals und rappelte sich auf. Grob drängte sie sich an mir vorbei. Geschockt über ihren plötzlichen Wutanfall, erhob ich mich, um ein paar Meter Abstand zwischen uns zu bringen und so für eine sichere Distanz zu sorgen. Was auch immer das gerade war, es versetzte mir einen weiteren Stich. Es verhieß nichts Gutes. Dieser unkontrollierte Ausbruch führte mir noch mal vor Augen, dass mein Verdacht wohl begründet war. Sie reagierte aggressiv auf die Erwähnung von Lia. Das war sehr verdächtig.

Ich presste die Lippen aufeinander, denn ich hatte die Befürchtung, die Situation mit jedem meiner Worte zu verschlimmern. Sie war in einem Zustand, der sie unberechenbar machte.

Eine Weile lang schauten wir uns einfach nur an, bis sie den Augenkontakt nicht mehr halten konnte und auf den Boden starrte.

„Ach, Sohel."

„Was denn?", erwiderte ich irritiert und ging einen Schritt auf sie zu, beachtete jedoch, dass noch genug Abstand zwischen uns war.

„Gib doch einfach auf." Sie grinste breit und schien sich scheinbar prächtig zu amüsieren.

Doch ich wurde durch ihr Verhalten bloß noch wütender. „Was bitte soll ich aufgeben?"

„Mich." Sie lachte laut auf und warf sich schwungvoll auf ihr Bett. Dieser Wechsel ihrer Stimmung machte mich wahnsinnig.

„Dich?", fragte ich gereizt. Ich begriff nicht, was sie mir zu sagen versuchte. Es machte keinerlei Sinn.

„Und jetzt raus." Ihre Stimme wirkte klar. Klar und tonlos.

„Raus?", wiederholte ich dutzend.

Sie nickte, hielt ihren Kopf jedoch gesenkt. Sie schaute mich nicht mehr an und sie machte den Eindruck, als würde sie nun auch nicht mehr mit mir sprechen wollen.

„Wie du willst." Ich wandte ihr den Rücken zu und stürmte fast aus dem Zimmer. Ich lief ins Wohnzimmer, ich musste einen klaren Kopf bekommen. Da war eine wirre Mischung aus Gefühlen, wenn ich an Dunja dachte. Es machte mich verrückt, dass ich ihr so lange hinterher gesehen habe, dass ich nie die Hoffnung verloren hatte. Aber am schmerzhaftesten war es zu sehen, wie wenig ich ihr bedeutet hatte.

Ein Gefühl überkam mich alles hinzuschmeißen. Alles wofür ich so gekämpft hatte, hatte ich innerhalb weniger Tage verloren.

Ich verlor den Anreiz für etwas zu kämpfen.

Wieso sollte ich weiter für etwas kämpfen, wenn es sich doch überhaupt nicht lohnte. Es hatte sich nie gelohnt, aber ich hatte mir schwergetan, das einzusehen.

Nun hatte sie mir förmlich ins Gesicht gespuckt. Ich versuchte, alles zu vergessen. Ich vermisste meine Geschwister und jede Sekunde, die ich länger in dieser Hütte verbrachte, tat mir nicht gut.

Meine Beine brachten mich dazu aufzustehen.

Ohne ein wirkliches Ziel vor meinen Augen, lief ich zu meinem Zimmer. Auf meiner Bettdecke lag mein Handy, mit dem Display zur Decke gerichtet. Geradewegs lief ich auf mein Bett zu und ehe ich mich versah, hatte ich mein Handy in der Hand.

Ich hatte begriffen, dass alles zu viel wurde. Wir versteckten uns in dieser Holzhütte, weit weg von der Außenwelt.

Wir hofften, dass uns niemand erwischen würde. Wir waren ahnungslos und versteckten uns vor der Wahrheit. Jemand war hier gestorben und wir hockten nur stur herum und versuchten, das zu verdrängen. Aber das war falsch.

Als ich die Nummer der Polizeistation Bispingen in mein Handy eintippen wollte, zitterten meine Finger so sehr, dass mir mein Telefon aus der Hand fiel und auf dem Boden aufprallte. Sofort hob ich es auf, ich wollte auf jeden Fall versuchen zu verhindern, die Aufmerksamkeit der anderen zu erwecken. Ich atmete tief durch.

Ich wusste nicht, ob das, was ich tun wollte, richtig oder falsch war, aber ich wusste, dass ich es tun musste.

Gerade als ich den Anruf tätigen wollte, entdeckte ich Dunja im Türrahmen des Zimmers stehen. Ich sah sie nun mit anderen Augen und ich verstand sie einfach nicht. Ich wurde nicht schlau aus ihr.

Sie räusperte sich und unweigerlich machte ich mein Handy aus.

Ich ärgerte mich ein wenig über mich selbst und entsperrte es wieder, sodass die Nummer auf dem Bildschirm aufleuchtete.

Ich musste nur noch drauf tippen und wir wären befreit von alldem.

„Du wirst da nicht anrufen." Sie kam etwas näher und stemmte die Hände in die Hüfte.

„Mach keine Dummheiten, Sohel, und leg dein Handy jetzt weg."

Fest umschlungen hielt ich mein Handy in der Hand. Ich wehrte mich, auf ihren Befehl zu hören.

„Es tut mir leid, aber ich kann nicht anders. Es ist der einzige Ausweg." „Ausweg?" Dunja lachte laut auf. Es war kein kurzes knappes Lachen.

Sie lachte laut, aus voller Kehle. Mit gerunzelter Stirn stand ich vor ihr und sah ihr dabei zu, es war ein merkwürdiges Gefühl.

„Du sagst, es ist ein Ausweg, wenn wir die Polizei verständigen.

Wenn wir das tun, bekommst du ein Eintrittsticket in den Knast, mehr nicht. Es ist keine Freiheit. Du, ich, Eren und Tyler, wir vier werden alle eingesperrt, wenn du die Polizei rufst."

„Es gibt keine Alternativen." Mein Hals war trocken und meine Stimme klang rau und leise.

„Es muss niemand davon erfahren. Wir beseitigen die Spuren und fahren nach Hause."

„Was wirst du ihrer Familie sagen? Ihren Eltern? Was wirst du ihnen sagen?"

„Ich werde ihnen gar nichts sagen."

Ich betrachtete sie genau.

Ich hörte den Trotz in ihrer Stimme. „Und jetzt …"

Sie kam etwas näher und ich nahm die kleine Bewegung sehr stark auf, denn ich trat mehrere Schritte nach hinten.

„Komm nicht näher."

„Du wirst das doch nicht ernsthaft tun. Das wäre völlig unsinnig."

„Ich kann nicht mein Leben lang ein Geheimnis mit mir tragen. Jedes Geheimnis wird irgendwann aufgedeckt."

„Aber wie kommst du denn darauf?" Dunja kam Schritt für Schritt näher und ich ließ es mit mir geschehen.

Sie nahm vorsichtig mein Handy, das ich nur noch schwach zwischen meine Finger geklemmt hatte, und legte es vorsichtig auf das Bett.

Die Nähe … ich konnte es nicht ertragen.

Also schnappte ich mir mein Handy, drängte mich grob an ihr vorbei, ging durch den schmalen Flur und ließ mich auf den Boden des Wohnzimmers nieder.

Für einen Moment schloss ich die Augen. Ich war fast über meinen Schatten gesprungen, ich hatte es fast geschafft.

Jetzt wirkte mein Vorhaben wieder wie eine große Hürde, die ich überspringen musste. Es war so ein großer Schritt und ich wusste nicht, welche Folgen er haben würde.

Ich brauchte etwas Vertrautes und so nahm ich mein Handy.

Ich löschte in der Leiste die Nummer der Polizeistation und tippte einen anderen Namen ein. Dann hielt ich mir das Handy ans Ohr.

Es dauerte eine Weile, aber dann wurde der Anruf angenommen.

„Hallo."

„Soufian, mein Junge. Schön, dass du rangehst. Erzähl mir was. Wie war die Schule?" Ich presste mir das Telefon fest an das Ohr. Auf der anderen Seite der Leitung blieb es vorerst still.

Anstelle einer Antwort lieferte mir mein kleiner Bruder etwas völlig anderes: „Wann kommst du nach Hause, Sohel? Sheeba und ich, wir vermissen dich so doll."

Seine sonst so frohe und vorlaute Stimme war gesenkt.

Die Trauer war rauszuhören und ich spürte ein Stechen in meinem Magen. Während ich nach den richtigen Worten suchte, ließ ich mich auf das Sofa fallen und streckte meine Beine aus.

„Ich bin bald zurück, versprochen", flüsterte ich in das Telefon hinein.

Der Kleine sollte nicht das Gefühl haben, ich sei kilometerweit entfernt, sondern die Wärme spüren, die ich zu vermitteln versuchte. Es war schwerer, als gedacht.

„Aber wann ist bald?" Soufians Stimme brach. „Du bist schon so lange weg."

„Mmh. Sag mal, hältst du noch ein wenig aus?" Am anderen Ende der Leitung blieb es still. „Du bist doch ein starker Junge", versuchte ich es hoffnungsvoll. „Oder etwa nicht?"

„Doch, bin ich!", kam es selbstbewusst aus seinem Mund.

Genau so wollte ich es von ihm hören. Ich strahlte.

„Und jetzt erzähl mir mal, wie war die Schule? Hat dich jemand geärgert?"

„Neeein", sagte Soufian.

„Du weißt, wenn jemand versucht, dich zu ärgern, werde ich, von genau hier zu deiner Schule laufen und..."

„Nein, immer noch nein." Mein kleiner Bruder lachte herzlich.

„Und dann verpass ich ihm eine. Rechts, links..."

Jetzt konnte er sich vor Lachen nicht mehr halten und das zauberte auch mir ein Lächeln ins Gesicht. Ihn glücklich zu wissen, bedeutete mir unbeschreiblich viel.

Eine Familie ist nichts Vergängliches, sondern immer ein Teil von einem selbst.

„Aber die Schule ist zu kurz. Ich will nie nach Hause", kam es plötzlich von Soufian.

„Was?" Augenblicklich verschwand das Lächeln aus meinem Gesicht und mein Kiefer verspannte sich.

„Was hast du gesagt, Soufian?" Ich versuchte, meine Stimme ruhig zu halten.

„Schule ist zu kurz...", drängte er hervor.

„Nein, danach. Was hast du danach gesagt?“

„Na, dass ich nicht nach Hause möchte, wenn die Schule vorbei ist.“

Erstarrt richtete ich mich auf dem Sofa auf. „Warum willst du nicht nach Hause?“

Man hörte ein lautes Rascheln. Im Hintergrund ertönte die Stimme meiner Mutter: „Kleiner, ich brauch mein Handy zurück. Ich muss Bonnie anrufen…“

„Soufian!“, rief ich laut. „Sag mir, warum magst du es zu Hause nicht?“

„Weil Schule Spaß macht“, verstand ich. Die Stimme meines kleinen Bruders wurde von einem lauten Rauschen begleitet. Kurz danach hörte ich nur noch ein Piepen in der Leitung. Wutverzerrt ließ ich mein Handy sinken. Wenn ich ganz ehrlich mit mir war, konnte ich ahnen, warum mein kleiner Bruder unglücklich war, aber ich wollte es nicht wahrhaben. Das alles hatte ich schon durchgemacht und bei Soufian würde das nicht anders ablaufen.

Eine Witwe, die es nicht auf die Reihe bekam, ihre Kinder mit Liebe zu versorgen.

Seufzend schaute ich mich im Raum um. Tyler schloss den Kühlschrank und ließ sich neben mir auf der Couch nieder. „Was ist los?“

„Alles gu…“ Ich unterbrach mich. Ich hatte genug vom Lügen. „Familienprobleme.“

„Kenn ich.“ Tyler lehnte sich an die Rücklehne des Sofas. „Stell dir vor, Mann, nicht ein einziges Mal hat sich Vater bei mir gemeldet. Nicht ein einziges Mal. So will er mir zeigen, dass ich ihm völlig egal bin.“

„Eigentlich sind wir hier, um nicht ständig in Sorgen und Gedanken zu schwimmen. Aber zu klappen scheint es nicht.“

Tyler zuckte mit den Schultern. „Anscheinend nicht.“

Für einen kurzen Moment herrschte Stille zwischen uns beiden.

„Eigentlich wollte ich das Thema nicht in den Raum werfen, aber ich muss dich fragen …Wegen vorhin …Die Sache zwischen

Dunja und Eren, hast du das bemerkt?“ Vorsichtig drehte er seinen Kopf zu mir. Seine Stimme klang unsicher.

Zähneknirschend schaute ich an ihm vorbei. Die letzten Stunden hatte ich an nichts anderes denken können. Anfangs hatte es richtig wehgetan und ich hatte mich zutiefst verletzt gefühlt, doch in der letzten Stunde hatte ich Seiten von ihr gesehen, die das Bild Dunjas in meinem Kopf um hundertachtzig Grad drehten. An Erens Hand das Mädchen, für die ich so viel getan hätte. Mit Leichtigkeit gewann er sie für sich. Es war total unverständlich. Mittlerweile wusste ich einfach nicht, was ich noch denken sollte.

„Du musst nichts sagen.“ Tyler hob die Arme. „Wenn du reden willst, rede. Wenn nicht, kannst du jetzt auch einfach gar nichts sagen. Ist dir überlassen. Okay, rede oder auch nicht.“

„Ich hab das nicht verdient.“

„Hast du nicht.“ Tyler legte seinen Arm um meine Schulter. „Er kann sie niemals so lieben, wie du es getan hast. Aber glaub mir, vergiss sie. Sie ist es nicht wert, ihr deine ganze Zuneigung zu widmen. Würdest du ihr weiter hinterherrennen, wäre das nur pure Zeitverschwendung. Wenn sie deinen Wert nicht erkennt, wenn sie nicht sehen kann, wer du bist, und wenn sie dich ausschlägt, hat sie dich nicht verdient.“

„Danke.“ Ich starrte nachdenklich an die Decke.

„Du schaffst das, da bin ich mir sicher.“ Tyler schaute mich mit festem Blick an. „Bleib einfach stark und wenn du jemanden zum Reden brauchst, bin ich immer da.“

Bevor ich antworten konnte, kamen Eren und Dunja Schulter an Schulter in den Raum hinein. Die beiden ließen sich uns gegenüber nieder.

Unauffällig musterte ich Eren. Seine Augen waren trocken und der Blick kalt.

Für einige Minuten waren es nur Blicke, die wir uns gegenseitig zuwarfen. Keiner hatte den Mumm, das Gespräch zu leiten.

„Okay.“ Tyler klatschte in die Hände. „Es reicht, Leute.“ Seine Stimme klang laut und entschlossen. „Steht alle auf, los. Ich habe einen Vorschlag. Wir stecken hier schon viel zu lange fest. So kann es definitiv nicht weitergehen. Also steht alle auf." Er sprang als Erster auf und in seinen Augen sah man die Aufregung und die Motivation, etwas zu ändern, die er mit einem Mal hatte.

„Was hast du überhaupt vor?"

„Was ich vorhabe?" Er schaute mich direkt an. „Das wirst du gleich sehen. Jetzt springt kurz unter die Dusche und zieht euch schick an. Wir vier machen jetzt einen Ausflug."

„Schick? Wir sollen uns schick anziehen?"

„Ja." Tyler nickte energisch und aufgeschlossen. „Hemd, Jeans, Kleid." Er schaute zu Dunja. „Aber Beeilung, sonst wird es zu spät."

Ohne weitere Fragen zu stellen, sprang ich unter die Dusche. Da drehte ich das Wasser auf die niedrigste Temperatur. Das eiskalte Wasser prallte sich an meiner Haut ab. Die Kälte, die sich in diesem Moment auslöste, durchfuhr meinen gesamten Körper. Das machte mich wach, es rüttelte mich wach. Es fühlte sich so an, als würde es mir neue Kraft schenken. Und die führte dazu, dass ich imstande war, einen klaren Kopf zu bekommen.

Die letzten Tage hatte ich das Gefühl gehabt, vor einer Art Betonwand zu stehen. Ich war mental total eingeschränkt. Je länger ich das eiskalte Wasser auf meiner Haut spürte, desto weiter entfernte ich mich dem Gefühl einer Blockade in meinem Kopf.

Nachdem ich mich angezogen hatte, schüttelte ich meine kurzen Haare und verließ das Badezimmer. Auf Tylers Rat hin trug ich eine blaue Jeans und ein leichtes weißes Hemd, dessen Ärmel ich hochkrempelte.

Nach einer Weile waren wir bereit, aufzubrechen, ohne wirklich zu wissen, was Tyler sich ausgedacht hatte. Unweigerlich wanderte mein Blick zu Dunja, als sie aus ihrem Zimmer trat. Sie trug ein kurzes marineblaues Kleid, das sich ihrer Haut anschmiegte. Ihre langen gelockten Haare fielen ihr über die Schulter und sie hatte eine Schicht Make-up aufgetragen. Als sie meinen Blick bemerkte, wandte ich mich sofort ab. Das musste aufhören.

Eren hatte sich bereits gegen die Tür gelehnt und war bereit, aufzubrechen. In dem Moment kam auch Tyler aus dem Zimmer gelaufen. Auch er trug eine Jeans, anstelle eines Hemdes, trug er jedoch ein dunkles T-Shirt, das seinen trainierten Oberkörper betonte.

„Wir können los. Seid ihr alle fertig?“

„Ja.“ Ich schaute mich in dem Wohnzimmer um. Dunja trat zur kleinen Garderobe und zog sich die Jeansjacke, die sie trotz dieser Kälte trug, über. Nachdem auch ich mich dick angezogen hatte, liefen wir Tyler hinterher. Nach einer Weile sah ich mir vertraute Straßenecken. Wir liefen an Häusern vorbei, die ich schon einmal gesehen hatte. Durch die kleinen Fenster der Häuser, konnte ich einen Blick in die Wohnzimmer werfen. Es war das orangefarbene, warme Licht, das mir sofort auffiel.

„Wenn ich mich nicht irre, ist das der Weg zum Bahnhof.“ Eren blieb abrupt stehen.

„Du willst doch nicht von hier abhauen, Mann.“ Er schaute entgeistert zu Tyler, der energisch den Kopf schüttelte.

„Nein, beruhige dich. Heute Abend sind wir wieder zurück. Mit der Bahn sind wir schneller als mit dem Auto.“ Tyler setzte seinen Weg fort und wir stapften hinter ihm her. Gestern Abend war wenig Schnee gefallen. Der größte Teil war schon geschmolzen und wir liefen über die Felder und Straßen, auf denen sich Matsch an den Seiten angesammelt hatte.

Als wir schließlich ankamen, lief Tyler vor in die große Halle. Er warf einen prüfenden Blick auf sein Handy und schaute dann in die Runde. „Vier Minuten.“

Und so warteten wir ab. Ich musste feststellen, dass mir die Kraft fehlte, um die ganze Sache zu hinterfragen, so ließ ich es einfach darauf ankommen.

Als die Bahn kam, stiegen wir nacheinander ein und ließen uns auf freie Plätze nieder. Neben mir befand sich ein großes Fenster, an das ich mich lehnte, und für einen kurzen Augenblick schloss ich die Augen.

Nach wenigen Stunden rüttelte Eren mich wach. Irritiert schaute ich mich um, wir befanden uns noch immer in der Bahn. Draußen war es mittlerweile stockdunkel.

„Wie lange fahren wir schon?“

„Über zwei Stunden." Eren schüttelte den Kopf und fasste sich an die Haare.

Tyler lächelte. „Wir sollten gleich da sein." Er öffnete eine Karte auf seinem Handy.

Kurz danach blieb die Bahn dann auch endlich stehen und wir konnten es nicht erwarten, auszusteigen. Die kühle Luftbrise strömte mir ins Gesicht, es wehte ein frischer Wind. Angestrengt sah ich mich um. Wir befanden uns an einem unbekannten Ort, an dem wir noch nie zuvor gewesen waren.

„Kommt mir hinterher."

Schon wieder liefen wir Tyler hinterher, der zielstrebig voranstürmte.

„Kommt schon, ein bisschen Beeilung. Ty. Lia liegt in der Hütte und wir befinden uns sonst wo. Außerdem verhungere ich.", Eren blieb mitten auf der Treppe stehen, die zu dem Ausgang des Bahnhofes führte.

„Das ist gut so." Tyler klatschte laut in die Hände. „Bleib nicht ständig stehen, Eren."

„Gut so?", wiederholte Eren Tylers Worte stirnrunzelnd. „Was redest du?"

„Komm schon." Ich klopfte auf Erens Schulter und zog ihn weiter mit uns. Mir fiel auf, dass Dunja sich ziemlich ruhig verhielt. Sie hatte sich wenig geäußert und kaum ein Wort mit uns gewechselt, das sah ihr überhaupt nicht ähnlich. Aber mittlerweile war ich kaum noch sicher, was ich glauben sollte.

Als wir den Bahnhof verließen, schaute ich mich um.

Etwas verblüfft betrachtete ich die Gegend. Auf den Gehwegen hatten sich zahlreiche Menschen angesammelt. Einige liefen in die großen Geschäfte der Innenstadt, einige liefen in großen Gruppen zusammen und einige hatten es sich in den Restaurants gemütlich gemacht. Auf der breiten Straße wimmelte es von Autos und Motorrädern, die sich gegenseitig anhupten und nur langsam vorwärts bewegten. Gruppen von Jugendlichen hatten sich unter den Bänken der Bäume, die mit glitzernden Lichtern verziert waren, versammelt und amüsierten sich scheinbar prächtig. Eine junge

Frau lief an mir vorbei und die vielen Einkaufstüten in ihrer Hand stießen gegen mein Bein. Während ich leicht nach hinten stolperte, konnte ich meine Augen nicht von der vollen und belebten Innenstadt lösen.

Ich konnte mir zunächst nicht wirklich erklären, warum dieser Anblick so vieles in mir auslöste. Es war einfach ein merkwürdiges Gefühl, auf einen Schlag solche Menschenmengen und so viel Leben zu sehen. Es verursachte mir Unbehagen, wieder so vielen Menschen in die Augen blicken zu müssen. Diese Menschen mussten vier Mördern in die Augen sehen. Ich wusste nicht, ob mein Gewissen da mitspielen konnte.

„Das ist unglaublich", flüsterte Dunja leise. „Aber es ist so..." Sie suchte nach den richtigen Worten.

„Viel", kam Tyler ihr zu Hilfe.

„Ja, es ist so viel. So viel auf einmal."

Tyler nickte verständnisvoll. „Aber klar ist, dass wir nicht in eine Ecke kriechen dürfen, um uns dort vor der Außenwelt zu verstecken. Das hier ist der einzige Weg, uns aus diesem Loch zu bekommen."

„Es ist ein seltsames Gefühl", gab Eren zurück. „Wenn ich das so sehe, muss ich daran denken, wie Lia und ich an den Wochenenden zusammen unterwegs waren. Wie sie mich stundenlang durch die Innenstadt schleppte. Aber dann wird mir wieder klar, dass es so etwas nie mehr geben wird. Nicht mit ihr zusammen. Ich sehe die Wahrheit jetzt deutlich vor den Augen."

„Eren", unterbrach ihn Tyler forsch. „Es reicht, okay. Folgt mir, ich bring uns wohin."

Mein Blick blieb an Eren hängen, der niedergeschlagen auf den Boden blickte. Die Anspannung seines Kiefers blieb mir nicht verborgen und ich sah das ganze Leid, das er zu tragen hatte. Es war ein schreckliches Gefühl.

Tyler blieb vor einem schicken Restaurant stehen. Überrascht musterte ich das Gebäude, das modern und elegant gestaltet war. Die Wände und die Decke reichten in die Höhe und waren mit riesigen Glasplatten besetzt. Das warme Licht und die beigebraune Inneneinrichtung verlieh mir ein wohliges Gefühl. Ein wenig unwohl fühlte ich mich jedoch, als ich die vielen Menschen sah, die fein und geschmackvoll angezogen auf ihren Stühlen saßen. Zwar hatten wir uns heute auch ein wenig zurechtgemacht, so sah es immerhin von außen aus, aber da gab es einen riesigen Kontrast zu meinen Gefühlen. Denn einerseits war ich aufgeregt und hungrig, aber andererseits spürte ich große Scham, wenn ich an Lias Tod dachte und an alles, was damit verbunden war. Es war eine App, die uns dazu verleitet hatte. Bei einer solchen Menschenmenge wie hier hatte ich die starke Befürchtung, dass jemand uns durchschauen konnte. Ich fürchtete mich davor, dass jemand die Wahrheit erfuhr.

„Wir haben einen Tisch." Tyler hob seine Hand und unterhielt sich mit einem Kellner.

„Du hast dort angerufen?", fragte ich überrascht.

„Aber klar doch." Tyler nickte stolz. „Denkst du, sonst würden wir einen Platz in solch einem Restaurant bekommen?"

Ich schüttelte langsam den Kopf. Während der Kellner uns zu unserem Tisch führte, hörte ich die leise Jazz-Musik, die hier lief.

Tyler ließ sich neben mir nieder. Mir gegenüber saß Eren, der seinen Platz neben Dunja hatte. Dankend nahm ich die Menükarte entgegen und entschied mich letztendlich für ein frisches Steak.

Nachdem wir unsere Bestellung aufgegeben hatten, schnellte mein Blick durch die Gruppe. Mir fiel auf, dass auch meine Freunde ein wenig nervös waren. An den Nachbartischen wurde viel geredet und man hörte das Klirren des Bestecks und das Verschieben der Stühle, wenn jemand aufstand. Ich lauschte aufmerksam. Auch wenn es für diesen Ort typische und keine außergewöhnlichen Klänge waren, weckten sie verschiedene Gefühle in mir. Sie zeigten mir die belebte Außenwelt, vor der wir uns nicht verstecken konnten.

„Die Idee", ich schaute zu Tyler, „ist echt gut. Wir könnten etwas Abwechslung gebrauchen."

„Ja." Er nickte. „Das war meine Absicht. Wenn wir alle in ein paar Tagen wieder zurückkehren in unser jeweiliges Zuhause, sollten wir gewappnet sein für das, was das Alltagsleben zu bieten hat."

„Was machen wir mit Lia?", presste Eren die Worte heraus. „Wir können sie nicht da lassen."

„Wir können sie aber auch nicht mit uns nehmen und ihren Eltern zu Füßen legen", unterbrach Dunja ihn.

„Wir werden einfach sehen." Tyler seufzte und ich hatte ein wenig das Gefühl, dass er versuchte, einen Durchblick zu bekommen und das Ruder in die Hand zu nehmen, bevor wir vollständig untergehen würden. Denn das war ja zu befürchten. Ein totales Durcheinander.

Wir hatten kein Ziel vor Augen und versuchten, irgendwie durchzukommen. Auf Dauer war das keine sinnvolle Lösung.

Eine Weile später brachte der Kellner uns die Teller, worauf sich das Essen stapelte. Hungrig blickte ich auf das saftige und köstlich aussehende Essen, das der Kellner vor mich hinstellte. Er schenkte mir mein Getränk in das Glas und brachte auch die restlichen Gerichte meiner Freunde.

Ohne abzuwarten, biss ich in das gewürzte Steak und schloss für einen Augenblick die Augen. Die letzten Tage hatte ich kaum Appetit gehabt und wenig gegessen, aber jetzt vergaß ich die Sorgen für wenige Sekunden und genoss das Essen. Schon nahm ich den nächsten Happen, doch mein Appetit verging so schnell, wie er gekommen war, als mein Blick auf Eren fiel. Auch Tyler und Dunja aßen ausgiebig, aber Eren hatte seinen Teller nicht einmal angerührt. Er schaute darauf, aber machte nicht die geringsten Anstalten, in seinen Burger zu beißen.

„Was ist los?", fragte Tyler ihn kauend, als er es auch bemerkte. „Warum isst du nicht?"

„Mir ist nicht danach." Eren schaute hoch und es schmerzte, die Trauer in seinen dunklen Augen schimmern zu sehen. „Du verpasst eindeutig was, wenn du das nicht isst."

Eren erwiderte darauf nichts und wandte seinen Blick von Tyler ab. Ich wollte einen weiteren Bissen von meinem Steak nehmen, aber als ich das Leid sah, das Eren mit sich trug, konnte ich es einfach nicht über das Herz bringen.

„Eren, hey. Komm mal mit."

Eren hörte sofort auf meine Worte und stand auf. Tyler blickte mich verwirrt an. „Wohin geht ihr?“

„Wir sind gleich zurück.“ Ich lief voraus und Eren folgte mir gespannt.

Das schicke Restaurant hatte kaum Fenster und so schön die Atmosphäre auch war, ich brauchte ein wenig frische Luft. Deswegen lief ich zum Ausgang. Dort ließ ich mich auf den wenigen Treppenstufen nieder, die hinausführten. Ich blickte auf die Straßen und die hohen modernen Gebäude, in denen sich Shoppingläden befanden. Es war abends und mittlerweile dunkel, doch die Lichter der Geschäfte und die zahlreichen Straßenlaternen, die aufgereiht an den Gassen und Straßen standen, schenkten Licht.

Eren ließ sich, mit einem lauten Seufzer, neben mir nieder. Er saß nun auch auf den Treppenstufen. Neben uns schossen hohe beigefarbene Säulen in die Höhe.

„Sei Tyler nicht böse, er versteht gerade einfach nicht, wie es um dich steht, wie nahe dir alles geht.“

Eren nickte dankbar. „Danke, dass du mir den Rücken stärkst.“

„Du musst mit ihr abschließen, erst dann wird es dir besser gehen.“

„Ich weiß nicht, ob es mir helfen wird, wenn ich mit ihr abschließe.“

„Es wird dir besser gehen. Du musst Dinge erst annehmen, dann kann echte Veränderung passieren. Zum einem hilft das nach einem Trauma und zum anderen hilft es einfach deiner Gesundheit. Du willst doch, dass es dir besser geht, oder nicht?“

„Natürlich will ich das.“ Eren strich sich durch das Gesicht, als er weiteredete „Weißt du, ich will wieder der Alte sein. Ich will der Eren sein, der ich mal war, aber ich weiß einfach nicht, wie ich das anstellen soll.“

„Das ist doch schon einmal ein Anfang. Du musst beginnen, dir selbst zu vertrauen.“ Ich schaute ihn von der Seite an. „Du willst etwas verändern und du siehst ein, dass es so nicht weitergehen kann. Das ist sehr gut, Eren.“

„Es ist so ein Schmerz.“ Er klopfte mit der Faust fest auf seine

Brust, ehe er mich anschaute und das Gesicht verzog. „Ich kann das gar nicht erklären."

„Erst ist es vielleicht ein Schmerz und es tut weh, aber mit der Zeit wird es weniger und man lernt, damit umzugehen."

Eren nickte vorsichtig. „Du hast recht. Ich konnte mich nicht einmal von ihr verabschieden, das tut am meisten weh."

„Ich versteh' schon. Der Tod, vorallem der von jemandem, der einem nahestand, ist immer zerstörerisch. Er kann plötzlich kommen und dein ganzes Leben auf den Kopf stellen.

Der erste Schritt ist einfach, abzuschließen– vorallem dann, wenn man nicht die Chance hatte sich zu verabschieden."

Eren atmete tief ein.

„Auf irgendeine Weise", ergriff ich wieder das Wort, „auf irgendeine Weise ist das, was du durchmachst, eine schwere Zeit, aber das heißt nicht, dass das Leben schwer ist, das du führst. Es ist nur diese Zeit, die du überwinden musst, und wenn du das geschafft hast, dann hast du eigentlich alles geschafft."

„Aber wie soll ich damit leben, dass ich immer noch nicht weiß, wer den Plan geschmiedet hat, der ihr das Leben nahm?"

„Du könntest lernen, damit umzugehen. Wer auch immer es war ... Das du es nicht weißt, ändert nichts daran, dass wir jetzt hier sitzen und über ihren Tod reden. Es ist so gekommen und wir können nichts dagegen machen, dass wir jetzt an diesem Punkt stehen, weißt du?"

„Ja." Eren stimmte mir zu und blickte mir fest in die Augen. „Danke, Sohel. Danke für das Gespräch und dass du so ehrlich mir gegenüber warst. Ich kann mich nicht genug bedanken."

Eine Weile später standen wir auf und kehrten zurück zu unserem Tisch.

Kapitel 27

SOHEL

Ich nahm die fließenden Klaviernoten wahr, die durch den Raum flossen, als ich mich wieder auf dem weichen Stuhl niederließ. Es wurde nun klassische Musik gespielt. Sie war leise und ich vergaß die Außenwelt, wenn auch nur für eine Sekunde.

Ich spürte Erens Blick auf mir, er nickte mir zu. So, als würde er sich abermals bedanken für die wenigen Minuten, die wir miteinander gesprochen hatten. Ich erwiderte die kaum merkbare Geste und schaute dann auf den schwarzen Teller vor meiner Nase. Ich bekam wieder Appetit und griff eifrig nach Messer und Gabel.

Als ich kaute, spürte ich Dunjas intensiven Blick auf mir, so sah ich hoch und schaute sie stirnrunzelnd an. Sie erwiderte nichts und so blieb mir nichts anderes übrig, als sie zur Rede zu stellen.

„Was ist?"

„Was meinst du?" Sie strich sich über das Haar.

„Warum schaust du so?"

„Wollt ihr uns nicht sagen, was ihr beiden besprochen habt?" Sie wechselte den Blick zwischen Eren und mir. „Das ist doch völlig irrelevant."

Ihr Blick war forsch, als sie mich anschaute.

„Jetzt fängt es auch noch an, dass wir Geheimnisse voreinander haben?"

„Ach." Tyler warf seine Arme theatralisch in die Luft. „Tu doch bitte nicht so. Die Geheimnisse haben schon viel früher angefangen."

„Tyler, überleg doch, willst du damit etwas andeuten?"

„Du spielst doch völlig verrückt." Tyler griff sich an den Nacken. „Wenn du mich fragen willst, ob Lias Tod mir zuzuschreiben ist, kann ich dir ein ganz klares Nein geben."

„Tyler, du überspringst ziemlich viele Schritte, meinst du nicht?“ Dunja beugte sich nach vorne und ihre Stimme war ein leises Flüstern. „Ich spreche von Geheimnis, du sprichst von Lia.“

„Die Geheimnisse fingen erst nach dem Tod von Lia an.“ Tyler begutachtete Dunja gründlich, als er weitersprach. „Seit Lias Tod verschweigt einer in dieser Gruppe hier die Wahrheit und trägt dieses Geheimnis mit sich. Dunja, ich befürchte, wir reden über das Gleiche.“

„Es reicht“, schritt ich ein und blickte mich in dem Restaurant um. Die anderen Gäste warfen flüchtige Blicke in unsere Richtung und der Kellner war stehen geblieben und hatte auch ein Auge in unsere Richtung geworfen. „Es reicht, okay. Wir werden wieder zu laut.“

„Na und?“ Tyler warf seine Serviette auf den Tisch. „Sollen die anderen Gäste doch gucken.“

„Tyler“, sagte ich leise. „Wir sitzen hier in einem verdammt teuren Restaurant. Die Inhaber können uns jede Sekunde hier rausschmeißen.“

„Warum ist es dir so wichtig, was andere über dich denken?“ Tyler bemühte sich kein bisschen, seine Zunge im Zaum zu halten.

„Das ist ziemlich weit hergeholt.“ Ich schluckte tief.

„Hör mal, Tyler. Was die anderen Gäste hier denken über mich, darum geht es mir nicht. Ich will doch nur ein einziges Mal normal sein können. Ich will in einem Restaurant sitzen können, um mich einfach wieder so zu fühlen, als wären all diese schrecklichen Dinge nicht geschehen. Ich will nicht rausgeschmissen werden und wieder zurückfahren zu der Hütte, wo wir Lia in ein Zimmer gesteckt haben mit einer Decke über ihrem leblosen Körper, weil uns nichts anderes einfiel. Im Moment will ich einfach leben, wie ein gewöhnlicher Junge, der mit seinen Freunden essen geht. Ist das wirklich so unverständlich, so weit entfernt von der Realität? Wir können es zumindest versuchen.“

„Ich...“ Tyler brach ab. „Ich verstehe dich, Sohel. Womöglich mehr, als du glaubst. Es tut mir leid, manchmal fehlt mir die Kontrolle, verstehst du?“

Ich nickte ihm zu, „Du brauchst dich nicht zu entschuldigen, Tyler. Ich verstehe dich auch und wahrscheinlich tue ich das mehr, als du glaubst.“

Kapitel 28

TYLER

Mit einem Grinsen über Sohels Worte, griff ich nach meinem Glas und trank in großen Schlucken.

Aus dem Augenwinkel konnte ich eine Szene wahrnehmen. Erst verstand ich nicht ganz, was sich da abspielte.

Ein junger Mann, etwa in unserem Alter, trat an unseren Tisch. Neben ihm nahm ich einen weiteren Jungen wahr, bei dem es sich vermutlich um seinen Kumpel handelte. Als sie, dicht nebeneinander, näher kamen, konnte ich sie genauer betrachten.

Derjenige, der mit großen Schritten auf uns zukam, trug eine schwarze Jeanshose und ein beigefarbenes leichtes Hemd, das er bis zu den Ellbogen locker hochgezogen hatte. Der oberste Knopf seines Hemdes stand offen und es zeigte sich eine dünne silberne Kette um seinen Hals.

Als ich einen Blick in sein Gesicht warf, kam es mir verdammt bekannt vor. Die so dichten Augenbrauen und die scharfen Kanten, die sein Gesicht so prägnant machten. Sein Gang war gezielt und kräftig und er schien ein festes Ziel zu haben. Er war ein attraktiver großer junger Mann mit einem selbstbewussten Auftreten.

„Dani?“ Eren war mittlerweile aufgestanden, er trat nach vorne und gab dem jungen Mann eine feste Umarmung.

„Eren, mein Freund.“ Der junge Kerl klopfte mit der Hand auf Erens Rücken.

Da sah ich es in Erens Gesicht. Einen Ausdruck, der wie aus dem Nichts entstanden war. Er verging so schnell, wie er gekommen war, und ich konnte mit Sicherheit sagen, dass ich an diesem Tisch der Einzige war, der ihn bemerkt hatte. Denn ich kannte Eren gut und die Panik, die auf seinem Gesicht zu sehen gewesen war, löste eine Menge Unbehagen in mir aus. Ich hatte Erens entsetzten Blick und die weit aufgerissenen Augen gesehen und ich wusste sofort, dass wir uns in keiner sicheren Situation befanden. Er hatte wimmernde Angst und aus irgendeinem Grund ahnte ich, dass die bald auf mich übergehen würde, und dieser Gedanke zerriss mir das Herz.

„Leute." Eren drehte sich zu uns um und deutete auf den jungen Mann, den er vor wenigen Sekunden begrüßt hatte, „Das ist Daniel, Lias Bruder." Eren schluckte heftig und Lias Bruder hatte ein dezentes Lächeln aufgesetzt.

„Was?", platze es aus mir heraus und ich bemerkte das Stirnrunzeln, das sich auf seiner Stirn bildete.

„Was für eine Freude, dich kennenzulernen", verbesserte ich mich eifrig und stand unbeholfen auf, um ihn zu begrüßen.

„Dani, gerne." Er gab mir seine warme Hand. Binnen kurzer Zeit fühlte ich schwere Last und Beklemmung.

„Du musst Tyler sein." Dani hatte ein echtes Lächeln auf dem Gesicht. „Lia hat mir ein Foto gezeigt und mir auch wenig über deinen ..., wie kann ich es am besten ausdrücken, ich sag mal, über deinen Vater-Sohn Konflikt erzählt."

„Vater-Sohn Konflikt?", wiederholte ich seine Worte zähneknirschend.

„Entschuldige, ich weiß nicht, welche Worte ideal geeignet sind, um es auszudrücken. Du musst wissen", er kam ein wenig näher und wisperte leise, „ich spiele nicht so gerne den Klugscheißer, wenn ich mich nicht so sicher in einem Bereich bewegen kann, wenn du verstehst, was ich meine."

„Ich glaube, ich verstehe", gab ich langsam zurück. „Deswegen wollte ich dich mit meinem Ausdruck keineswegs verärgern, verstehe mich nicht falsch. Ich finde, du bist eine fast schon starke Persönlichkeit. Du führst zwar eine Art Doppelleben ... und für viele wäre das schon ein Schritt zu viel." Dani strich sich über die Bartstoppeln, während er mich musterte.

„Danke, ich schätze deine Meinung." Unsicher wechselte ich einen Blick mit Eren, der mich Gott sei Dank erlöste.

„Freut mich echt, dass du hier bist, Dani, aber..."

„Wollt ihr sitzen bleiben?" Dani unterbrach Eren und blickte auf Sohel und Dunja, die nicht aufgestanden waren.

„Nein, entschuldige." Sohel erhob sich eilig und hangelte sich durch zu Dani, um ihm einen festen Handgriff zu geben „Ich wollte nur nicht stören."

„Stören?" Dani machte eine wegwerfende Handbewegung, „Was erzählst du da? Ich freue mich wirklich riesig, die Freunde meiner Schwester kennenzulernen. Sie kann sich nicht zurückhalten, wenn sie einmal angefangen hat, über euch zu sprechen. Vorallem, wenn es um Eren geht." Dani musterte ihn genau. Dabei fiel mir auf, dass ich nicht wirklich feststellen konnte, ob sein Blick abfällig war oder doch nur prüfend.

Es dauerte einen Augenblick, bis auch Dunja aufstand, um ihn mit einem bloßen Nicken zu begrüßen.

„Wenn wir schon über Lia reden? Wo steckt sie eigentlich? Sie hat sich länger nicht bei mir gemeldet." Dani wandte seinen Blick von uns ab und schaute sich in dem Restaurant um.

Ich lehnte mich unsicher an den Stuhlrücken. „Sie ist zu Hause geblieben."

„Sie ist auf der Toilette", erwiderte Eren gleichzeitig und unsere Blicke trafen sich.

„Könnt ihr euch nicht entscheiden?" Dani schaute seinen Freund mit hochgezogenen Augenbrauen an und warf uns dann einen vorwurfsvollen Blick zu.

„Sie ist in der Hütte geblieben", korrigierte Eren sich, „Tut mir leid, ich war gerade mit dem Kopf woanders."

„Wie meinst du das?" Dani war scheinbar verwirrt. „Was meinst du, wenn du sagst, dass sie in der Hütte geblieben ist?"

„Ihr ging es nicht so gut", schritt Sohel ein. „Sie hatte üble Kopfschmerzen und nahm dann eine Tablette. Dann war sie unfassbar müde und wollte nicht mehr mit."

„Hab ich das richtig verstanden?" Dani schüttelte langsam den Kopf. „Ihr habt sie allein in einer Hütte gelassen, mitten im Nirgendwo? Neben einem riesigen abgelegenen Wald?"

„Die Tür ist abgeschlossen, ihr wird nichts passieren", versicherte Sohel ihm.

„Das kann man nie wissen." Dani schüttelte heftig den Kopf und einige kurze Haarsträhnen fielen in seine Stirn. „Ich kann nicht glauben, dass ihr sie krank zurückgelassen habt."

„Es waren nur leichte Kopfschmerzen", beteuerte Sohel. „Ihr ging es gut, sie war einfach nur müde und wollte nicht mehr rausgehen."

Dani musterte ihn gründlich, bis er seinen Blick abwendete und Eren giftig ansah. „Du bist ein verantwortungsloser Freund."

„Verantwortungslos?" Eren stockte. „Sie braucht auch mal Zeit für sich, ich kann nicht ständig an ihr kleben und an ihr hängen."

„Ich ruf sie am besten einmal an." Er griff nach seinem Handy in der Hosentasche.

„Tu das lieber nicht", erhob Sohel seine Stimme. „Sie schläft sicherlich und du weißt, wie sie ist, wenn jemand sie aus dem Schlaf weckt."

Erst ignorierte Dani ihn, doch dann stockte er in seiner Bewegung und steckte das Handy zurück in seine Hosentasche. „Ich muss dir recht geben. Ich versuche es später bei ihr."

Unmerkbar atmete ich erleichtert auf. Er war der Wahrheit so nah gewesen, jedoch hatten wir es geschafft, uns zu retten, zumindest für eine Weile. Ich wusste nicht, wie lange das so weitergehen konnte.

„Was machst du hier?" Eren versuchte, das Thema aus dem Weg zu schaffen. Die Antwort interessierte mich brennend.

Dani beugte sich nach vorne, er hatte sein Kinn geneigt und seine Augen blitzten geheimnisvoll auf. „Heut'", raunte er uns zu, „is' mein Junggesellenabschied." Er ließ den Kopf in den Nacken fallen und lachte ausgiebig. Seinen Arm warf er um die Schulter seines Freundes, der breit vor sich hin grinste.

„Warte, was?" Eren suchte nach den richtigen Worten, „Das ist unglaublich, herzlichen Glückwünsch dir!"

„Hab vielen Dank." Dani lächelte breit und rieb sich die Hände, „Meine Jungs haben mich überrascht mit einem neuen Wagen. Wisst ihr, wir machen eine Art Roadtrip und haben hier dieses edle Restaurant entdeckt. Aber jetzt, wo ich euch hier sehe ... Ich kann mich noch vage daran erinnern, dass Lia mir erzählt hat, wo eure Unterkunft ist. Ziemlich weit weg von hier ..."

„Ja, genau“, bestätigte ich. „Ich hab gedacht, ein wenig Stadt tut uns gut, und wir sind ein Stück weit rausgefahren.“

„Verstehe.“ Dani nickte langsam und deutete dann zu einem Tisch, der einige Meter entfernt stand. Eine Gruppe junger Männer hatte sich an dem Tisch versammelt. Sie hatten Speisekarten in den Händen und unterhielten sich ausgiebig. Sofort fiel mir auf, dass die Laune dieser Gruppe ausgelassen war. Sie wirkten alle so unbekümmert und harmonierten, auf den äußeren Blick, ziemlich gut miteinander.

Einige lachten, andere tauschten sich über die Speisekarte aus. Andere unterhielten sich einfach nur. Wie unbeschwert alles wirkte. Wie einfach es aussah. Wie sehr sehnte ich mich nach Normalität, als ich dieses Bild vor meinen Augen hatte.

„Kommt doch mit“, schlug der Freund von Lias Bruder vor. „Setzt euch zu uns.“

„Ich find die Idee ausgezeichnet“, ergänzte Dani und lächelte herzlich. „Los, folgt mir einfach.“

Ich wechselte einen Blick mit Eren, Dunja und Sohel. Eine gewisse Spannung lag in der Luft.

„Ich gehe gerne vor“, sagte Dani. Eren folgte ihm und seinem Freund zu deren Tisch und ich fühlte mich verpflichtet, ihnen zu folgen. Was blieb mir anderes übrig? Wir durften keinesfalls irgendeine Art von Verdacht auf uns ziehen. Sobald wir uns merkwürdig und seltsam verhielten, würde Dani es sicher merken.

Wir waren am Tisch seiner Freunde angekommen und augenblicklich hatten Danis Freunde vier Plätze freigemacht, damit wir uns zu ihnen setzen konnten.

Eren schaute mich aufmunternd an und ich bemühte mich, gleichmäßig zu atmen, obwohl ich total angespannt war.

„Wen hast du da mitgebracht, Dani?“, erwiderte ein Freund von ihm. Er hatte ein schiefes Grinsen auf dem Gesicht, als sein Blick an Dunja herunterfuhr.

„Das sind die Freunde meiner Schwester, ich kann dem Zufall danken, dass ich sie heute hier getroffen hab. Ihr habt doch sicher kein Problem damit, dass sie sich zu uns setzen.“

„Auf keinen Fall." Einer seiner Freunde legte die Hände vor die Brust. „Fühlt euch wie zu Hause." Er sah uns nacheinander an. „Davon abgesehen", sagte er mit einem Blick auf Dani, „ist heute dein Tag. Okay, Mann? Du machst und tust, was auch immer du willst."

„Das wird wohl in Zukunft der letzte Tag dieser Art sein", warf ein weiterer Freund lachend ein und der Rest stimmte in das Gelächter ein.

„Nein, nein." Ein anderer Freund Danis stützte sich an dem Esstisch ab und versuchte mehrmals, seinen Satz zu starten, doch er musste sich immer wieder unterbrechen, weil er sein Lachen nicht zurückhalten konnte. „D..., Dani, Dani, hör mir zu, deine Dalya, sie ist echt eine gute Frau."

„Natürlich ist sie das." Dani schmunzelte und rieb sich über den Nacken. „Sonst würden wir diesen Tag heut' nicht feiern."

„Das sollte aber jetzt genug des Redens über deine Zukünftige gewesen sein, würde ich sagen." Ein weiterer Freund klopfte fest auf Danis Rücken.

Mit großer Mühe, dabei nicht aufzufallen, wechselte ich meine Sitzposition. Wie befürchtet, fielen alle Blicke sofort auf mich. Mit einer unbeholfenen Handbewegung wollte ich die Aufmerksamkeit von mir ablenken, doch die Bewegung ging nach hinten los.

„Willst du was loswerden, Kumpel?", fragte Dani mich.

„Nein, ich bin... alles gut, ich wollte nichts sagen."

„Lia hat mir einiges über dich erzählt und bei mir ist hängen geblieben, dass du einen eigenen persönlichen Chauffeur hast."

Ich bemerkte die faszinierten Seitenblicke, die Danis Freunde mir zuwarfen, und ich räusperte mich. „Ja, genau."

„Musst das nicht unfassbar praktisch sein. Du rufst den Kerl an, er ist sofort an Ort und Stelle und du wirst gebracht, wohin du auch willst."

„Ja, also ich kann mich nicht beschweren, ich werde hingebracht, wohin ich will. Aber du musst wissen, mein Fahrer und ich sind wirklich stark befreundet. Wäre das nicht der Fall, dann hätte ich auch keine Beschwerden, meinen Führerschein zu machen, um dann in gewissem Sinne mein eigener Chauffeur zu sein."

„Aha.“ Dani lehnte sich nach hinten. „Du lebst, pass auf, ich will dich nicht angreifen, fast schon in einem, ich sag mal, Luxusrausch.“

Ich schluckte den Kloß in meinem Hals hinunter. „Kann man vielleicht schon so ausdrücken, ja.“ Ich verstummte, denn ich hielt es wirklich nicht für nötig, ins kleinste Detail zu gehen, was mein Leben betraf.

„Es sei dir gegönnt.“ Dani nickte mir herzlich zu.

„Dani, sag mal, wo bleibt deine Schwester?“ Ein Freund von ihm legte die Speisekarte zur Seite und sah sich suchend um.

„Sie ist in der Unterkunft geblieben“, antwortete dieser knapp.

„Allein?“

„Ja, allein.“

Eren, Sohel und Dunja sahen mich an. Ich sah die Verzweiflung in ihren Augen. Da war die Angst, die uns künftig wie ein lästiger Schatten ständig verfolgen würde. Die Anspannung, wenn jemand von Lia redete, und die Furcht, dass die Wahrheit irgendwann ans Licht kommen würde.

„Habt ihr eigentlich irgendwelche Ziele im Kopf?“, wechselte Sohel das Thema.

Dani hob seinen Arm und schwirrte damit leidenschaftlich in der Luft herum. „Wir werden sehen. Wir fahren einfach weiter auf der Landstraße, machen Halt, wenn wir ein Plätzchen sehen, das uns anspricht. Mal hier und mal da werden wir einige Restaurants testen und die Gerichte auf der Speisekarte kosten.“

„Das hört sich gut an.“ Ich strich mir mehrmals über die Jacke.

„Meine Jungs hier“, fuhr Dani fort und erhob seine Stimme, „haben den Tag ganz nach meinem Geschmack gestaltet. Sie sahen die allzu starke Sorte des Perfektionisten in mir. Dennoch haben sie Freiraum gelassen für die Planung des Abends.“

„Des noch so jungen Abends“, wisperte ein Freund leise und die Gruppe verfiel in ein lautes Gelächter.

„Die Idee, einfach draufloszufahren, ist gar nicht mal so schlecht“, stimmte ich zu, „Es muss nicht alles im Leben geplant sein.“

„Genau, genau.“ Dani sah mich mit hochgezogenen Augenbrauen an. Bei der Beleuchtung des hocheleganten, cremeweißen Deckenlichtes, sahen seine Augen fast so aus, als würden sie schimmern.

Dani redete weiter, dabei war der starke Unterton seiner Stimme nicht zu überhören. „Tyler, ich muss dir zustimmen. Vor allem im Vergleich mit deinem Leben. Schön, dass du immer noch siehst, dass es die cleverste Art und Weise ist, sein Leben auf Freiheit aufzubauen.“

„Ja“, antwortete ich langsam, „auf jeden Fall werde ich mich meinem Schicksal nicht so einfach hingeben.“

„Bewundere ich, wirklich.“ Dani lehnte sich nach hinten. Während seine Freunde und er ihre Bestellung aufgaben, wechselte ich noch immer ausdrucksstarke Blicke mit Dunja, Sohel und Eren.

Wir sollten nicht hier sitzen und mit dem Bruder unserer verstorbenen Freundin über uns reden. Das alles passte einfach nicht und ich fühlte mich wie ein elender Haufen. Jedes Mal, wenn ich in Danis Augen sah, war da etwas, das sich darin spiegelte und auf mich zurückfiel. Ein Bild von mir, das Bild eines Mörders. Des Mörders seiner Schwester.

Am meisten kränkte mich der Gedanke, dass er es irgendwann wissen würde. Zwar war Dani jetzt noch so ahnungslos und hatte keine Sorgen. Aber ein Geheimnis, das man mit sich trägt, kann nicht immer ein Geheimnis bleiben.

„Für euch nichts?“ Dani stupste mich an die Schulter und nickte zum Kellner, der seinen Notizblock in der Hand hielt.

„Nein, danke.“ Ich und meine Freunde winkten ab und der Kellner verschwand.

Dani und seine Freunde unterhielten sich und lachten über Themen und Geschehnisse, von denen wir nichts wussten, und für einige Minuten erwachte in mir wieder das Gefühl, das ich anfangs gehabt hatte, als ich den Tisch mit seinen Freunden das erste Mal sah. Diese ausgelassene und lebendige Stimmung!

„Hey, du.“ Mitten in dem Trubel ergriff Dani das Wort. Er berührte Eren an der Schulter. „Eren, es ist eine Weile her, seit wir uns das letzte Mal gesehen haben.“

„Es müssten so etwa drei Monate sein“, pflichtete Eren ihm bei.

„In etwa. Ich bin nicht davon ausgegangen, dass du solange an der Seite meiner Schwester bleiben wirst.“

„Was?“ Eren war lauter geworden und sein Blick war nicht mehr so freundlich.

Dani sah sich in dem Restaurant um und redete erst dann weiter, als die anderen Gäste ihre Köpfe von unserem Tisch abgewendet hatten.

„Ich will dich nicht angreifen, Eren. Ich will dich auch nicht beleidigen. Auf diesem Level will ich kein Gespräch mit dir führen.“ Dani lehnte sich nach vorne und stützte seine Ellbogen an der Tischkante ab.

„Was willst du sagen?“

„Als Mann sollte man in der Lage sein, seine Familie zu versorgen, denk einfach darüber nach.“

„Was soll das werden?“ Eren schlug wütend mit der Faust auf den Tisch. „Denkst du, ich kann für niemanden sorgen...“

Mit meinem Knie stupste ich Eren an. Sofort verstummte er und sah mich mit weitaufgerissenen Augen an. Ich schüttelte leicht den Kopf und für wenige Sekunden machte ich meine Augen zu. Damit wollte ich ihm sagen, dass er sich nicht aufregen solle, dass es nichts bringen würde. Und er verstand mich, denn er wandte seinen Blick von Dani ab. In dem Augenblick brachte der Kellner die Gerichte und die Getränke und stellte sie gekonnt auf dem Tisch ab. Somit dachte Dani nicht mehr daran, das Gespräch fortzuführen.

Leider konnte ich mir vorstellen, dass Eren sich weiter den Kopf über Danis Worte zerbrechen würde, dass er an sich zweifeln würde. Manchmal war es nicht einfach, ein guter Freund zu sein.

Mein Blick huschte zu Dani. Er hielt sein Glas in der rechten Hand und deutete damit in meine Richtung, bevor er trank. Unsicher beobachtete ich, wie er aufstand und auf mich zusteuerte. Er drängte sich an den Plätzen seiner Freunde vorbei, umging eine Kurve, um die Ecke des Esstisches und lief an mir vorbei. Beklommen spürte ich, wie er sich dabei ein ganz kleines Stück zu mir hinunter beugte und mir etwas ins Ohr raunte. „Tyler, komm gerne mit."

Unbeholfen fuhr ich zusammen. „Ja", brachte ich stotternd hervor und erhob mich mit einem unsicheren Räuspern von meinem Sitzplatz. Irritiert folgte ich Dani, der eine Ecke des Restaurants ansteuerte. Er hatte sein Glas noch immer in der Hand und einen undurchdringlichen Blick aufgesetzt. Wir standen unter einer schwarzen Box, aus der die klassische Musik ertönte.

„Was gibt's?" Ich griff mir, wie gewohnt, an den Nacken und betrachtete ihn genau. Es dauerte eine Weile, bis Dani eine Antwort gab.

„Was verschweigst du mir?"

„Was?" Erschrocken stolperte ich nach hinten und spürte, wie sich alles in mir zusammenzog, sodass ich nicht imstande war, einen Satz rauszubringen.

„Was verheimlichst du?" Er griff sich mit der linken Hand an das Kinn und strich sich durch die Bartstoppeln.

„I..., ich", fing ich stotternd an. „Gar nichts. Ich verheimliche gar nichts."

Mit einem Mal veränderte sich Danis Gesichtsausdruck und er verfiel in ein lautes unüberhörbares Gelächter. Mehrmals klopfte er mir auf die Schulter und konnte sich vor Lachen beinahe nicht halten.

„Ich mach Witze, Tyler." Dani klopfte mir fest auf den Rücken, „Du wirkst so nervös und da habe ich mir ein kleinen Scherz erlaubt. Entschuldige."

„Achso." Ich atmete laut auf und brachte ein unsicheres Lachen heraus. „Achso, das war ein ... Also, du hast es nicht ernst gemeint."

„Nein." Dani hatte ein breites Strahlen aufgesetzt. „Du lässt dich viel zu einfach veräppeln. Leichtsinn. Keine gute Eigenschaft, mein Freund."

Ich lachte nervös und versuchte, gleichmäßig zu atmen.

„Ich habe dich hierhergebracht, um dir zu sagen, dass du ein guter Kerl bist. Wirklich. Eine starke Persönlichkeit."

„Danke.“ Ich verschränkte die Arme. „Freut mich zu hören.“
Dani nickte entschlossen mit dem Kopf. „Bleib der Tyler, der du bist.“

Kapitel 29

SOHEL

Dani und seine Freunde waren nach einer Weile aufgestanden.

„Ich übernehme das Fahren“, ergriff einer von ihnen das Wort. „Ich hab nichts getrunken.“

„Von mir aus.“ Dani schmunzelte. „Jungs, ich hab noch Platz im Magen. Ich würde sagen, das nächste Restaurant kann gerne kommen.“

„Ich hab nichts dagegen“, erwiderte ein weiterer Freund und erhob sich als Letzter von seinem Sitzplatz. Die Gruppe hatte die Rechnung übernommen, die Teller und Gläser waren leer.

Wir verabschiedeten uns und gingen dann noch mit zur Tür, wo eine weitere Verabschiedung folgte.

Erst als die Truppe außer Sichtweite war, konnte ich wieder frei atmen, und das war ein verdammt gutes und befreiendes Gefühl. Wir gingen wieder zurück zu unserem Tisch und ich ließ mich auf meinen Platz nieder.

Erst sagten wir nichts, bis Tyler das Wort ergriff.

„Wir sind keine kleinen Kinder mehr.“ Tyler schaute mit festem Blick in die Runde. „Wir müssen reden. Richtig reden. Wir sind an einem Punkt angekommen, wo wir eine Leiche in der Hütte liegen haben, Lias Bruder und unser Vermieter uns fast auf die Schliche gekommen sind und wir uns gegenseitig immer öfter ignorieren. Und ich finde auch, dass wir anfangen, uns ein wenig auseinanderzuleben.“

„So kann es nicht weitergehen“, stimmte ich zu und warf Eren einen vielsagenden Blick zu. Er nickte mir dankbar zu. „Was gibt es zu besprechen?“, schritt Dunja ein.

Tyler biss sich auf die Lippe. „Wir müssen die Polizei rufen.“

„Bist du völlig irre?“ Dunja sprang von ihrem Stuhl auf.

„Ich bin mir nicht sicher, ob das eine gute Idee ist", stimmte Eren ihr zu.

„... aber das könnte die einzig richtige Lösung sein", äußerte auch ich mich. „Wir können ihre Leiche nicht ewig verstecken."

„Denk mal nach", unterbrach Dunja mich forsch. „Gemeinsam haben wir an dem Mord mitgewirkt. Jeder von uns ist somit ein Täter. Wir können die Polizei nicht verständigen, das ist völlig irrsinnig."

„Ja, wir alle sind die Täter", fing Tyler langsam an. „Aber vielleicht sollten wir die Schuld für unsere Tat auf uns nehmen. Das ist die einzig vernünftige Entscheidung."

„Aber die Schuld liegt nicht bei uns." Eren stand ebenfalls auf

und ich spürte einige Blicke von den Nachbartischen. „Lias Tod ist nicht unsere Schuld. Derjenige, der uns zum Schuppen gelockt hat, ist der Einzige, der die Schuld zu tragen hat."

„So werden wir zu keiner Lösung kommen." Ich schüttelte den Kopf. „Das haben wir doch mittlerweile öfter durchgesprochen, immer wieder dasselbe. Jedes Mal dasselbe. Wir laufen im Kreis. Rufen wir die Polizei, werden wir höchstwahrscheinlich harte Strafen auf uns nehmen müssen. Das ist klar."

„Genau deswegen dürfen wir niemanden einschalten", protestierte Eren lauthals.

Frustriert griff ich in meine Haare. Jede Methode, jede Möglichkeit, die wir erwogen, aus diesem Desaster zu kommen, führte letztendlich zu nichts. Und da jeder nur das Beste für sich selbst, da jeder sich selbst aus dieser hinterhältigen Falle retten wollte, mussten wir auf eines vertrauen:

SCHWEIGEN IST GOLD.

Über die Autorinnen

Sarah und Samira Massud sind eineiige Zwillinge, geboren 2006 in Hamburg.

Sie sind zielstrebige und fleißige Schülerinnen auf dem Gymnasium, die in ihrer Freizeit viel Sport treiben und auch gerne zeichnen. Lesen und Schreiben war schon von klein auf eine große Leidenschaft und bereits mit 12 Jahren schrieben die beiden ihre ersten Kurzgeschichten.

In einem gemeinsamen Projekt der Schwestern ist nun dieser Roman entstanden und das ist erst der Anfang...